大 家 自 述 史

002

Boners.

Mistakes in a picture are called b
and audiences are quick to notice
in any picture. Once, in a mo
a submarine was lying at t

汤晓丹自传 **百年电影百年行**

汤晓丹 著

北京大学出版社
PEKING UNIVERSITY PRESS

图书在版编目(CIP)数据

百年电影百年行/汤晓丹著.—北京:北京大学出版社,2010.1
(大家自述史系列)
ISBN 978-7-301-16254-5

Ⅰ.百⋯ Ⅱ.汤⋯ Ⅲ.汤晓丹－自传 Ⅳ.K825.78

中国版本图书馆 CIP 数据核字(2009)第 210915 号

书　　　名:百年电影百年行
著作责任者:汤晓丹　著
策 划 组 稿:王炜烨
责 任 编 辑:王炜烨
标 准 书 号:ISBN 978-7-301-16254-5/K・0666
出 版 发 行:北京大学出版社
地　　　址:北京市海淀区成府路 205 号　100871
网　　　址:http://www.pup.cn　电子信箱:zpup@pup.pku.edu.cn
电　　　话:邮购部 62752015　发行部 62750672　编辑部 62750673
　　　　　　出版部 62754962
印 刷 者:北京山润国际印务有限公司
经 销 者:新华书店
　　　　　　650 毫米×980 毫米　16 开本　18 印张　181 千字
　　　　　　2010 年 1 月第 1 版　2010 年 1 月第 1 次印刷
定　　　价:38.00 元

目　录

1

>>> 003 / 童年：漂泊南洋

012 / 中学被开除

019 / 冒险在上海

037 / 从《白金龙》起步

052 / 收获在香港

073 / 闯荡西南

086 / 山城的雾

104 / 重返上海

2

127 / 新中国成立初期的经历

135 / 《胜利重逢》及总结会

153 / 社会大课堂

159 / 军事片年代

181 / 从《不夜城》的"夜"到《红日》的"红"

198 / "文革"后期:《新渡江侦察记》和《祖国啊,母亲》

3

213 / 走向新时代:《傲蕾·一兰》

227 / 再创辉煌:《南昌起义》和《廖仲恺》

253 / 退休前的遗憾

262 / 往事总是成追忆

266 / 感恩新中国 60 年

人从呱呱坠地后，总是本能地会吃、学爬、学走、学跑……跌跌撞撞、忙忙碌碌，不知不觉地已经两鬓斑白，步履蹒跚。

往事，总是挂一漏万，被遗忘的多，烙刻在心灵深处的少。然而，正是这些时隐时现的，浮游于记忆中的点点滴滴，常常会变成无数用血泪绘成的小色块，有时绚丽多彩，有时素雅清淡，有时晦暗凝重……

1

我胜利了，一直奔到公共租界内，才松了一口气，我在路边歇了很久，然后放慢了脚步往前走，向法租界的天一公司方向走去。

童年：漂泊南洋

漂洋寻父

回忆我的童年，仿佛细嚼一粒苦涩味的干果。刚放进嘴里时，感到的是石子般的坚实；时间长了，才会感到它的刺喉的滋味。尽管如此，我仍然乐于品味它，因为它是自我形成的开始。

1910 年的农历二月廿二日，云山村的天空阴云密布，风刮得呼呼响。正是春寒料峭时，我却呱呱哭叫着来到人间。

云山村属漳州华安，在福建南部。美丽的九龙江顺流而过，乡亲们把它称为九龙谭。传说在公元前五百多年的时候，有九条龙在江里洗过澡，因此而得名。这当然也是一种吉祥的征兆。奇怪的却是云山村的日照时间一年有千千多个小时，雨水也充足，但五谷并不丰收。除了天然的怪石和林子外,耕地还是很荒凉的。村里的壮年男子常常三五结伴,把求生的希望寄托在漂洋过海上。其实,出洋的人也不是个个都发迹的。

人们总是怨恨苍天无眼,又祈求苍天赐福。

我的父亲汤纯祥就是在我出生前两个月,随家乡的水客远走南洋的。他最后才落脚西瓜哇,靠做小商贩糊口。

1914 年,第一次世界大战爆发后,西瓜哇属非交战国管辖,借道的车辆和行人猛增。我父亲住的僻郊小镇变成了热闹的公路,他在路边开了一家小杂货铺。收入多了,他还常常托水客带些钱回家。母亲把钱留着,准备带着我同去西瓜哇。

在我六岁那年,我便跟着母亲坐小木船离开了云山村,到漳州浦南码头换大木船到厦门,然后改乘大轮船到新加坡。为了省钱,我们买的是统舱票。在海上,有时风平浪静,有时颠来簸去,足足折腾了近三十天。沿途除了起伏的浪涛外,远处是茫茫一片。海浪大的时候,我恶心极了,睡着也难过。到新加坡以后,除了上下旅客外,还有苦力上船搬运货物。我很想上岸走走,母亲和同路的水客都不同意,大家都是第一次远行,都怕走散了。两天后,货轮离开新加坡港继续航行。在爪哇的巴城停靠时,我们都提行李上了岸。接着又坐了一天的火车,才到茂兀市。我是第一次坐火车,车窗外不断快速闪过的景色,使我感到十分惊奇。七八个钟头很快就过去了。最后我们从茂兀市又坐了一段路的马车,才到基亚维镇。父亲的杂货铺就开在那里。

我们娘俩怀着极大的喜悦找到父亲时,他却大吃一惊,似乎并不欢迎我们去。原来父亲在外面闯荡多年，历尽艰辛，当地一位陈姓侨商见他为人忠厚，起早摸黑地苦干，很喜欢他，就要收他做女婿。父亲为了生活，不便吐露家有妻儿的真情，含糊其辞地答应下来。陈氏母亲比我父亲大几岁，为人善良，他们结婚后，苦心经营小店，生活安定下来，日子过得也很顺心。他们结婚几年，没有小孩，精力都扑在了生意上。

对于父亲在茂兀的这些变故，我母亲一点也不知道。彼此见了面才算清醒过来。我母亲是一个有志气的人，她有一手好针线活手艺。她不吵不闹，在离杂货铺不远的地方找了一间木屋，带着我另立门户。

陈氏母亲也通情达理，还搬了些东西送来，还不知从哪里弄来一架缝衣机。母亲开始为附近的大人小孩做衣服。大改小，旧翻新，缝缝补补。她样样都干，收费也低廉。母亲的活很快就越接越多，白天晚上忙个不停。父亲还时常送些钱过来。陈氏母亲很喜欢我，见我去杂货铺时，总是给些吃的让我带回家，也给我一些零钱。我都如数拿回家交给母亲。

坐着马车上小学

大约在我快满七岁的时候，父亲要送我到茂兀市的一所基督教小学去读书。这所学校的主办人是一位印尼华裔传教士，学校里有好几位外国教师。学校离家有一段路。正好杂货铺有一辆运送货物的马车，每天早出晚归往来于城乡之间。为了上学不迟到，我总是天蒙蒙亮就起床。坐上马车后，才慢慢吃起来母亲塞给我的饼。到学校,正好遇上开课的钟声敲响。

教师讲的都是耶稣救苦救难的故事。那些都是我从来没有听过的,总觉得很新奇,也很想听。所以我在课堂上听课是很专注的。除了耶稣的故事外,还有《鲁滨孙漂流记》、《格列佛游记》等等。这些就更吸引我了。学校还发了几本英语课本。上课的时候,我偷偷把单词的读音和意思写在手心上。我在学习上很用功,无论是课堂上答问,还是背诵课文,得到的评语都是"很好"。

有时放学了,马车装货来晚时,我也不着急,正好利用等车的时间在黑板上作粉笔画。有一次我画了一幅木偶演出图,我觉得画得很好,舍不得擦掉它。在我下狠心擦去的时候,眼泪都快流出来了。

每天来回坐几个钟头的马车,是我童年生活中一件极有趣的事。当我坐在马车上摇晃的时候,我闭上双眼,真希望马车把我带到一个稀奇古怪的地方,我也好过过书中说的"游记"生活。马车回到杂货铺停下,我常常是最先跳下来挑重东西搬。我在云山村时,喜欢爬树玩,族人们都说我像个小猴子。当然,我也就此锻炼了自己的脚劲和手力。

陈氏母亲非常喜欢我,就是看中了我肯做事。我自己的母亲则相反,总是叫我不要搬重东西,担心我会扭坏筋骨。

吃过晚饭,我还要到杂货铺去,父亲这时要教我记账。那是一套专门的格式。我得把那些特殊的数字背下来,学会记和写。我学东西非常认真,进步也很快。我身边总是带着一本族长送给我的"人之初",照着书上的字样,我用树枝在泥地上画,也用贝壳或卵石在地上砌成方块字。我的孙女汤芸在两岁多时就能对号入座,自学认识了好几百个字，我心里很高兴，我觉得她像爷爷小时候。当然，她一定会比我强。因为今天的社会在发展，世界在进步。只要肯努力学习的人，不管年龄大小，积累了知识，就会有超人的力量。

虽然茂兀的天气很热，可喜的却是小河和水溏多。我和邻居的孩子们一样，稍有空就会跳进水里，打闹嬉水，十分开心。

两年后，父亲要我转到镇上的学校继续读书。他说转学是因为学校离家近，走个把钟头路就能到，这样我就必须起早摸黑一个人上学、回家。尽管我心里不愿意，但我也没有反对。

镇上的学校是印尼人办的，校舍破烂陈旧，没有操场。老师很凶，常常体罚学生。我比较听话，倒没有挨过教棍。学校里收的学生，都是当地穷苦人家的孩子。学生年龄大小不一，有些一年级的学生，有老师那么高的个儿。有些同学放学后要直奔甘蔗地干农活，尽管童工的收入微不足道，对穷人家来说，这无疑是点滴甘露。我很喜欢那些穷家孩子，他们为人忠厚、淳朴。比如他们知道我愿意和他们交朋友后，就对我非常好，有时还从家里带东西给我吃。他们教我说印尼土话，我也教他们画画。

我爱木头人

离我们家不远，有一户当地的马来人。他很喜欢小孩，在他家门口常常有小孩进进出出。由于好奇，有一天，我也走了过去。一位中年男子笑嘻嘻地把我引进他家。"呵！"那么多的木娃娃，还穿着各式各样的衣服哩，我高兴地大叫起来。

德兰尼叔叔是研究木偶艺术的。那些本来躺着一动不动的木头人,到了他的手里,比活人还灵。它们不仅手脚会动,还能东张西望,神奇极了。他所有的木头人都是自己雕刻的。我喜欢看他玩木偶,我更喜欢看他把一块普通木头一刀一刀地雕刻成一个讨人爱的小面孔。他的雕刻艺术,在我幼小的心灵中扎了根。十年动乱中,我在"五七"干校劳动时,拾起一块我们盖房子时锯下来的小木头,在低矮潮湿的"牛棚"里,用一把小水果刀,学着用从德兰尼叔叔那里看来的"技巧",一刀一刀刻成鲁迅先生的头像。尽管我心里想表达的"横眉冷对"的神态还没完全刻画出来,却也寄托了我的思绪。后来我把它放在我的写字桌上,它是我心灵深处的一件珍品!

我自幼沉默寡言,对于喜欢的事物,却总要一钻到底。有时,德兰尼叔叔外出了,我用石头把自己垫高,站在他的窗口,呆呆地看着屋里那些静静地躺着的木头人。奇怪的是,看得时间长了,我感到它们就都动了起来,简直是有声有色!

德兰尼叔叔还有一支几个人组成的小乐队。在表演木偶的时候,乐手们演奏着动人的曲子。这令我神往,我很想摸摸那些乐器。有一天早上,我起得很早,快步奔到他家门口,那天他们要到附近搭棚演出。我见叔叔家的门开着,一个人也没有。我鼓足勇气走进门,敲敲鼓,打打锣,吹吹笛管,拨拨琴弦……随着我的手劲,声音可大可小,可长可短,简直好听极了。遗憾的是我长大后没有攻读音乐专业,否则,我自信定会成为一位真正的音乐家,它说不定比我从事电影导演工作会更有成就。

父亲突然失踪

不知从什么时候开始,我父亲变成了一个脾气暴躁的人。杂货店里的事，他一点不管。他没有和陈氏母亲商量，就自作主张地把运货的马车也卖了，陈氏母亲气得不得了。

父亲本来就不常到我们住的地方来，所以矛盾还没有波及我的母亲。但我母亲似乎站在陈氏母亲一边，她常对我说，是你爹不好。说完后，自己哭得很伤心。

有一天深夜，我正在做梦玩木偶戏，我母亲把我从梦中摇醒。我揉着眼睛，还没来得及问什么事，就听见远处传来打闹声、吼骂声、惊叫声，伴随着强烈的砸东西声、急促的奔跑声……我吓得全身直打战，母亲不停地擦眼泪。我们心里都明白，杂货铺那边又大打出手了。

天亮以后，我去看陈氏母亲。她鼻青脸肿，一副怪可怜的样子。自那以后，杂货铺再没开门做生意。十来天过去了，父亲都没露过面。陈氏母亲似乎有点后悔，托人到处寻找，却如石沉大海。人们都在议论父亲的失踪。没多久，陈氏母亲把杂货铺转让给别人，准备回娘家过日子。临走前，她送了几样父亲的衣物给我们。两个母亲都哭得很伤心，异口同声埋怨我父亲不想好好做人。

原来我父亲进城办货时，结交上了几个赌友。他最初是把办货的钱都输光了，他不甘心赌输，吵着向陈氏母亲要赌本。结果他不仅没有赢回来，反而又抽上了鸦片烟。谁的好言相劝，他都听不进去。一个好人，就这样堕落了，消失了。

父亲失踪半年后，所有的人都相信他投海自尽了。这个定论，却使我们的生活平静下来。母亲不愿久留异国，拼命做活，想凑足路费，带我回云山。母亲说随时都有动身的可能，叫我不要再去学校读书了。

我躲在家里看书，可以整天不出门，整天不说一句话。

木偶班子的德兰尼叔叔担心我太寂寞，总是叫我到他那里去。每次我都高兴地跟着他走。他的班子逢年过节、婚喜寿庆都要去演出。德兰尼叔叔愿意带我去，我也非常乐意。他们演出的节目很多，都是根据当地的神话故事和民间传说加工而成的。像《拉玛亚呐》（近似我国神话小说《西游记》）和《玛哈巴拉塔》（近似我国传奇小说《三国演义》），这两个长篇连台本戏经常出外演出，很受观众欢迎。开演以前，德兰尼叔叔叫我坐在看得最清楚的地方。演出结束了，我便主动去帮他们收拾东西。我的动作很快，但是细心，从没有搬坏过东西。有位百岁老人办寿庆，请木偶班子的人吃长寿桃子，德兰尼叔叔也为我拿来一个。

这么多年过去了，好心的德兰尼叔叔还经常出现在我的记忆里。他可以说是引我走上艺术之路最早的启蒙老师。

回到日夜思念的云山村

母亲日夜思念家乡，到处托人带我们一起走。一天下午，果然有位陌生人到我们小屋来，自称是从家乡来的。母亲并不认识他，听他谈话的内容，倒也像个家乡来的人。他表示愿意带我们上路，母亲很高兴。以后他又来过几次，谈的都是怎么走的打算。

母亲开始处理家里的衣物。几年来，为生活所需，坛坛罐罐也不少，这些都卖的卖，送的送，一架缝衣机却像宝贝一样一定要带走。临走前，我哭着去向德兰尼叔叔辞行。他也很难过，送了我一包吃的东西。

汤晓丹一家当年的合影，□□□□□□□□□□□□□□□□□□□□是驰名世界的艺术家。

路上，母亲才对我说，父亲并没有死，他是为了躲赌债，才悄悄逃回原籍云山村了。母亲的话，使我高兴。我真想插上翅膀，快点飞回云山家乡。

我们坐的仍是货船，船上人挤人。那个陌生的家乡人并没和我们一起上船，所以我们在船上没有熟人。好在船上到处都是说家乡话的人，我们倒也不感到旅途孤寂。我仍然很想到栏杆边上走走，母亲还是怕我不慎落海，不准我去。这次比去的时候好多了，没有大吐，不过总是睡不着觉。在稍大的风浪以后，我也有点不舒服。还算天公作美，没有遇上台风。

我们回到家乡，家乡的族人和邻居看见我时，都说我长高了。家乡的一草一木，比起西爪畦来，当然亲切得多啦。我觉得它比我离开时的景色更迷人，可我的家还是一个不幸的家。父亲整天躺在病床上，面黄肌瘦，两眼深陷，样子十分可怕。母亲虽然能干，也没有力量再供我上学读书了。我总是一声不吭，躲在角落里翻书、写字、画画。

母亲似乎有点内疚，所以很少叫我放下书本去做别的事情。知子莫如母，爱子莫如母。

中学被开除

厦门集美农林专科学校

我们云山村的汤氏祠堂里，有族人们捐助的公积金。族长见我年幼好学，认为应该从公积金中拨些钱，让我到厦门考师范学校，将来好回到家乡办学。族长把这个好消息告诉我的时候,我高兴得通宵不能合眼,想了许多许多。我母亲也忙着为我做新衣,做新鞋。

1926 年的夏天,我带着族长的厚望,带着母亲的嘱咐,带着压不住的狂喜,离开了云山村。路边的野草迎风飘舞,仿佛在向我点头,祝愿我能走上锦绣前程。我已经 16 岁了,应该一个人出去闯闯天下。母亲陪我走了好长一段路。我再三劝她往回走时,她才停下脚步。

到厦门以后,我先按族人开的地址,找到住宿的会馆。那里吃住都是免费的。第二天很早就动身去集美师范学校报名。工作人员冷冰冰地说已经截止两天了。我再三恳求补报个名,他们也不答应。他们看我不走,动了同情心,劝我赶快去集美农林专科学校报名,那里还有名额。集美农林专科学校与集美师范学校,都是著名爱国侨领陈嘉庚先生投资兴办的。前者校址在天马山,离厦门市还有一段路程。陈嘉庚先生办校的宗旨是培养科学务农务林的新一代。我做梦都没有想过务农,突然要去报名,说实话心里很不愿意。但是没有法子,既然已经进城了,总得找个能走进学校大门的机会。我硬着头皮去天马山报名处。

我用"汤泽民"的名字填了报名单,还领了准考证。我对学农一点兴趣都没有,考试前也不想准备。回到会馆后,我就向工作人员打听厦门市内有些什么好玩的名胜古迹,准备外出游览了。那时厦门只有一条不宽的街,沿海延伸。我最喜欢的却是它靠山的一边,到处都有火山岩低丘和花岗岩高丘,形状各异,别有情趣。

大餅油条

在厦门集美农业专科学校时，汤晓丹有个同学叫赖羽朋。他发现汤晓丹爱好绘画，就鼓励他以漫画为武器。汤晓丹在这时期发表了第一幅漫画作品《布尔乔亚》，他的绘画爱好延续至今。这是汤晓丹画的写生画。

　　考试那天，我第一个到场。我心里微微有些紧张，主要是担心落榜会失去读书的机会。考生不多，考题也不难，我考上了。奇怪的是录取名单上的人数，却比考场上的人头要多。

　　学校才开办一年多，教室和宿舍都是新建的。有食堂，有礼堂，还有球场，冲凉的房间也很大。整个环境，装点得生机盎然。除此以外，还开垦了大片农场、畜牧场、苗圃、果园……学校还有长远的发展规划。除了教职员和学生外，还从附近农村招雇来了一些青年农业工人。我们共有一百五十来个同学，按专业分成几个班上课。每天还得在指定的场地进行科学种田的实验。有时还得开荒，扩大场地面积。尽管我每天在同学们中间活动，干得也卖力，但是我的心里提不起劲，甚至还感到有些厌烦。稍微有点空暇，我就画漫画或写生。这却减少了每天的温课时间，考试成绩就不太好。

　　早我一年进校的同学中，有个叫赖羽朋的，也是福建人。他为人热情忠厚，对我很好，我也很喜欢他。他发现我爱看文艺书籍和画画，有意拉我和他一起搞些宣传工作。他的书很多，可以到他宿舍看，也可以借到自己屋里去看。他成了我的第一个知心朋友。饭后或假日，我们两人去场地散步，他讲许多做人的道理给我听，鼓励我要做一个百折不弯腰的有志青年，鼓励我要学会以漫画为武器，以笔代刀，斩尽黑暗的邪恶势力。每次听他说这些话时，我的喉咙就有些梗塞，说不出话来，只是不停地点点头。赖羽朋要我帮助他搞的宣传品中，有标语口号，也有漫画，内容都是反帝反封建的。

　　在读书期间，我按月到会馆一位管钱的云山人那里领伙食费，也有少量的零用钱。我拿到那些钱后，吃穿都很节省。有盈余，我总去买几本工具书,它是我自学的良师益友,有时也为搞宣传活动添些笔墨纸张。赖羽朋的生活费来源比我多,在我添购书籍不够时,他还接济我一点,却从来不要我还。

有一次,我画了一幅漫画。画上一位青年正高举铁锤,用劲猛砸一块顽石。石头上写着"布尔乔亚"四个字,这幅漫因此题名为"布尔乔亚"。赖羽朋非常欣赏那幅漫画。我对他说,我就是要用自己浑身的力量,砸烂旧社会。赖羽朋抱着我在屋里转圈子,像发了狂似的高兴,他大声吼着:我们一起干吧!赖羽朋坚决要我把《布尔乔亚》寄到上海大众文艺社去,他相信会发表。投邮以后,我天天跑传达室,我不知道是退稿呢,还是发稿通知,反正天天想收到回信。大约过了两个月光景,《大众文艺》寄来的回信说,稿件已采用,以后希望多投稿。我拿着信飞快地跑去找到赖羽朋。他却很自信地说,《大众文艺》是很愿意扶植青年美术人才的,我早知道一定会发表。

荒诞的国法

1927年中国政局风云变幻,社会进步与落后的斗争十分尖锐,它也反映到社会各个角落。我们学校是爱国侨领陈嘉庚先生兴办的,当然有兴旺的进步势力。在同学中间,以赖羽朋为核心,团结了许多以"天下兴亡,匹夫有责"为己任的热血青年。

在我的记忆里,我们总是三五成队,分工出动,有写标语条的,有出去贴标语的,有专管杂事的……反正赖羽朋像个领头人,组织我们大家一起干。有一次,赖羽朋又召集了少数几个同学写标语,要求每个人自己负责贴出。大家忙了一阵,有说有笑地走出了校门。时间已经是华灯初上了。我们顺着行人的必经之路张贴，很快把标语贴完了。

　　过了几天，几个当地的政客到学校来指责我们破坏治安。赖羽朋火冒三丈，和他们辩论。双方互不妥协，越闹越僵。最后，校方登报声明开除了好几个学生，我和赖羽朋不可避免地被列入这个名单之中。不知是报纸传播消息快呢，还是会馆的人向云山村的汤氏族长打了报告。家乡的亲人起哄了，纷纷到我家指责我母亲教子无方，他们一口断定我"成不了龙，上不了天"。族长在封建社会是很有实力的，有权、有势、有钱……他不问青红皂白地下令会馆停止对我的经济资助。

　　看到我的不幸处境，赖羽朋十分不安，几次对我说，准备带我到上海另找读书机会。这突然的打击，让我确实感到前途渺茫。我口里不说心里却很气愤，"爱国有罪"简直是荒诞国法。我表示愿意随赖羽朋闯天下。正在这个时候，我母亲哭哭啼啼地跑到厦门，一定要拉我回云山村。尽管我对她详细谈了我想跟赖羽朋到上海的打算，她却根本不听。在这个问题上，她并不明大义，她说了许多自己的伤心史，我动摇了。我强咽下仇恨的冤气，答应跟她回去。在我回家前，我和赖羽朋促膝相谈。两个朋友，难舍难分。最后还是赖羽朋说：你先回家住一段时间也好，待我落实脚跟后一定通知你，我们后会有期，同心协力干一番事业。

激流勇进

　　回到云山村家里以后，我的心情很不好，整天不愿开口，脑子里想的都是在学校里和同学们一起上课、劳动、搞宣传活动的事。我越想越感到孤寂，有时连饭也不想吃，或者吃了也不消化，胃里梗得慌，终于生了一场重病，搞得死去活来，整整一年多才算痊愈。然而，时间并没有使族人们改变对我的看法，连我母亲也劝我在乡下讨个媳妇过日子算了。母亲的心是赤诚的，但是她并不理解儿子的内心世界。既然我已经被生活的激流冲向险滩，我就应该下决心激流勇进，即使冒险也并不意味着死亡，兴许我能踏上锦绣前程。

我写了一封信给上海大众文艺社，说明我对他们发表《布尔乔亚》漫画的感谢心情，要求他们帮助我在上海解决生活出路。没多久，我就收到了回信，内容简单而恳切。他们说，如果真的到了上海，还是能助一臂之力的。这时，我才把不愿蜷缩在屋角落过日子的想法告诉了母亲，我更担心会受到母亲的阻拦。大出我所料的是，母亲的眼泪夺眶而出，不停地点头，嘴里还嘟哝着："这也好，这也好。"母亲白天忙着变卖值钱的东西，帮我凑足路费，晚上赶制新衣。她说上海冬天冷，还做了一件丝棉背心。难怪有首古诗说得真切："慈母手中线，游子身上衣。"一切准备，都只有我们母子二人心里明白。我没有向任何族人和乡邻告别，悄悄地就上路了。母亲拉着我的手，走着，哭着，叮嘱着。她一直看着，直到我的身影消失在远方。

人们总是说上海是"冒险家的乐园"。我也冒险起程了，它会赐给我"乐"么？

冒险在上海

我们被包围了

1929年的夏天,福建的天气特别闷热,选在那个时候离乡背井是很苦的。可是出路只有这一条。

我虽然是19岁的成年人了,由于疾病的折磨,身体虚弱,个子也瘦小。我怀着一颗忐忑的心登上了厦门到上海的轮船。因为买的是最便宜的船票,舱里挤满了横躺竖卧的人,周围堆满了笼子、箱子、包裹……我找到一个透风的位置,这地方还真不错。待船行海中遇到风浪时,就不妙了。好在我有西瓜哇之行的“航海”经验,一切都能适应。

船靠十六铺码头。我的行李少,下船方便,走在人群的前头。上了岸,一个陌生的世界摆在我面前。沿江马路一直有小摊叫卖,墙壁上柱子上贴满了大小的客栈广告条子,欢迎旅客光临。那些条子不大,写得倒很周到:路名、门牌号、房租价、食住条件,应有尽有。我向市里走,边走边看沿墙的路条。终于在八仙桥找到一家便宜的栈房。它不但价钱最便宜,而且地处闹市,交通也很方便。账房先生仔细打量我一番后,提出要预付十天房金。住一天算一天,结账时多退少补。我明白了,他看我行李少,没有抵押的东西放在屋内,万一住几天后溜了,房钱就没人付了。我的想法却正好和他相反,不妨把钱先存在他那里,免得花光或被偷,这样岂不更好。办妥手续后,茶房领我进屋。与其说是屋,不如说是鸽子笼更恰当,除了一张小木床、一个小桌子外,人在屋里就要横着走路。真是小得可怜,难怪它便宜。

　　1929 年,19 岁的汤晓丹怀着一颗忐忑的心登上厦门到上海的轮船,开始了职业人生的第一步。这是汤晓丹画的上海的速写。

我提了半桶温水冲了一下身子，便倒在床上休息。我在旅途中感到十分劳累，如今能美美地睡上一觉，很快便进入了梦乡。

第二天，我清早就起床。上街喝了碗豆浆，急忙回住屋给《大众文艺》写信，希望他们帮助联系一份工作。最后签名"汤湫淋"，这是我发表漫画《布尔乔亚》时用的笔名。回信很快就收到了，里面只装了一张条子，写的内容是开会通知。三天后，我如约找到天通庵路上的一所学校，才知道这里是上海左翼美术家借做开会用的。到的都是当时有点名气的青年美术家，能够很快结识他们，我感到荣幸和自豪，更感到大众文艺社对我真诚的帮助。会议室设在学校二楼的一间教室内。里面已经坐了十几个青年，他们情绪活跃，谈笑风生。虽然所有的人我都不认识，但他们对我的到场都投来亲切的目光。突然，外面传来急吼声：不好了，我们被巡捕包围了。里面一个青年快步走到我身边小声对我说："就说是来考学校的，其他什么也不知道。"说完，他迅速闪开。我混在人群中下楼梯时，看见窗外操场上已经停了几辆抓人的囚车，巡捕正用力把人推到车上。虽然被捕的人手无寸铁，但也毫不示弱。大概是每个人心里都清楚，自己并没做违法的事。囚车里人挤人，巡捕锁上铁门后车轮启动了。跺脚声、敲窗声、责问声继续着。我正琢磨着日后将会碰到什么不幸时，耳边响起了声音："汤湫淋，你改个名字吧，记住，你是来上海求学的。"说完，他紧紧地捏了我一把，我认出来了，他就是刚才在教室里对我说话的青年。我不认识他，在那个特定的灾难中，也不便打听他的姓名。而他，却在我心中留下了"知友"的印象。

囚车开得飞快。一个慢转弯后停下来，车门打开，才知道已经进了南市区警察局。在一间钉满木栏的拘留室里,挤押了许多人。都是男性青年,有的面带怒相,有的沉默无表情,汗臭味、狐臭味,使人恶心。

过了好几天,才有人来叫我出去。我跟着他走进审讯室,里面早已坐了几个面孔铁青、毫无人味的家伙。

我内心十分坦然,有问必答。

"叫什么名字? 哪里人? 多大年龄?"

"康德,健康的'康',道德的'德',福建漳州人,19岁。"

"来上海干什么?"

"准备投考学校,前几天刚到。"

"住在谁家?"

"住在八仙桥客栈里。"

"参加哪个政治组织?"

"没有。"

"你和哪些人有来往?"

"无亲无故,一个人也不来往。"

突然,发问的人大喝一声:"老实点,回去想想。"我小声嘀咕了一句:"没有什么想的。"他又大喝一声:"不许顶嘴!"纪录员要我在谈话记录上签名,我堂堂正正地写了"康德"二字。

我又被带回拘留室,我不禁感叹谋生真是太困难了。我并没犯法,只不过想得到生活的权力罢了……想着想着,我大哭了一场。其实,这是我用眼泪代替了对现实不满的控诉。拘留室里的饭没有定量,随掌勺的高兴,时多时少,一勺算数。饭里沙石数不清。有人抗议伙食不是人吃的，掌勺的奸笑着说，免费让你们吃饭算不错了……火气大的人，当场把饭倒在地上，那就要挨几顿饿。我真像鸡啄米，挑着饭粒往嘴里送。

大约又过了半个月，我才被带进一间大一些的拘留室。里面站的站，坐的坐，也挤了十几个人。我进屋后，找个空隙坐下来。

一个青年从屋对角站起，慢慢向我靠近。我认出来他就是曾经与我说过话的青年。我心中暗自高兴，第一次露出了微笑。他自我介绍说："我叫沈叶沉（后来改名沈西苓，是著名影片《十字街头》的导演），是《大众文艺》的编委。"原来是他主张发表我的漫画《布尔乔亚》的，我的心里更产生了对他的敬仰感激之情。我在家乡写信到上海，请求《大众文艺》帮助的信也是沈叶沉回的。他对开会时发生的无理捕人非常气愤。

沈叶沉还给我介绍了另一位朋友许幸之，他在上海大学美术系教书。许幸之热爱漫画艺术，对人热情，在充满恐惧的拘留室里，两位同龄人给了我极大的安慰与温暖。但是，拘留室不是畅谈心事的地方，很快我们就分开了，相互间只能用眼神传达友情。沈、许二人差不多隔一天就要被叫出去问话。而我自第一次问话后再没有人来找了，我心里很纳闷，也说不准是什么兆头。有一次他们二人都面带笑容回来，走近我小声说："查无实据，要具保释了。"并关照我不要急。望着他们远去的背影，我心里也亮堂起来，我也相信出去的日子真的快到了。几个同屋的人都走了，我还被关着，心里开始急起来。

终于有人来叫我了，我想问话后会放我，所以放快脚步跟着走。果然不出我所料，简单问答几句后要我找个铺保。我忍不住惊叫起来："天哪,这不是有意刁难吗,我在上海无亲无故,哪里去找保啊!"问话的人也火了,厉声斥责我不识抬举。我脱口而出："你们把我抓错了,应该赔不是,放我出去。"这下可闯大祸了,审讯官大吼一声:"押回拘留室。"

　　这样,我又被无理拘留了一个多月。

赖羽朋保我离开拘留所

　　一天上午,快到吃中饭时间了,一个看守大声叫我出去。我满腹疑虑站着没动。他又大吼:"康德,听见没有?"走就走,反正大不了再关起来,我心里嘀咕着迈开了脚步。审讯室里多了一位穿单衫长裤的陌生人,看上去像个小贩。审讯官语气比较缓和。他说,现在有店家愿意保你,出去以后,不能有越轨行为。

　　这真是一个大喜讯,谁来保我呢? 我全身血液循环都加快了。我看着那位陌生人,心里非常感激他的萍水相助。

　　我跟着那位陌生人走出了警察局的大门。两个腰里挂着枪的家伙跟在我们后面。乘了段车,又走了一段路。穿街拐巷,到了曹家渡,陌生人把我带到一家南货店门口停下来。那是一幢二层楼的石库门房子。楼下是店堂,几个伙计在忙着做生意。几个买油盐酱醋的女人,看见警察押着我站在门口很吃惊。陌生人把我们带进旁边一间小屋,里面除了几把椅子、一张方桌外,还堆放了不少货包和缸子。方桌上有算盘、水烟壶。这里好像是接待客人,洽谈生意的地方。陌生人先让警察坐下,端出两杯盖碗茶,又出去请了一位老板样的人进来。他从警察手里接过保单,仔细看完,在上面签了名,打开抽屉锁,取出图章用力盖上。这些手续完成后,他把保单递给我说:"你看清楚上面写的内容吧!"上面大致写的是愿意担保"康德"遵守法令之类的话。警察要我在受保人下签上名,打上手印,拿着保单走了。谁能预料他们还会不会再来找麻烦呢!

我正想对保我的老板表达感激之情时,从楼梯上传来了急促的脚步声。我抬头一看,惊喜得大叫起来:"赖羽朋,原来是你救了我呀!"我们抱在一起,我伤心地哭了。自在厦门集美农林学校相识后,我和他虽不同班级、不同寝室,但是同爱憎、同喜忧,所以我们成了贴心朋友。学校开除我们,只是把我们暂时分开了,两年的别离,并没有使两颗相知的心疏远。原来他离开集美后就到了上海,已经是上海大学的学生了,租住在南货店楼上。当时,如果不是我母亲硬拉我回家乡的话,我一定会跟随他同期到达上海读书的。

多么遗憾啊,我走了两年的弯路!

赖羽朋并不知道我已经到了上海,他是在上海大学一次学生集会时,听到有人谈起被抓的青年中有画《布尔乔亚》的汤湫淋,才晓得我还在狱中。他到处托人打听,找不到汤湫淋关在什么地方,因为他和沈西苓、许幸之都不知道我改的名字叫什么。后来转弯抹角才晓得康德就是汤湫淋时,赖羽朋才和他的房东、南货店老板商量,请他做铺保。那位老板是正派商人,略加思考就答应下来。为了感激他的萍水相助,后来,我还给他画了一幅素描,送他留作纪念。

从那天开始,赖羽朋让我住在他的房里,南货店老板也成了我的邻居。他租的是二楼亭子间,很小。我挤进去后又加了两块木板当床,显得更窄了。屋里几乎没有什么生活用品,唯独堆满了书。有文

　　1929 年到上海后，汤晓丹从拘留所出来后，经常给《上海报》投稿。有时发表得很快，饭钱也就有了着落。后来，他又成为《画报》的编辑。这是汤晓丹晚年在写书法，他的夫人蓝为洁（左五）站在旁边。她是作家、电影艺术家。

学、社会科学方面的书籍，还有不少杂志、讲义……各种内容都有，多数是借的、发的，也有少量几本是买的。赖羽朋是个求知欲极强的青年，他的读书嗜好感染着我。那间斗室，变成了我的知识宝库。我每天如饥似渴地翻阅，有时一天只吃一顿饭。提起吃饭，当时是个大问题。妈妈给我的钱，除付路费后已所剩不多，幸好藏在内衣夹缝中，在拘留所没有被人发现，否则早就没了。与赖羽朋同屋，不付房租已属万幸，饭钱还得自己掏，没有收入，三掏两掏就囊空如洗了。

赖羽朋定了一份《上海报》，那上面常常登些漫画。赖羽朋劝我把稿件寄到《上海报》去，我也想试一试，就把自己认为满意的画寄出去。有时发表得很快，这样，总算有点收入，饭钱有了着落。和两年前相比，我觉得赖羽朋老练多了。他常常帮助我解释一些不正常的社会现象，辅导我读书，还带我去上海大学旁听大报告。这些珍贵的精神食粮，帮助我战胜了饥饿和贫穷。我们的日子过得比较称心。他有许多青年朋友，常来我们斗室相聚，有时天南地北闲谈，有时专题辩论，有时交谈读书心得，他们一个个都是我的良师益友。凑巧，我刚领了一笔稿费，当下就买了一锅生煎包子，请他们吃了一顿美味的夜餐！

画笔当武器

赖羽朋暗地里把地下党办的报纸带回家给我看，上面常常登有漫画，虽然印刷质量不理想，内容却新鲜诱人，我喜欢极了。

赖羽朋是个有心的人，多次鼓励我投稿。最初我有点犹豫，说实话，我不知道往哪里投。他似乎看透了我的心思，主动说，你画好了，我找人帮助你把稿子送出去。我真的画了一幅题名《望风而遁》的漫画,立意是讽刺社会上的邪恶势力看见人民大众就狼狈逃窜。他看了我的画稿后,连连称赞有思想,好得很,他马上要把画稿往外送。为了提高质量,我又画了一幅,主要是对构图作了局部调整。没有过多久,他拿着新出版的报纸回家,上面果然登出了我的画。一股暖流,顿时在我心头翻滚,我感到光明的前景在向我招手。可是现实与期望正相反,白色恐怖一天比一天厉害。《大众文艺》被租界当局无理禁止出版,不仅使我失去了一个经常投稿的好刊物,进步青年们也减少了一份精神食粮。

压在我心里的怒火发不出来,阴森森的气氛侵袭着我和我的朋友们。我和他们见面的机会逐渐减少,我总是蜷缩在小屋里埋头读书,心里闷得慌。赖羽朋很了解我,他动员我到杨树浦工厂区办的一家《画报》编辑部去工作。那里除管饭外,没有工薪。他没有对我说《画报》的背景情况,但叮嘱我两点:第一,不要对人谈起他;第二,要尽力办好。由于我对他的极端信任,我在以后的日子里一直守口如瓶,埋头苦干。

《画报》的编辑部,实际上是设在一幢老式二楼的一间向北的小亭子间内,屋里除了纸墨画具外,只有一张小木床及牙刷杯子等简单生活用品。我按赖羽朋说的地址去时,屋里有位男子,自我介绍说他叫叶坚,看样子比我大几岁。以后,全部工作由我们两人承担,我的一切活动由他安排。我们的《画报》每月出一到二期,出刊时间不定,《画报》实际上是一张小报大小的报纸,每期必登四五幅漫画。漫画由我负责,主要的评论、通讯、报道全由叶坚总抓。他还常到外面组织稿件,有时,也为我的漫画写短文提示。我们写的、画的、转载的……都是鼓动城市工人罢工,宣传武装夺取政权。这些都是摆在我面前的新课题,尤其是每个月都要画出十几幅有水平的漫画相当困难。有时一幅画要修改好几次,叶坚才点头表示通过,比起自由创作来困难得多。

最初,我是清晨去,晚上回曹家渡住。赖羽朋总要过问我工作习惯么,顺利么。后来,我感到路上往返太浪费时间,便搬到小亭子间去住。所谓"搬",也不过是一大包衣服,连箱子都没有。赖羽朋依依不舍地送我上车。叶坚把小床让我住,还要我在房东家搭伙。早上基本不吃东西。这样叶坚可苦了,不管天晴下雨,每晚都得往外跑。他住在什么地方,始终没有对我说过。叶坚是个好心肠的人,常常带点饼子或米糕之类的干点给我早晚充饥。天冷时,还会给我拿床毯子来。最忙的时候,我可以整天不出外,只要有活干,我是能静下来的。

加入 C. Y.

生活虽劳累、清苦,却也是有意义的。有一天,叶坚突然要我放下画笔谈谈对《画报》工作的看法。他的样子十分严肃,我不明白他问话的目的是什么,只是简单回答,我现在很习惯这样的生活。叶坚笑了,问我还想过什么没有,我说没有,又低头画画。叶坚要我坐下,并且主动说愿意介绍我加入 C. Y.(中国共产主义青年团的英文简称)。我诚意地点点头,本来还想说点什么,也没有说出口。他明确表示,已征得组织同意,做我的单线联系人,以后无论碰到什么事,都要经过组织批准后才能行动。我一直遵守叶坚当面的叮嘱。

赖羽朋决心离开上海,临行前他来向我告别,我们整整谈了一个通宵。他说得很含蓄,相信不远的日子,我们都能在新的环境中再见。天亮了,我要送他一程,他制止我,叫我以后时时处处要多加小心。万万没有想到,那次分别后,就再也打听不到他的消息了。建国后,我托过很多朋友探询赖羽朋的下落,都如石沉大海,我想他可能不在人间了,因为我在建国后一直用汤晓丹的名字执导影片,他如果看到影片,一定也会来找我。岁月流逝,我思念他、渴望再见他的愿望一直没有变成现实。可是他的为人,他的形象,是永远地活在我心灵深处的!我的挚友啊,你如有灵,你将会感觉到人世间有一颗忠诚的心,永远怀念着你!

我们的《画报》印刷,原来在一家工厂暗室里。叶坚说被工部局查封了,画报被迫停办。他要我赶快搬到提篮桥的一处亭子间去住。每隔几天,他就来看我,透露一些消息给我听,还送伙食费来。我闷得慌,把吃饭的钱拿到书店去买几本工具书。我夹着书往回走的时候,突然迎面来了沈叶沉。原来我和他同住在一条弄堂里,我们相隔很近很近。他拉我去他家,留我在他那里吃饭。青菜汤面还加两个荷包蛋,我好像从未吃过那样美味的东西。沈叶沉的胆子,比叶坚大多了,不仅他自己经常外出,还鼓励我去他家里拿书看,他也主动把书送到我家里。

1931 年的夏天,叶坚要离开上海时,带我去看了他的朋友司徒慧敏。司徒慧敏是东渡日本学美术回国的。他们是广东同乡,见面后非常亲切。叶坚当着我的面要司徒慧敏对我多加关照。果然,以后司徒慧敏成了我的密友。

叶坚和我告别时,一直紧紧握住我的手不放,他说以后有个叫李东平的人会来与我联系。望着他消失的远去的背影,我的泪珠滚了出来,心里仿佛失去了主宰。

几天以后,有人来敲门。我见是位女士,有点吃惊,她急忙自我介绍她叫"李东平"。原来她就是 C. Y. 的联系人,她询问了我一些情况后就离开了,并在以后的日子常来常往。谈吐里,知道她对北四川路一带很熟悉。她叫我送过一些印刷品,放在指定的地方后就离开。李东平还通知我,到老靶子路一幢旧洋房楼下去和几个不相识的人相会。其中一个叫"杨村人",因为常在报刊上发表文章,有些名气,给人的印象就比较深。另一位叫"老夫子",其实他很年轻。还有几个人名字没有搞清楚。大家相会的内容是听李东平推荐几篇自学的材料。李东平和我联系的时间并不长,以后就换成"老夫子"与我联系了。"老夫子"真实姓名我一直不知道。解放后,我才知道那位与我单线联系过的李东平女士的真名叫陈曼云,是著名电影导演蔡楚生的夫人。

背电影

我感到最新奇的,是跟着沈叶沉一起到大道剧社,去看苏怡排话剧。苏怡是大道剧社的剧务部长兼导演,比我整整大十岁。他是湖南省麻阳县人,非常热情,见我好学,他总是侃侃而谈。在排戏过程中,苏怡很富灵感,新点子多,即兴要求多。他有自己独特的艺术构思,怕演职员不理解时,总要反复解释。我觉得听他讲话受益很深,所以不管是他对我说话还是对其他的人谈要求，我都细心听，仔细想。在我以后的生活历程中碰到艰险，甚至濒于绝境边缘时，苏怡总是对我伸出援助的双手。我一直把他当做真正肝胆相照的好朋友、可信赖的兄长。建国以后，我才得知苏怡是1923年就加入中国共产党的老党员，在我与他相识的时候，已有近十年党龄。苏怡从北京来到上海后，担任了党组织的领导职务。因此，苏怡对我的关怀就不一般。

这时，沈叶沉正式改名沈西苓，在上海的泰东书局负责橱窗装饰。他在日本是攻读图案专业的，从表面上看，这份差事正是学以致用。但我却感到他是大材小用，我知道他在日本时还到有名的筑地小剧场学习过。在他的心里，早把自己列为电影队伍中的一员了。我的感觉是对的，时隔不久，沈西苓就执导了30年代的名片《十字街头》。他总是拉着我同去电影院。那时在上海虽然已有几家电影院，但均属外国资本家操纵，有的票价高达一元大洋。我们是穷青年，买不起。

离提篮桥有一段路的虹口大戏院，建立于20世纪初，是西班牙商人雷玛斯搭建起来的。由于建造过程中偷工减料，到30年代初更显得简陋了，票价就比别的电影院低。放映我们需要看的影片时，我和沈西苓总是带着干点去，连看好几场。有时长达十几小时，直到我们对影片的镜头结构、转场方法、场景设计、对话内容、字幕处理、音乐起止都能背出来为止。人们说的"熟读唐诗三百首，不会作诗也会吟"，就是形容熟能生巧的。我电影入门课，就是从沈西苓拉我进电影院学电影、看电影、背电影开始的。

普罗美术

许幸之约了几个志同道合的人在一起合办美术社,邀我也参加。他约我到北四川路一家小咖啡店碰过几次头,他反复阐述他办美术社的具体打算:首先取名时代美术社;宗旨是提倡"普罗美术",美术作品要表现劳动者,美术家要为劳动大众服务。除了许幸之、沈西苓外,还有经常在文艺刊物上发表画作的王一榴等,大家都认为许幸之提倡的与时代赋予青年的使命相符。因为我也算发起人之一,经常有机会听他们谈自己的美术观点、介绍世界各国的美术学派。我也逐渐明白光凭爱好漫画创作是会受到限制的,只有通过理论认识结合实践反复循序深入,才能创作出真正有时代气息的好作品。

时代美术社成立后决定举办一个苏联美术图片展览,布置期间,人人动手,我的兴趣更是特别浓厚。展览会开幕那天,我们都穿得干净整齐地接待参观者。来的大都是青年学生和业余美术爱好者,也有文艺队伍中的一些朋友。记得鲁迅先生来看过展览图片,他对我们举办的活动,很有兴趣,给予了充分肯定和评价。展览会的场子是借的,面积不大。参观者和在场的主办人经常是边看图片边交流对话,十分有意思,有时是两个人的一问一答,有时又变成十来个人谈体会。那时,许多青年如饥似渴地要求进步,他们需要从展览会汲取精神养料,他们也无私地提出希望。

许幸之的劲头更大,他在北四川路又办了个小型美术研究讲座,许多人都踊跃报名听美术基础课程。我也要求听课,许幸之笑笑说,来吧,我不收你的学费。上课时,我认真做笔记,加深记忆。晚上又认真阅读讲义。通过比较系统的学习,自我感觉进步极快。我们都要定期交习作,我画过一幅木炭画,得到许幸之的赞赏。他从 30 年代开始,就勤勤恳恳从事画家兼教育家的活动,做出了自己的贡献。他也是我孩子的好指导,1979 年,我的大儿子汤沐黎考进中央美术学院攻读研究生学位时,还受到他的关怀与培育。他在我们两代人心中都播下了真挚友情的种子。

广告社

我的 C. Y. 联系人“老夫子”思想十分活跃,办事能力又强,他经常拿些宣传提纲来要我定期完成绘画任务。这样,创作生活虽然有寄托,但吃饭问题由于无固定收入而得不到解决,总靠他送点生活费来接济也不是办法。所以我对他说,我想开家广告社,对外公开接受商业广告和美术设计,对内可以暗中画宣传品,以商业收入供应开销。最初“老夫子”没有表态,几天后他才说我的提议可以试试。大方针确定了,我们就得筹备开办经费。“老夫子”答应资助一点,但是数目很少。所缺大部分金钱,还得我自己想办法。那时我所亲近的朋友都是穷青年,要他们智力投资可以呼之即来,要他们出财力就困难了。“老夫子”敦促我到其他的朋友中间去想办法,我把自己接触过的友人都挨个思考,我觉得可以去找一位我并没太深交的人去试试口锋,因为他有经济实力。

侯鲁史也是大道剧社的负责人之一。我和他接触几次后,觉得他是一位有魄力、深明大义的人。他很忙,我跑了好几次才遇见他。当他听我讲清楚借钱是为了开办广告社时,就很爽快地就答应出点钱,并且主动说明可以不用还。过了两天,他就把准备的钱全部给了我。"老夫子"兴奋极了,在老靶子路上租了一间二楼面街的屋子。那时租房都通过二房东,要先交一年押金,然后按月交房租,这一笔钱相当可观。侯鲁史给的钱基本上都给了二房东。我们在室内墙上贴了承接商业宣传广告,又在楼下挂了一块木牌,这样便正式开始了对外营业。我对"老夫子"说,司徒慧敏是留学日本的美术家,请他来充实力量,"老夫子"马上就点头同意。司徒来了以后,又介绍了能写一手漂亮毛笔字的朱光进来。朱光也是绘画能手,于是,我们三个人承担了全部广告承接业务。白天,我们三人参加工作,晚上我一人留守。

广告社开张后,生意不错,附近的医药店、百货铺、商场都来找我们去帮助布置宣传,吸引顾主。有时,三个人还忙不过来。晚上,我们还要画些宣传品。有些工人读物要出版,也要求我们画插图、设计封面。记得柯灵当时写过一本册子,它的插图就是广告社接下来,由我设计绘画的。遗憾的是由于战火的灾害,实物资料全部没有了,剩下的只有在自己脑子中留下的珍贵而又模糊的记忆。

朱光比我大四五岁,有学问,有才气,待人接物也洒脱老练,我十分崇敬他。就是有一点使我不喜欢,就是他常常向我借钱,而且借了不还。甚至再借钱的时候,根本不提以前欠下的钱。我常常想,如果没有这点不足,他可以说是一位完人。由于我的性格能够容忍,从不在司徒慧敏和"老夫子"面前表露我的看法。朱光每次开口,我都如数给他,从未给他面子上的丝毫难堪。我也从不提他的前欠到底累计起来有多少了。

不知从哪一天开始,朱光不到广告社来了。奇怪的是司徒慧敏和"老夫子"都不过问,我当然也不探询他的下落。从此以后,朱光在我的记忆中除了借钱不还以外,其他印象都淡薄了。

一晃近三十年过去了。1960 年的夏天,一辆小轿车停在我家楼下,到家里来看我们的正是朱光。那时,他已是我党的高级干部了。原来,他在离开广告社后就去了苏区。建国后曾任广州市市长、广东省副省长等要职。这次因公到上海,特地安排时间走访 30 年代的几位老朋友。朱光用汽车接了我和蓝为洁去他下榻的锦江饭店,并请我们吃了一顿可口的晚餐。在座的人中还有赵丹和黄宗英、郑君里和黄晨,连朱光共七个人。席间,朱光高举酒杯严肃地说:"从前,我借过晓丹许多钱没有还,这笔欠债,现在也无法还清了。我用这杯酒,表示还债吧!"说完他一饮而尽。在座的人都哄堂大笑。这时,我才真正地醒悟到他当初为什么要借钱,为什么借了钱不"还",值得安慰的是,我每次都如数给了他。饭后他拿出自己创作的书画,要我们挑选。赵丹一边挑画一边嘀咕:"如果自己做画家,肯定比做演员有成就!"

朱光送我的画,我一直保存着,想找机会裱糊。不幸的是在十年动乱中被当做"四旧"抄走。画的命运同作画的人一样,都没有逃脱这场灾难。

死里逃生进影坛

1932 年 1 月 28 日深夜,我刚入睡。忽然被一阵急促不断的强烈枪炮声震醒,仿佛楼房都晃动了一样。我急忙翻身下床,光着脚奔向朝街的窗口,玻璃哗哗地响。我大吃一惊,就在离我们住处不远的地方弹烟滚滚,炮火横飞。我们的广告社已在攻击目标之内了。原来,是日本帝国主义冒天下之大不韪,出兵偷袭上海苏州河以北和北火车站一带。

我没有开灯,已经看得见整理室内的画稿和简单的衣物。反正是冷天,我将衣服全部穿在身上,画稿藏在内衣口袋里。心里不停地盘算着怎么办。

黑夜的时间,过得特别慢。

天蒙蒙亮了以后,枪炮声逐渐减弱。同楼房的人一点声音都没有,他们不会是在熟睡,他们一定屏住呼吸,思忖着血债要用血来还。我悄悄锁上房门,轻轻下楼走出广告公司时,仔细看了看屋子四周,不见一个人影。我小心地沿着屋檐,躲躲闪闪,前顾后盼地往北四川路桥方向走去。我的心一直剧烈地跳着。这是一次名副其实的在敌人炮火射程内的死里逃生,一旦时运不佳,我就会永远躺下。四川路桥,是日本重火力的封锁线。我壮了壮胆子后,不顾死活,一口气飞奔过桥。日本兵的狗眼是瞎的。我胜利了,一直奔到公共租界内,才松了一口气,我在路边歇了很久,然后放慢了脚步往前走,向法租界的天一公司方向走去。

从《白金龙》起步

当上布景师

我的好朋友沈西苓已经是天一影片公司的布景师了,苏怡在那里当导演。天一影片公司的地址在法租界内,日本人的炮火暂时还不敢向那里发射。我只能去找他们。看见我这副逃难的样子,苏怡马上让我在他家住下,他家离公司不远,是公司的宿舍。沈西苓得到消息后,马上跑到苏怡家,给我送来了包饭的钱,叫我每天在附近的小饭店就餐。

食、住两大问题总算得到了解决。

日寇侵略军的野蛮罪行,激起了全国人民的愤怒声讨。英勇的十九路军坚决抵抗,战争激烈地进行着。回北四川路的交通暂时中断,苦心经营的广告社也完了,最使我心情沉重的是不知道到哪里去找 C. Y. 联系人"老夫子"。

如何向前走,我必须有所打算。

我对沈西苓和苏怡说,我想先在摄影棚帮助沈西苓绘制布景,有点事做总比游荡好。他们都同意我的想法,竭力帮助我实现愿望。尽管我不打算要老板分文,还自带干粮参加工作,但还是要事先征得老板的同意,因为摄影棚是他的私人财产。他有钱,也有权说了算。过了两三天,沈西苓才对我说,老板同意我试试看。苏怡马上插话说,老板怕你画不来景,你就画得好点,让他们开开眼界吧!

我们三个人都笑了,那是互相信任的笑。

这时在"天一"负责宣传的还有柯灵(那时他叫高季琳),与我在广告社时就有交往。

快到夏天了,水银灯下的摄影棚更是热烘烘的。

苏怡不知为什么事和老板邵醉翁开始闹起矛盾来,他大骂邵醉翁。我问他剧本进展如何,他说搞不下去。沈西苓则不然,他正聚精会神地要自编自导《女性的呐喊》。他要我接替他的布景设计，否则他脱不了身。其实，他不用给我打招呼，我也会全力支持他的。他向邵醉翁推荐我正式进"天一"当布景师的事，邵醉翁一口就答应了。说实话，几个月我在摄影棚辛辛苦苦地绘景，虽说是帮助沈西苓，实际得利的却是老板，这么不花钱的劳动力到哪里去找啊！老板答应我月薪40元，这是我第一次有了固定的不错的收入。我要还沈西苓的钱，他执意不收。

这样，我踏进电影队伍，成了正式布景师，从此也奠定了我终生的电影职业基础。

沈西苓与《女性的呐喊》

《女性的呐喊》是根据夏衍的报告文学《包身工》改编的，它经过沈西苓的严谨构思，由著名演员王莹担任主角，正式在"天一"开拍了。

刚开拍了几场戏，还不足两千呎长度时老板突然叫停下来。说摄影师把人物拍得难看了，大有要换人的意思。沈西苓坚持不听老板的发号施令，要继续开动机器，摄影棚的气氛很紧张。苏怡开骂了，他说哪里是什么美与难看的问题啊，明明是对内容不满吗。双方要求各异才引起了这场风波。沈西苓构思的是，通过上海一个女工的坎坷命运，揭露洋场恶少、工头和买办封建势力互相勾结榨取贫苦女工血汗的累累罪行，歌颂普通劳动者敢于反封建的高尚情操，立意是积极的。而邵醉翁历来主张"三从""四德"，妇女屈服于旧礼教。他要求的"美"正是沈西苓要鞭打的"丑"；他指责的"难看"，正是沈西

　　1932 年，日本侵略军发动"一·二八"事变，无情的炮火毁掉了汤晓丹在闸北的广告社。他死里逃生，在沈西苓、苏怡的援助下进了天一影片公司，担任布景设计。

　　担任《小女伶》的布景师是汤晓丹从影生涯的开始。这是《小女伶》的剧照。

苓要歌颂的"美"。针锋相对的文艺观、审美观是无法相容和妥协的，沈西苓不甘受老板的蛮横干涉，一气之下，带着剧本到明星公司去了。

司徒慧敏是在沈西苓离开前到天一公司的，他对沈西苓不屈服于老板的压力，竭力支持。苏怡更是积极，还约了几个人拟出书面条文要老板接受，改进管理。老板施加权势后，其他几个人打了退堂鼓，苏怡单枪匹马和老板大吵一顿后也不干了。不多久，司徒也转去明星公司。好朋友们都走了，只剩下我孤零零的一个人留在摄影棚，我的内心感到有些空虚。

1932年，"天一"要拍摄一部有声片，裘芑香自编自导，片名叫《小女伶》，长度是十本。老板指定我为布景师，这是我踏进电影界后第一次的独立设计，非常小心谨慎。我主动争取摄影师配合，避免临场修改影响进度。摄影师吴蔚云是很有经验的技师，对艺术精益求精，乐于助人，十分好合作。影片的主要男女演员，有袁美云、王慧娟、田方、魏鹏飞等。它的内容描写一个可怜的孤女，在成长过程中受尽折磨，学唱戏成了名，才有机会与自己的生母团聚。题材一般，结构也老套，上映以后反映平平，不过一般的观众还是很爱看的。报刊上除登有宣传文章外，也有评论文章，大都指出没有深刻揭示社会矛盾，令人不满足。老板对我所设计的布景相当赞赏，要给我加薪。他说一句话，就把我的月薪从40元大洋增加到60元大洋。

《白金龙》的机遇

1932年，被誉为"粤剧泰斗"的著名演员薛觉仙与他的夫人唐雪卿,合作演出了一台粤语时装戏曲剧《白金龙》,一时轰动广东。后来他们又到香港、澳门巡回演出,也是场场爆满。

薛氏夫妇并不满足他们在舞台上的成功,还自筹资金改编电影,继续扩大影响。他们以南方影业公司的名义到上海找天一公司老板邵醉翁谈判合拍条件。邵醉翁也认为是赚钱生意,决定合作。薛觉仙是编剧兼男主角,女主角当然是他的妻子唐雪卿,其他主要配角有唱段的仍由舞台剧原班人马参加演出,没有唱段的就地从居住在上海的广东人中挑选。邵醉翁亲自导演,摄影师指定周诗禄,我任布景设计。在"天一"摄影棚拍摄。

《白金龙》的故事大意是:一位富家子弟到高级饭店去装扮侍应生,借机混到华侨富商的千金下榻的屋内做侍应工作。由于他的勤恳利落,很受小姐赏识,二人产生恋情。在饭店举行的一次假面舞会上,他戴上面具去与小姐接近时,却遭到拒绝,因为小姐已经倾倒于侍应生。这事被小姐的父亲发现,不准女儿同侍应生来往。后来,公子吐露了真情,二人才结了良缘,其父也认为门当户对,十分称心。影片想说明在阶级社会里婚姻还是带阶级性的,故事是旧套子,受到观众叫好的决不是它的故事情节,而是不断变换的漂亮时装、豪华的布景,以及带喜剧噱头的唱腔。这部影片的长度足足有十二本,放映两小时,全部摄制计划的完成和现场管理全由"天一"负责。影片属舞台纪录样式,搭的布景不多,但台上的天片绘景任务非常重。好在我已能自由掌握绘景美术的分寸了,并不感到吃力。

一切准备妥帖,开拍的日子到了。导演邵醉翁突然病倒,他指定《白金龙》由我代他执导。当时,我感到太突然了,内心有点胆怯,但

　　《白金龙》是汤晓丹身兼导演、布景、剪辑三职完成的一部影片。这是《白金龙》拍摄现场。

只能壮着胆子试试。那时候拍片，只有分场提纲，连对话和唱腔都用的是虚点省略。所幸全台演员对戏都很熟悉，我主要在镜头分切、取景、场面调度等诸方面下功夫。我在现场，很注意听取别人的意见，尊重别人的劳动，因此与各部门的合作非常默契、愉快，尤其是薛觉仙与唐雪卿说了不少赞扬的话。因为身兼导演与布景两项重要创作，每天工作量大，十分劳累，别人拍完戏走了，我还得准备好第二天所需的天片。一直忙到影片停机了，邵醉翁的身体仍未复原，他一天也没有到过摄影棚。

停机以后，我对邵老板详细介绍了拍摄经过。他似乎早已听过摄影棚的事，一点也没有疑问，只是胸有成竹地点点头，并且要我负责完成全部后期制作。后期制作的第一关是剪辑底片，一剪刀下去，决定影片的镜头转换是否恰当、流畅。我因为以前曾经与沈西苓常去电影院看影片，而且对一部影片反反复复看好几遍，有时二人一边看一边还交流看法，研究过这些影片的剪辑技巧和起承转合知识，以往的这些经历对我第一次独立剪辑起到了大作用。所以，我下剪刀并不手软。《白金龙》是我自己亲手剪辑的，也是身兼导演、布景、剪辑三职完成的一部影片，它从筹备到印出拷贝，历时三个月。

《白金龙》先在广州、香港、澳门、新加坡、马来亚一带上演。那里懂粤语的观众踊跃购票，薛氏夫妇和"天一"老板发了大财。有位片商叫邵仁枚，他仅仅买了马来西亚和新加坡的发行权，就打开了南洋发行市场的通道，垄断了那些地方的发行网点，还暗中筹划将所获部分利润转建香港电影公司。宣传这部影片的短文也时有报载，1933年1月20日，《申报》的《电影专刊》上有一段：

　　汤君晓丹,有为青年。攻美术与建筑,均极有心得。兼办广告公司。"一·二八"事变后,上海沦为战区,该公司适处战地,为国难而牺牲。君遂入"天一"任布景主任。新奇伟构,细巧唐阜,开"天一"有史以来之最新纪录。近在知名戏剧家薛觉仙夫妇主演的《白金龙》中,君充该片导演。

　　我们愿这位美术家能成为未来的名导演。

　　无疑,这是对我最大的支持和鼓励。我并不因为这些好的评议而晕头转向,我认为《白金龙》仅仅是事业的开始。评论家凌鹤对题材内容有意见,甚至埋怨我不该参加《白金龙》的摄制。所以他在文章中的语气就褒贬双关了,他说:

　　我首先觉得对我的朋友汤晓丹应当刮目相看,这样的戏,居然给他导演出来了……不过,我可以代他告诉读者诸君,他对于这一作品,也的确不满意,因为他曾如此说过。

　　当时的创作环境,也不是我自己能随心所欲的。朋友或舆论的评论,不管是从哪个角度发出的,我认为都必须冷静思考,有褒贬,才能思索,才会进步。

　　《白金龙》在上海的正式公映,拖延了半年多,直到1933年9月24日,《申报》才登出定期公映的广告:

　　南方影片公司与天一公司合拍之《白金龙》声片,为名伶薛觉仙与唐雪卿主演。是剧为薛君演舞台剧时之得意杰作,前在粤曾轰动一时。今薛君将该剧改编为电影,剧情更为曲折可观。此片早已摄竣,因电检会对于歌词内容,略有删改,故迟迟未得放映。近已剪辑完成,前晚试映,成绩极佳。现定中秋日在卡尔登及上海两戏院，同时开映。

《白金龙》在上海的观众并不踊跃，因为能听广东话的人不是很多。不过，官方还是叫好的，孙科和吴铁城在报上题词赞薛觉仙夫妇，孙科的题词是"艺通于道"。吴铁城的题词是"冰冻三尺，非一日之寒"。

我第一次在执导和设计布景、剪辑三项创作中取得了成绩，沈西苓、司徒慧敏都来祝贺。尤其是苏怡高兴极了，他大声说："邵醉翁这下真的开眼界了，不然他不敢相信居然汤晓丹能身兼导演、布景、剪辑三职。其实，邵醉翁根本不是真病，我看他是担心与老板、主角、编剧三合一的薛觉仙难处好，才称病让你搞。你搞好了，他坐收净利；你搞不好，归咎于你。"苏怡的这番话，还是有些道理的。仔细琢磨苏怡讲的这番话时，我才感到有些后怕了。尽管我身兼三职，为《白金龙》获得高额利润立下汗马功劳，但是两位大老板为富并不仁，没有给我增加分文。

我趁邵老板欣喜《白金龙》上演、财源不断涌进之际，把好朋友许幸之推荐进"天一"当布景师。因为许的学历、经历和社会地位明摆着，当然一说就成。许幸之来后，不是每天在"天一"上班，他的社会活动是很多的。我经常向他请教有关美术造型的一些理论问题，也研究一些布景设计的实际意见。那时，我虽然走上了执导行列，但对美工还是很有兴趣的，一方面是自己的爱好，另一方面也是做导演必须具备的修养。

这样，在我的身边不仅多了一位好朋友、贴心人，而且多了一位老师。我这个人的一生，如果说有什么可取之处的话，那么首先就是我甘当人家的学生,不耻下问。其次就是老老实实地自学,我认为自学可以成大才。

"二曾""一郑"

1932年底或1933年春,美国米高梅电影公司要把赛珍珠的小说《大地》搬上银幕,特地派出了一位制片人到上海来挑选饰演男主角王龙的演员。报上传出消息后,全国各地都有到上海的应征者。考场就设在天一公司摄影棚内。

考试那天,"天一"摄影棚里开了水银灯,热气腾腾。除了主考人、被考者外,还挤满了围观者,我也是其中的一个。考生一个个轮流应试。有的自觉要落选,奔出摄影棚;有的似乎还抱希望,没有马上离开。有位青年应考毕后,也挤进围观者中来,经过交谈,我知道他也是福建人,叫曾恭,是新加坡华侨,又是世界语学会的会员,会说流利的英语。他虽然是在学青年,但是对演员发生兴趣,后来常到"天一"来找我。我的自学兴趣广泛,在幼年时进过教会学校,也会英语,曾恭来找我,正是难得的学习机会。从此,我们成了好朋友。我们交谈,有意用英语,从一般生活到专业术语,词汇越来越多。如果我听不懂时,他反复用英语解释,如果我的发音不准,他注意纠正。

曾恭住在离"天一"不远的陶乐安路上。同屋的一位青年叫曾浪舟(后来改名曾雨音,建国后在福建师范大学任艺术系主任),是上海音专的学生。我到他们屋里去时,曾浪舟总是到学校排队等练琴的机会。我和他的碰头次数不多,但是我喜欢他的刻苦学习精神,更喜欢听他谈音乐知识。他们的住屋比较大,主动提出要我搬去同住,三个福建同乡青年在一起,生活习性也相近,我非常乐意。因为我当时已有固定收入,所以主动表示我承担一半住宿费用,他们二人合付一半。

我对曾浪舟说,我出钱,你到钢琴行去租一架琴放在家里,每天可以在家里练,但是必须做我的音乐老师,教我弹琴,教我学理论……曾浪舟哈哈笑起来:"青出于蓝,你当了大钢琴家以后,不能忘记我这个穷老师啊!"我们就这样开始了丰富多彩的业余文化生活。曾浪舟从五线谱教起,由浅入深,比较系统地教我,还带我去听辅导讲座、听音乐会、读讲义、分析音乐作品等。我真的学到了东西。记得我执导《不夜城》时,作曲王云阶曾把他创作的总谱给我看,我还真看得懂哩。几十年来,我对音乐特别偏爱,这与曾浪舟的帮助分不开。我1934年到香港后与他们的联系就中断了,但是友谊却一直在延续。建国以后,我和曾浪舟在北京开文联系统的大会时,浪舟总要来找我,送上一包乌龙茶和一包白木耳,写信时甚至称我为"恩师"。可惜他在我前面病故了。

"二曾"当时有位好友常来串门,名叫郑雄,是大道剧社的化妆师。剧社被迫解散后,他只好搬来与我们合住。二房东看见增加了房客要求增加租金,由于增加得不合理。"二曾"与房东有点争执不休,我劝"二曾"算了,增加的部分由我出,图个安静。我经常向郑雄请教化妆知识。郑雄是个善谈的人物,打开话匣子滔滔不停。从人物的造型设计谈到体现手段,从戏剧谈到电影,从中国谈到外国,很有独特见解,我总是听得入迷。

1989年,汤晓丹艺术研讨会在我的家乡漳州举行闭幕式活动时,一位年瘦多病的老人拄着拐杖,在女儿的搀扶中来到我住的漳州宾馆，他就是郑雄。经过半个世纪的流离后，他已从国外回到家乡定居。他怀念我们青年时代的深厚友情，还带来了珍贵的礼品。

《飞絮》和《飘零》

电影的发展是从无声到有声，而我个人执导则很有意思，来了个颠倒，是先导有声片而后导无声片。

《白金龙》的票房收入，使老板的金库增加了财富。他们决定邀我继续执导两部无声片，先拍第一部《飞絮》。《飞絮》由我根据同名小说自编、自导、自任布景设计和剪辑摄制而成，也可以说是担任"四合一"的工作。影片内容反映童养媳秀贞和她的小未婚夫青梅竹马，有了真正的爱情。完婚前请算命先生卜卦，害人的算命先生说秀贞是扫帚星要克死丈夫，婆婆狠心把秀贞赶出家门，秀贞的命运像飞絮一样随风飘零。

拍无声片在拍摄前就要思考如何发挥字幕的作用，而字幕的设计比对话还要难。要表达感情交流，要传递人物内心活动思绪，还要介绍环境气氛、空间……预计这部影片长达十本。袁美云饰主角秀贞，其他主要演员有田方、鲍志超、王慧娟。吴蔚云任摄影。

无声片拍摄期较快，后期制作则稍慢。第一个拷贝印出后，老板邵醉翁和一些记者一起看了，反应不错，大家都和我热烈握手表示祝贺。苏怡和沈西苓听到舆论反应，也很高兴。第二天，邵醉翁找我说，《白金龙》他让我成名，《飞絮》他要摆导演的名字。当时我很清楚，如果我不赞成，他也会叫人动手改的，所以我同意了他的提议，并且将第一个已招待过记者的拷贝，也换上了邵醉翁导演的字幕。

　　《白金龙》的票房收入,使老板的金库增加了财富。于是,老板又请汤晓丹再拍一部无声片《飞絮》。这是《飞絮》剧照,右为著名演员田方在剧中。

苏怡知道后，大骂邵醉翁，还说要写文章公之于众，我再三劝他作罢。不过，所有舆论都承认是汤晓丹编导，这就是事实胜于虚假。当时的影评有：

> 特别是汤晓丹君的导演，我们很有赏识一下的必要……
>
> 《飞絮》的剧旨，是在抨击重男轻女的封建思想、五行八字的迷信观念，和婢女养媳制度的存在，所以《飞絮》在表面上，似乎在叙述一个不幸的弱女子，骨子里却在暴露封建社会的恶势力。袁美云仍不失是最成功的一个，牧牛时期的天真活跃，做丫头时期以及养媳时期的遭受凌虐，痛受世间给予的残酷，每个表演都深刻动人，颇能引起观者同情。王慧娟饰一个温和而无能的妇人，表演较《小女伶》中有进步。鲍志超做戏太生硬。其余田方、吴一笑、陈绮霞、仓隐秋等均平平。布景尚称现实。摄影有几处光线太暗，不过并无大碍。总结一句话说：《飞絮》的演出似乎缺少了戏剧性，但因工作方面有相当的成功，所以值得一观……

《飘零》是《飞絮》的续集，影片故事接着《飞絮》发展。秀贞的丈夫病死后，财主胡福保要强娶她做妾。她逃到城里做佣人，主人挑剔难侍候，她在同伴柳青的帮助下，进厂做工，遇少年丁振平，一见倾心。他们相爱同居，丁遭学校开除。丁父将其关禁在家，房东逼秀贞缴欠租，秀贞被迫在风雨之夜出走，虽路遇柳青得救，但秀贞已身患重病，待丁振平赶到，秀贞已奄奄一息，终于长逝。

《飘零》展示一个不幸女人的最后命运，像一片秋天的树叶，飘落了。所以在我写的说明书最后有这样几句：《飞絮》、《飘零》中的女主人的遭遇，为什么这样？归纳起来，是罪恶的旧社会造成的。《飘零》

长度只有九本,由高天栖改编,摄影师仍是吴蔚云,遗憾的是秀贞因袁美云无暇拍片改由胡珊饰,还有陆丽霞、马陋芬等参加。它的公映,同样引起了极强烈的反映,影评说:

> 如儿子死后卖媳妇,儿子病死是媳妇克夫的,命不好等,都能从现在社会里找出。这个恶习还深传在民间……

> 演出上秀贞死和同时找丁振平这两个场面很紧张,也因此形成全剧高潮,为《飘零》生色不少。用花来暗示秀贞的命运和用打翻的鱼碗来暗示丁振平为父所禁,这两点是导演的聪明处……

> 对话的字幕也相当简洁。总之,《飘零》在技巧上是较"天一"其他片子略有进步。

由以上评论可以看出,我想揭露和鞭笞旧势力的创作意图,还是实现了的。洪深在总结1933年电影新锐作品时就有《飞絮》和《飘零》。

我在1933年共执导了《白金龙》、《飞絮》、《飘零》三部影片,有人说是机遇,有人说是有志者事竟成,到底怎么回事,我自己也说不清,可能兼而有之吧!

收获在香港

赴港"哑炮"

刚刚紧张地完成了《飘零》,可以说我还没有静下来喘口气,邵醉翁就拿了电影故事梗概《一个女明星的遭遇》给我，并不征求我的看法，而是在交剧本的同时就明确决定马上进入拍摄前的准备。

影片的故事很简单，由邵村人编写，表现一个女明星成名之后，虚荣心恶性膨胀，社会上几个小报记者又无耻吹捧，那位红星也开始堕落。情节和人物均为虚构，读剧本有点像哈哈镜前看变形物的味道。过分的扭曲，很不真实，我不喜欢这个本子也不敢推辞。因此估计拍成后只有短短八本长度，算最短的放映单位。我极想婉言谢绝执导，就和几个好朋友暗中商量，沈西苓认为如果当时没有巧妙的借口脱身，日后只能受老板的冷遇或赐予一双小鞋。迫于生活，迫于权势，硬着头皮答应下来。老实说，刚到上海两三年常常为一日三餐发愁的情景，对人的精神威胁相当大。我没有沈西苓为了《女性的呐喊》，宁可卷起铺盖卷离开"天一"那样的魄力。女主角由胡蝶的堂妹胡珊饰，其他两位重要角色有余光和张振铎。摄影还是相当不错的，由吴蔚云掌机。

影片公映时，观众踊跃，有较高的票房收入。但我的心里却有点不是滋味，因为我很不愿意拍那样的题材，记得在"一·二八"事变之前，我碰到内心苦闷时，总能得到 C. Y. 派来的单线联系人的帮助，常常还有经济上的支援。自从日本侵略者的炮火把我和组织之间的单线联系冲散后，我在思想上彷徨时，根本找不到依靠，我自己耿耿于怀，也没有去影院听过反映。

靠《白金龙》在南洋发行发财致富的邵仁枚，计划到香港筹建影业公司。他约我一定去执导他开张志喜的第一部影片。我的思想深处顿起波澜，我这样一个异乡游子，在上海的五年，可能像流星一样飞失了，但是白色恐怖的刀光剑影，一直在我眼前晃动，无辜受拘留，挨冻饿，死亡的威胁……一切人生的苦辣酸涩，都品尝过了。想到这些，真想马上离开，但是温暖的友情，无私的援助，一群志同道合的青年人，为争取生的权利，手拉手走上创业的征程，要离开真还恋恋不舍。

我是福建人，对于上海严寒的冬季很不适应，常常伤风感冒。香港和家乡的气候差不多，我决定答应邵仁枚的邀请。我和沈西苓、许幸之、苏怡、司徒慧敏等几位挚友话别，他们都语重心长，希望我一帆风顺。

1934 年的夏天，我独自踏上由上海开往香港的客轮。呜——汽笛拉响，船慢慢离岸时，我开始感到不妥，真想奔下船，大呼"我不去"。说实话，我不知道人地生疏的香港将会赐予我多少欢乐、多少痛苦。我伏在船栏边，凝视着飞溅的浪花。天边隐现闪电，看样子我们将会碰到暴风雨袭击了。晚上我正躺在床上发呆，突然船身左右波动，雷声、浪声、风吼声混在一起，震得人头昏耳聋，我真担心会翻船。我坐起来，搜寻附近有没有木板之类的救生物。因为我从小会游水，只要有块板，即使翻了船也不会沉入海底。第二天，雨停了，风浪逐渐减弱，我翻开随身携带的英语会话读本，认真朗读，香港流行英语和广东话，掌握了这两门语言，才能适应工作和生活。

邵仁枚早到香港，他亲自开汽车到码头来接我，那时有车的人不多，会开车的人更少，他的车虽然不算新，但还算时髦、神气。

我被安排在九龙他自己的家里住下，那是一套小公寓套间，独门进出，除两房一厅外，还有厨房和卫生间，据他自己说也是临时住所。

我和他各占一个小单间，比住旅馆安静多了，就是吃饭太麻烦，两人都不会烧，也没有时间烧，好在出门不远，就是大餐厅、小吃店……

邵仁枚脑子里，时间就是利润，恨不得马上就挖出个金娃娃。他不顾我海上颠簸的疲劳，缠着我听他津津有味地谈打算，吹得天花乱坠。天刚亮，他就起床，叫醒我听他谈一天的工作安排，边说边从柜橱里取出一包早已买好的干点，他吃得很香，我则感到太干，咽不下，不想吃。

我们坐上汽车，他开得飞快，我真有些提心吊胆，怕出车祸。汽车从九龙直开到香港的白帝街，邵仁枚拉着我下车后直奔一间破仓库旧址，他得意洋洋地说，利用它做摄影棚拍戏。我的心，顿时一阵阵冰凉，一间破仓库怎么能做摄影棚拍戏呢？我很后悔香港之行。邵仁枚的话，我几乎一句话也没有听进去。看完仓库，邵仁枚开车带我去见一位英国人，说他就是未来的影片录音师，那位英国录音师是高价从新加坡请到香港的，因为他有一台录音机。我们用英语随便交谈了一会儿便告辞回家了。

我的心里闷闷不乐，推说头疼，很早就躺在床上，晚上翻来覆去不能入睡。我醒悟到自己是一个真正的傻子。

第二天清晨，邵仁枚也睡着不起床，我摸不清是什么意思。忽然听见敲门声，邵仁枚开门后，进来的是一位老太太，打扮得很漂亮。邵仁枚热情相迎，他向我介绍说，她是普庆戏院的股东，也是我们拍片的股东老板之一。老太太十分健谈，显示出她是一位经商能手，并善于掌管财权的人。我本来就不爱多说话，心里不开心，就更难开口了。邵仁枚当然有所察觉，等老太太走后，他正式请我吃顿中饭，可惜我已倒胃口,即使山珍海味也不想咽下去。

饭桌上,邵仁枚吃得津津有味,并且说摄影机已经从上海启运,很快就可以到香港,在他看来,摄影机、录音机、摄影棚都有了,开拍的条件已成熟。其实,拍什么题材,连个梗概也没有。又过了七八天,邵仁枚拿了一份不到一千字的故事提纲给我,据说就是我们要放的"第一炮"。内容是说有一对真挚恋爱的青年,受到女方养母嫌贫爱富的阻挠,两颗赤诚的心被刺伤,十分痛苦。养母强迫姑娘嫁给一位富商,正在举行婚礼的时候,那位青年男子破门而入,严厉斥责富商的犯罪行为。养母怕受牵连入狱,当场表示撕毁婚约。故事虽然简单、陈旧,但还有反对包办婚姻的现实意义,我只好勉强接受下来,等拍摄时再充实内容。邵仁枚任监制,他花高价聘请香港的名角新马师曾、胡蝶影、叶弗若等领衔主演,影片取名《并蒂莲》。

我到香港的第一部影片,当然渴望一炮打响,所以着实下了一番苦功,摄制组各创作部门也都严肃认真,结果适得其反,质量不好,主要原因是技术条件太差,声光糟到看不清听不清的地步,老板预期的利润不能实现。

《并蒂莲》变成了"哑炮",邵仁枚也不急于再拍第二部影片。以后的日子如何过下去,我不问,他也不说,我们俩仍住在一起,我不免有点寄人篱下的凄凉,但是没有办法,我刚涉足香港,没有力量负担高昂的房租。邵仁枚还算讲义气,没有表示要我让出房间。

苏怡和《野花香》

正当我心情起伏不定时,忽然有人对我说,苏怡已到香港来拍片子了，我心里顿时感到热乎起来。他是我在上海时共患难的好朋友，他来了，我有些藏在心里的话可以找他促膝相谈。他住在离我很远的地方，据说是全球影业公司的宿舍。我到香港已经有一年多了，也拍过一部影片，可是对于"全球"这个名字，非常陌生，似乎从来没有听人谈起。

有一天，我找了他和我都有点空闲时间的机会，急忙奔去和他见面。友人相见，格外高兴，我都差点掉出眼泪来。原来"全球"是由华侨集资新办的，没有拍片子就先宣传。他们在报上登出引人注目的广告说，已经高价从美国购进了全套新式摄影机及录音器材等等。当时，同行中一些朋友，都对这家新开的公司寄予厚望。

"全球"第一炮，是请著名粤剧演员马师曾领衔，将他的拿手好戏《野花香》搬上银幕，并从上海邀请苏怡担任导演。苏怡原是湖南人，早年在广州做过事，会说一口流利的广东话。他待人诚恳热情，又风趣健谈，因而很受同行崇敬。无论是在上海排话剧或是在电影公司执导影片，大家都愿意与他合作。他告诉我，应"全球"之邀导演《野花香》，已是第二次与马师曾合作。本来，香港的制片商老板们，曾多次想请马师曾合作拍片，结果都因为没有使马师曾认为合适的导演而作罢。苏怡是话剧与电影都精通的专家，富有智慧，点子又多又快。马师曾愿意与他再度合作，苏怡当然也乐意和香港赫赫有名的人物拍片。

苏怡对《野花香》的票房价值寄予厚望。经过摄制过程中的鼎力合作，确实在香港和南洋一带赢得了观众。自此，苏怡在香港的地位增高，粤剧演员都极亲热地称他"苏伯"。

《糊涂外父》的笑声和《翻天覆地》的意外

上海艺华影业公司在香港办事处的代表毛裕茹先生兴冲冲地找我导演新片，他对抓到了个新题材感到很得意。读完故事梗概，我才知道《糊涂外父》是粤语喜剧歌唱片。有个糊涂的外祖父，把自己从小疼爱带大的小外孙女，许配给一个使外孙女讨厌的男人，结果引出许多笑话来。我认为这个题材不仅观众捧腹大笑，还具有讽刺不良倾向的社会意义，就决定接受下来。第二天，毛裕茹找我谈看法时，我表示可以拍成受观众欢迎的片子。毛裕茹高兴极了，因为受观众欢迎就意味着有票房价值，他当时就与我签订了拍片合同。合同规定了导演负责摄制和出片的时间，以及影片导演的酬金。签约后，毛裕茹当场预付了一半酬金，其余一半要影片完成后才付清。

我拿了酬金，马上投入导演工作。尽管合同规定筹备、摄制和后期在内只有两个月时间，我仍然花了几天时间搞分场和分镜头。艺华公司非常重视《糊涂外父》的制作，派了小老板严幼祥专程从上海到香港抓进度。严幼祥是一个比较有胆识有远见的"少壮派"，深深懂得赚钱必须先付本钱，然后才谈得上一本万利。他主动提出要用重金聘请香港最走红的女星紫罗兰、吴楚帆、林坤山、"大口何"担任要角。其中紫罗兰饰外孙女，吴楚帆饰青年，林坤山饰糊涂的外祖父都很称职。尤其是"大口何"，戏也不错，简直是一个难得的喜剧演员形象。他的嘴巴很大，姓何，所以艺名就叫"大口何"，他一出场就惹人发笑。

由于有了《并蒂莲》技术条件差影响影片质量的教训，我坚决要求老板在这个重大决策上不能出错。严幼祥经过思考,同意到扫箕湾租大观公司的露天摄影场实拍,摄影机和录音器材都由上海调运香港。我才算吃了定心丸。严幼祥当制片,有特殊权力。他还从上海抽调了三十来个有摄影场拍摄经验的人加入摄制组,这对导演是极大的支持。

《糊涂外父》是我大胆尝试的第一部喜剧。我想让观众在嬉闹中笑出眼泪,笑中有新思索。为了达到这个目的,在创作过程中,可说是做到了呕心沥血的地步。有时,临场还做改动,严幼祥非常支持我,尤其是他从上海调港的班底,一呼百应,大家默契配合,虽然累但很愉快。《糊涂外父》总计两个月时间,就和香港观众见了面。正如我所预期的效果,观众扶老携幼走进电影院,场子里笑声不停。散场后还边走边议,指责外祖父太糊涂了。据负责发行的人调查,有人竟看了十几次之多。影片在南洋发行时,票房收入超过《白金龙》,艺华公司赢得了前所未有的高额利润。我因此在香港站稳了脚跟。

香港大观公司的老板赵树燊看见我执导的《糊涂外父》赚了大钱,也赶来与我签订合同,邀我尽快自编自导一部粤语片。他的诚意感动了我,破例答应他先签合同后抓本子。

我手头正好搜集了些香港社会某些小人物不甘受权贵欺压联合反抗的素材,极有现实意义,我也很有创作激情就很快编成了导演分场本,赵树燊读完也很满意。新片定名《翻天覆地》,主要演员邝山笑和林妹妹都是很合适的人选。

摄制完成后,先招待舆论界,大获好评。还没有正式公映,推荐的文章就接二连三地在报刊上发表。这对摄制组付出辛勤劳动与智慧的每一个人都是安慰和鼓舞。

影片公映的那天,香港碰到了特大的暴风雨,居民忙自己的事都来不及,哪里还有心思去看电影呵!电影院里放映《翻天覆地》,电影院外人们则忙得天翻地覆。赵树燊反而安慰我,他认为香港只不过是其中的一个放映点,我们的发行网点多得很,别的城市没有暴风雨,发行放映情况一定会好的。他又与我签订了《金屋十二钗》的合同。

警世社会片《金屋十二钗》

编剧李涤凡原是一位中学教员,他对香港当时世俗所承认的一夫多妻制很不满意,因而写了《金屋十二钗》电影故事梗概,目的是暴露不道德的资产阶级生活方式。我读完故事后,认为它的主题鲜明,导演可以把《金屋十二钗》处理为警世性的社会片。故事描写一位中年富翁,已经在公馆内娶了 11 个年轻貌美的妻子。这 11 个妇女虽然生活在豪华住屋中,精神却各有苦闷,常常为了芝麻小事,争风吃醋,哭哭啼啼,吵吵闹闹。富翁时而周旋于众夫人之间,时而也责怪她们,致使这些依靠丈夫过日子的人心里都很空虚,恐惧自己都将会失宠。正在这时,一个更年轻迷人的姑娘又被富翁娶为第 12 个老婆。她还有位表兄常来富翁家做客,受到富翁重视。没有想到这对假的表兄妹,原来是混进公馆里进行谋财害命的。当富翁被害死后,金屋的十二钗都各自分散,结尾是一幕大悲剧。男主角是香港著名的粤语演员邝山笑,女主角由香港观众喜爱的黄曼莉、朱剑琴、郑宝燕等担任,尤其是新星陈云裳,简直使观众着迷。一部影片中有 12 位

　　《金屋十二钗》是汤晓丹导演的警世性社会片。汤晓丹把它拍成了一部有艺术价值、有社会意义的影片，制作上也非常严肃。

美艳女星,观众踊跃争看的狂热程度,难以形容。所以我对赵树燊说,《金屋十二钗》卖座是有把握的,关键是把它拍成一部有艺术价值、有社会意义的好影片,我们的制作要严肃。制片人听了导演要把片子拍成又好又卖钱的设想,当然双手赞成。摄制组所有配备,都是《翻天覆地》的原班人马,合作非常默契。影片完成上映后,场场满座。尤其在广州和澳门更是一片争看,连续上演了两个月,经常加座,创当时卖座最高纪录。后来,南洋一带的片商都赶来香港购买地区发行权,各地舆论反应也很好。

那时的电影导演,非常重视自己所执导的影片的发行情况,因为它是检验导演是否赢得观众的唯一标准。很难设想,在商品经济的社会,观众不愿看的片子自己反把它说成是好片子。总的说来,影片的质量与观众情绪的冷热是成正比的。尽管我拍戏非常紧张,但仍然经常到电影院内外听观众的意见,这对创作、对把握观众的爱好,都极有好处。

赵树燊是一个很有胆识的监制人,在《金屋十二钗》还没有结束时,他又给我拿来了蒋爱民编写的《花开富贵》的提纲。《花开富贵》写一个卖春联的人,在春节前仍然无人问津。究其原因,是嫌他的字写得不好,以致生意清淡。他有一个妹妹,生得很美,被一位少爷看中了。这位少爷还写得一手好字,便暗中帮助她家写春联,招来了大批顾主。少爷不满意自己父亲为他包办婚姻,执意约美丽的姑娘去他家中,结果被阔府里的人嘲笑了一番。姑娘受不了这种刺激,狂奔回家;少爷跟踪紧追姑娘,而少爷家里又命佣人紧追少爷。很显然,《花开富贵》是提倡自由恋爱,反对包办婚姻的,全剧在三个人物为主线中展开。戏很集中，略带轻喜剧色彩，人情味也很浓。我非常喜欢这部影片的故事结构。演员都很好，伊秋水饰卖春联的人，陈云裳饰他的妹妹，邝山笑饰才貌双全的少爷。它的上座率可与《金屋十二钗》比高低，我想，这与演员陈云裳的走红分不开。这是陈云裳最重的一部戏，她自然、质朴的演技与美丽的形象征服了更多的观众。

乐得合不拢嘴的监制人赵树燊，此后就到处高价征求电影故事梗概。他希望我仍再接再厉，不断开创票房的最高价值。赵树燊与我商量后，又去找《金屋十二钗》的编剧写续集，使剧情发展能更深入地推向社会。《金屋十二钗》续集写12个不同类型的夫人，在"树倒猢狲散"的凄凉中相继离开了金屋。她们鼓足勇气踏上自食其力的道路时，一个个都受到挫折，有的还碰得头破血流。12个妇女的心态也发生了急剧变化，原来在金屋钩心斗角、相互仇视的人，变成了同舟共济的亲人。

热血沸腾的 1937 年

"七七"事变以后，香港人民的心中也燃起了巨大的复仇火焰。香港电影界著名人士发起组织华南电影界赈灾会。我和电影演员邝山笑、林坤山等都签了名。除了一般的宣传、义卖、组织舞会义演外，还策划由在香港的"大观"、"南粤"、"南洋"、"合众"、"全球"、"启明"等几家影片公司联合，拍摄一部描写中国人民英勇抗击日本侵略军的粤语片《最后关头》。在我的记忆中，《最后关头》拍摄提纲是由苏怡和高梨痕共同草拟的。除他们二人同时兼任导演外，我也分配到一段，还有陈波、赵树燊等几位负责组织工作。

我带着摄影师深入学生队伍中,用胶片如实纪录下他们热爱祖国、誓与祖国共存亡的崇高行为,场面动人极了。我深受他们高涨的爱国热情的感染,流了不少眼泪。每个导演拍的片断,交苏怡和高梨痕去最后编辑完成。影片以蒋介石在庐山发表抗日演说开始,那些镜头是从新闻片中翻拍的。影片除了资料外还拍摄了工人、农民、学生、商人、士兵,以及全国各阶层总动员奔赴抗日前线的真实镜头。

我们工作人员,全部义务劳动。拍摄所用开支由几家影片公司共同负担,影片的发行收入全部捐做抗日经费。

正在这个时候,香港电影界又发起了抗日献机的活动。募捐的方法是举行舞会,由著名影星伴舞,门票收入作为购机加强国防。发起人的名单中有著名的粤剧名角薛觉仙、马师曾、吴楚帆、陈云裳、林妹妹、李绮年、谭兰卿、赵树燊等几十个人,我也是发起人之一。在举行舞会的前几天,香港有影响的报纸《工商日报》、《华侨日报》等都以整版篇幅刊登广告,组织专人向富商名流推销门票,认购者不少。票价每张港币二元,似乎不贵,但是一张票只能跳一次,因此,要去的人,必须买一大沓才够用。舞会厅在香港有名的施豪大酒家。从上午9点一直到深夜10点。豪门贵族、名流雅士络绎不绝,既过舞瘾,又表爱国。我胸挂招待员红绸专门与进出男女点头招呼,倒也轻松。眼看那些浓妆艳抹、珠光宝气的仕女进出,仿若一次选美竞赛。舞会结果,公布账目,净余二万多港币,全部交香港华商总会转国内购机抗日。老百姓总是心向祖国,赤诚善良的,不知那些钱是不是真的作为购机加强国防用了。

上海电影界的朋友到香港的越来越多,我的好朋友司徒慧敏突然出现在我的面前时,我简直高兴极了。因为我们在上海时是冒着生命危险共同工作的,结下了共甘苦的友谊。他拉我去看苏联影片《夏伯阳》。我目不转睛地盯住银幕,一直被银幕上生龙活虎的形象吸引着。我觉得银幕上充满血和肉的夏伯阳已经跳出了银幕框子,潜入了我的心灵,我深深地爱上了这部影片。我对司徒说,你以后看好片子别漏了叫我呵。他笑了,笑得那么亲切。

司徒慧敏是同蔡楚生一起到香港的。他们正筹划拍一部抗日英雄事迹的《血溅宝山城》,是粤语片。他和蔡楚生合作编剧,他任导演。他们很快就完成了摄制工作,招待映出的时候,我放下手里的工作奔到影院,先睹为快。影片描写"八一三"全面抗战开始后,日本侵略军在上海战役中从虹桥口正面攻击受阻,就调动大部队绕道北边宝山一带发起猛攻。驻守的中国官兵,坚决反击,多次打退敌人的进攻,终因寡不敌众,全营壮烈牺牲。影片歌颂了中国人民捍卫祖国尊严的崇高爱国热情,思想性、艺术性和技术质量都很好。香港的观众和海外爱国侨胞都喜爱看这部影片,对于我来说,更起了相应的促进作用。

《抗日三部曲》

司徒慧敏的《血溅宝山城》使我产生了新的创作激情,我也要拍一部表明我对抗日战争鲜明立场的影片。思考再三,我主动去找编剧蒋爱民商量。我在和蒋爱民合作过程中,觉得他才气十足,艺德又好。我对他说,我想拍一部抗战题材的影片,片名可叫《上海火线后》。我将全部构思告诉他后,他欣然表示尽快将提纲写出来。由于我设想的场面比较大,特技烟火也多,不仅拍摄难度大,周期长,而且影响到成本增加,我还没有找到愿意投资的人。正在发愁的时候,上海梅花歌舞团在魏女士的率领下从南洋演出归来,在香港时与"大观"老板签了合同要拍全部剧目,构成一个放映单位。他们双方都要求我担任导演,并且要拍成粤语和国语两个拷贝。那时候,还没有译制配音工艺,拍两种语言,就得拍两次。因此,国语片是梅花歌舞团全班人马,粤语版的女主角就换成陈云裳,陈云裳会粤语,又能歌善舞。导演的工作量是很大的,我答应的条件是要求老板投资拍摄《上海火线后》,老板欣然应允。

粤语版歌舞片拍完后,魏女士看了这部充满音乐舞蹈的影片非常高兴,她人很瘦弱,感情极丰富。她和摄制组的工作人员在告别会上带头用手帕擦眼泪,年轻的姑娘们个个哭得像个泪人儿。

影片完成不久,梅花歌舞团坚持不下去,就解散了。

《上海火线后》从开机到完成足足花了好几个月,这是我拍电影以来所花时间最长的一部影片。演员有《血溅宝山城》的李清,他塑造的人物有新意,且真实可信,还有白燕、卢敦、张瑛等。老板的投资多了些,影片的艺术质量也大大提高,盈利也相应增多。不仅在香港、广东、福建等粤语流行的地方大受欢迎,在南洋、澳大利亚、南北美洲华侨集中的地方上座率都很高。

紧接着,我又着手筹拍《小广东》,那是李枫和罗志雄合作写的一个电影梗概。它讲述广东东江地区一支人民游击队坚持抗敌的故事,仍是粤语。罗志雄既是编剧之一,又是副导演,这样在拍摄时发现问题易于解决。《小广东》的演员属第一流红星,施威、紫罗兰和

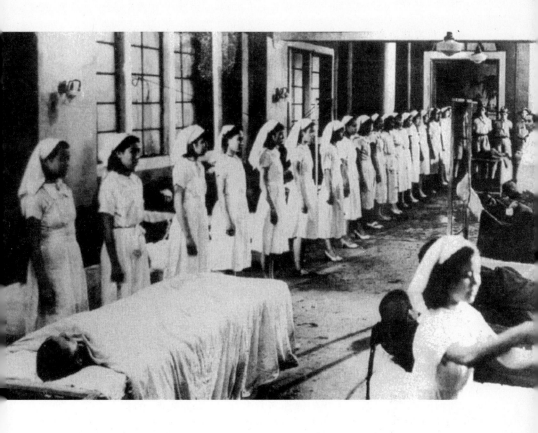

图为《上海火线后》的剧照。

黄曼莉等都极受观众欢迎。由于摄制组各个部门有了《上海火线后》的拍摄经验,进度就快多了。《小广东》的公映,在香港引起了震动。报界、观众和同行都给予极高评价,我也认为是比较满意的一部片子。

大观公司老板见到抗战题材卖座好,立即又与我签订了《民族的吼声》导演合同。故事仍以香港为背景,描写一个奸商,勾结内地某个有武装力量的司令,偷运军需原料,转卖敌军,从中获利。这种丧心病狂的罪恶行为,被香港的劳苦人民发现后,与他们开展了尖锐激烈的斗争。奸商正在为儿子大办婚礼的时候遭到袭击,人民游击队也截住了军需物资,给犯罪者以沉重打击。《民族的吼声》在香港上映时,蔡楚生在香港拥有广泛读者的《华商日报》上,发表《一部民主运动的好电影》的评论文章说:在争取民主浪潮继续增高的今日,我们能看到像《民族的吼声》这样能够适应"时势"需求的制作,真不知应该如何表示兴奋……我们谨向所有参加《民族的吼声》的每一个工作者致最大的敬意,并希望他们能本着这种不屈不挠的精神继续努力下去。同时,希望全华南的电影工作者来一个进步电影的大竞赛。除了蔡楚生外,还有许多电影界的朋友都对此片表示好评。为了答谢朋友们、观众们的关心,我也在《华商日报》上发表了关于《民族的吼声》摄制的短文,其中有这样一段话:"我们制作这部电影的主旨,就是要尊重人民,拥护抗战,反对贪污枉法,反对发国难财,反对操强权于少数人手中、置正义于死地的贪官污吏。"

这时,香港的局势十分紧张,日本侵略军的重炮兵部队早已把炮口对准了香港。强大的师团兵力在空军和舰艇的配合下,把香港死死围住,香港成了日本侵略军的囊中物。我们每一个人随时都可能变成他们的活靶子,正常生活越来越困难,如果有病那就更糟了。

香港沦陷

1941 年 12 月 7 日,是星期天。街上来往行人比较少,显得较为平静。午夜以后,突然轰鸣声震耳。原来是日本裕仁天皇发布了"攻占香港"的紧急命令,日军先出动了 350 多架作战机偷袭美国在夏威夷的大型海军基地珍珠港。以五比一的兵力、十比一的火力,仅仅用两个多小时就炸毁了美机 100 多架,炸沉、炸毁战舰几艘,炸死、炸伤美军官兵 3 000 多人。几小时以后,英国首相丘吉尔宣布对日作战。日军开始了对香港的狂轰滥炸。

战争开始后的头三天,日本陆军沿九龙半岛而下,企图强占香港,英国驻军猛烈回击,并封锁海上渡船航行,切断想从海上登陆的日军,当然也切断了想从海上逃生的无辜受害者。住在九龙半岛的居民遭受日英双方炮火夹击。日军企图登上半岛先要炮火猛击;英军誓死保卫半岛,也要炮火猛击。手无寸铁的男女老少只能听天由命地在炮火夹击中,死者尸骨成堆,幸存者身心受到严重创伤。

到了 12 月 19 日,日本侵略军佐野兵团分左右两翼强行渡海登陆。岛上的英国守军虽被分割成了几小块,弹药所剩也不多了,但仍顽强抵抗。特别是由中国人、英国人、葡萄牙人……组成的一支一千多人的民间义勇队尤为英勇,他们在保卫筲箕湾和发电厂的战斗中视死如归,流尽了最后一滴血。

我的住地在九龙尖沙咀,它在火力封锁之内。到了圣诞节的中午,英国守军才被迫退守到南端赤柱半岛的狭长地带,守卫着半山区的总督府高地。佐野见强攻不屈,兽性大发,开始了疯狂的大屠杀,极其残暴地奸淫掠夺,特别是跑马地的日军更残酷,他们冲进医院,杀死伤员,轮奸女护士……侵略军用这种惨无人性的行为,企图迫使英国守军投降。

我终于冒着生命危险,在炮火中离开了家,除了胆战心惊以外,身边没有一分钱,一件多余的衣服。我闯到制片人王鹏翼家时,他们都惊傻了,他们似乎不相信我能在炮火密集中跑出来,都说我大难不死必有后福。他们留我暂时住下,因为他们那里偏离炮火射程,相对说来比较安全。

香港英国驻军奋力还击,火拼延续了 20 天,香港才沦落在日寇的铁蹄之下。

香港其实是一座消费城市,粮食、水、蔬菜……居民生活必需品全靠外援。日军占领后,粮荒更加严重。我所住的王家,本来购了点大米储存,可以短期糊口,我去了后,日食量增加,每日有减无增,市场上又无处购买。我们从每日两餐减到每日一餐,还只能吃个半饱。日军占领香港以后,立即公布一条法令,强迫香港居民将手中的港币以二比一的兑换价换成"军用手票"。这种"军用手票"不是货币,没有交换价值。然而侵略军却蛮横地要居民承认它比正式的港币高出一倍。谁要是有港币在手里不去兑换,将被看做是蓄意破坏,甚至要被判处死刑。

压住心头的怒火

1942 年春,九龙市面开始有了来往车辆,有的商店也开了门。

但居民无事不上街，躲在家里保平安。

我在王家吃住了近三个月，眼看米快吃完了，没有米下锅，日子怎么过，大家都犯愁。有一天，王鹏翼说要出去走走，看看几个朋友家里怎么过日子。他要我同去，我不肯。他只好一个人出去走了近两个钟头，回来时却有些兴致勃勃。原来，人家早已开始申请救济米养家了，他说洪仲豪就是专门负责对电影同行发放的。

提起洪仲豪，香港许多人都认识他，他是一位电影导演，不知怎么，他的人缘不太好，许多人甚至讨厌他。我和他素未合作过，谈不上好和坏，只是突然去找他申请救济粮，心里有点不乐意。经王鹏翼再三催促，第二天我便和他同往。登记处在九龙白帝街，离王家有一段路，为了路上少遇麻烦，我们乘公共车，避免在路上与日军相遇，以免招来横祸。登记处是二间门面的二层楼房，登记和发粮都在那里。门口里里外外围聚着人，男女老少都有，妇女居多。人们挤进挤出，忙个不停，我打量了一下，一个认识的人也没有。我问王鹏翼，你不是说都是电影同行，怎么看不见熟人。王笑笑说，可能爱面子，都叫家属来了。我站在人群圈外，真想往回走，宁愿饿死，也不吃救济米，可是不行呀，我欠了王家的米债；再说，我还要活着抗日哩。于是，我只好压住心头的怒火，跟王鹏翼一起挤进大门。

洪仲豪在里面忙着。我没有走近他，也没有叫他。他无意中抬头看见了我，急忙走过来，热情地拉着我的手说："领粮吧，那边请!"他向办事员取来两张表，叫我和王鹏翼填好后直接交给办事员，说完自己又去忙别的了。我将填好的申请表，送到办事员手里时，才发现他是与我合作过的潘培元。他给了我一张新卡，叫我到发粮处去领粮。轮到我们时,发粮的青年抬头看我后又低下头翻他的登记本,原来我的一份粮已被人冒领走了。还好王鹏翼领了一点,可以对付几天,王夫人有点不乐意。这也难怪,我白吃了几个月,连累他们生活,我心里也不好受,暗中盘算着另找住处。

不知南洋影片公司老板邵村人怎么知道我在王鹏翼家住。一天下午,他派人来请我去他家吃饭。

我在香港几年,也为"南洋"拍过几部片子,但我从未登过邵府的门。他怎么会在兵荒马乱的时候请我一个人去吃饭呢,我心里太奇怪了,我打定主意不去,因为我不知道他酒杯里将会盛上什么酒。我对来人说,我身体正好不舒服,改日再登门拜访,来人站着不动。王鹏翼急忙打圆场说,汤先生随后就来,你先去吧,来人表示一定要接我同行。王鹏翼把我拉到里屋,劝我去看个明白,我想只能去一趟了。

来人跟在我后面不停地说怎么向前走。拐了几条大街小巷后,看见了一所大楼。来人抢上前指着说,到了到了。大楼底层住着日军,十几个鬼子正打着圈圈乱叫乱跳。我心里又气又怕,停步不前。来人说,不要紧,邵老板家是从旁边另一个大门进去。"哦,原来他们是邻居。"我差点把这句心里话说出声来。

邵老板正和两个日本军官在喝酒。见我进去,出奇的热情,并对我介绍说,他们是隔壁兵营的联络队长他们帮助邵家送去了大米。邵老板请他们吃饭,要我去当翻译。我平时能讲一口比较流利的英语,确实也自学过日语,会一些简单的会话。但是,这一回,我斩钉截铁地说,我不能说日本话。邵老板虽有点尴尬,仍面带笑容回答,你不是日本留学生吗,别人都说你会日本语。我也缓和了一下口气告诉他,我不是日本留学生,我不能说日本话。为了表示我内心的感情,我强调了"不能"二字的发音,我认为"不能"比"不会"更恰当些。

邵老板自我解嘲,请我坐下。他边吃边用笔写下汉字,比如先写"酱油",然后指着碟子说里面就是"酱油"等等。我心里直感到恶心,坐了一会儿,就告辞了。路过日军兵营的时候,我加快脚步走了过去。

闯荡西南

走为上计

南洋影片公司的一位专职写宣传稿的人,名叫冯风歌。我在"南洋"拍的片子,差不多都由他撰写宣传稿,我们之间时有接触。香港沦陷后,风歌失业,生活也难熬。但是他有一个姐夫,原先经商,多少有点积蓄,接济他的开支,使他勉强可以生活。我托他代我找个住处时,他介绍我去他姐姐家。这样,换个地方吃住,过一天算一天。他姐姐叫我住在一间极小的空房里,不收房租。头几天,在她家吃个便饭。后来,我只好在附近小摊找最便宜的食物充饥,当然也是饥一顿、饱一顿地混日子。

风歌常常与我见面,谈些外面的情况,从他口里,我得知蔡楚生等人早已乘上小帆船逃出香港。我心里很羡慕,也渴望能尽快回到祖国参加抗战。言谈中,我把想离开的打算透露给风歌,他虽不反对,但说根据处境,他帮不了忙。于是,我只有暗中另找路子。

老关在小屋里,什么事也是办不成的。我开始经常出门想碰碰熟人,碰碰运气。走了几家,都唉声叹气,使我无法开口。我想还是到王鹏翼那里打听动静吧。那是一个没有阳光的上午,风吹得呜呜响。我走着走着,前面来了三个日本鬼子,我没有想到迎面相遇时,一个日本兵猛力拉我一把,将我上衣口袋插的一支钢笔抽走了。那是正不压邪的黑暗社会,我只好自认倒霉,等他们拐弯以后,我急忙调头回家。

风歌的姐姐晓得后说,钢笔拿去还是小事,丢了命才活该呢,以后没事少出门,等那些鬼子死了再出去走也来得及。尽管如此,我还是心惊胆战地往外走,不然,我怎么能离开那个恶魔统治的地方呢。我冒着风险,踏上尖沙咀的渡船,摆渡去大观发行所,看看有人没有,使我高兴的是赵树燊的六叔居然在那里。大家经过死亡的威胁后又重逢了,心中有说不出的高兴。我对他说要借点钱过日子,他没有让我失望。

1942 年夏天,香港日军报到部发给我一张请帖,邀请我去著名的半岛酒店赴宴。我思考再三,还是壮着胆子前去观察动静。我比请帖上定的时间晚一点到,看见当时香港电影戏剧界的许多名流,如梅兰芳、薛觉仙、胡蝶、金焰、高占非、王元龙、王人美、吴永刚、谢益之等都已在座。宴会的主人矶谷廉介和其他几个日本军官当然是神气活现,他们介绍了打败英国军队的情况,表示他们将施"仁政",希望大家安心在香港发展中日文化等等。

薛觉仙不知是怎么被人推出作答谢辞的,他代表大家举杯敬酒。

　　日本军官围着"电影皇后"胡蝶祝酒，对同时也在座的"电影皇帝"金焰呢，就有些逊色。一位名叫和久田的翻译，来我们这桌周旋，他自称"中国通"，普通话说得不错，广东话也流利。他向我祝酒，并问我过去在哪家影片公司时，我支支吾吾，没有作答。不料同座的谢益之多嘴插了一句：他是最红的粤语片导演。可能正是这句话，给我日后带来了大的麻烦。

　　又过了个把月光景，和久田出面举行茶会。这次应邀前往的仅限于电影界的演员、导演、制片人等。我仍有意晚一点到场，比我先去的有陈波、王鹏翼、陈志刚、莫康时、吴楚帆、严梦、王元龙、谢益之等，比我晚去的也大有人在。因为是茶会吧，同行们三三两两地借那块地方，自己谈话。和久田见状，顺应势头说，以后要多举行茶话会，让大家相互间有机会联络感情。我在这种场合，一向不开口，只和邻座的吴楚帆随便交谈几句。

　　不知为什么，我的心里总感到有不祥之兆。

　　果然不出我的担忧，在 5 月末，日本侵略军头目就计划要拍一部《香港攻略》，宣扬他们的"胜利"。和久田出面邀我执导，谢益之还在旁边帮助日本人对我进行劝说。我一时找不到拒绝的借口，表示让编剧把剧本先写出来。和久田和谢益之都认为我已默许，面带喜色，还问我有什么具体要求，我只得说想想再说。回到家里，我心乱如麻。我是一个中国人，在我的国家、我的同胞正遭受日本军国主义铁蹄践踏的时候，我能昧着良心为他们歌功颂德吗？不能，绝对不能。三十六计，走为上计。

　　我鼓足勇气去找王鹏翼向他倾吐了藏在内心深处的愤怒和苦

恼,请求他的帮助。他真是一位讲交情的好朋友,不仅嘱咐我再也不能对人说走的事,以免泄露风声,惹来横祸,还介绍了"明星"驻香港发行人偷带着几部拷贝经广州湾回到大陆的情况,这更壮了我的胆子。王鹏翼打听到德辅道中有一家旧洋房内办理回乡登记手续,必须自己去。我用"叶圣哲"的化名,申请由香港去广州湾的船票。他们没有丝毫犹豫就给了我一张介绍信,然后,我凭信再去购票。票拿到手后,我给日本翻译和久田写了一封信说,我的母亲病危,必须回原籍探亲,《香港攻略》的导演恕不担任。这封信我没有马上发,我请求王鹏翼在我到了广州湾以后再发。为什么写那封信呢,我担心我出走会殃及别人。

6月4日清晨,我头上戴了一顶大沿的白帽子,身上穿着一件旧浅灰色衬衫和一条浅灰色旧西裤。手提一只旧皮箱,同谁也没打招呼,悄悄地离开家门,匆匆忙忙乘车赶到小轮船码头。我的心里真是蹦跳得很厉害,害怕万一走不成怎么办。前面排队的人走得真是太慢了,"荣昌号"轮就在眼前,走起来却要那么长时间。查票非常仔细,岸边还站着日本兵。好不容易才上船,看看表才6时3刻,离开船还有15分钟哩。我找到自己的统舱后,把皮箱塞在床底,没有马上坐下,而是把床上的枕头搬弄着,我认为如果不装得毫不在乎的样子,可能反而会引起贼眼的注意。我们的舱里,都是双层铺,不对号,但是定员,每个人总有个睡觉的位子。在我的旁边,是几个青年学生,我主动去靠近他们,似乎这样心里扎实一点。7时正,准时开船。船离岸后,我的心才平静了一点。中饭后,我才知道青年学生是香港青年回国服务队。我很喜欢他们,但是,我没有告诉他们我的真名实姓。这几个朝气蓬勃的青年，热情、风趣，他们之间有时还像孩子一样，打打闹闹。但提到祖国正处在水深火热之中时，他们的眼睛都闪现出愤怒的光芒。看着这批有为的青年学生，我想到中国有了这些血气方刚的有志者，抗战的烈火一定会越烧越旺。

在广州湾

广州湾是我们祖国的领土，可也是半殖民地的法租界。祖国呵，真是千疮百孔！

6月5日下午三四点钟，"荣昌号"驶进了广州湾（现在叫湛江），我们上岸要下轮船换坐舢板上去。我在靠海边的一家小旅店住下，同时住在那里的还有一位张雪峰先生，他带了香港话剧团，准备在广州湾演出。在香港的时候，我晓得有那样一位颇有点名气的舞台监督，只因为隔行，彼此从未见过面。这时在小旅店相逢，我们都有他乡遇故知的感觉。

广州湾地方不大，本地居民不是很多。日本侵略军为了减轻对香港居民生活的负担，明令疏散人口，广州湾成也了回归祖国的重要渠道。短时期内，临时人口猛增。

消除了暂时的惊惧，我鼾睡了一夜。

第二天早上，我在旅店外的小摊上吃了一碗牛楠粉，就沿江边马路慢慢走去。没走多远，迎面碰着一位朋友马明方。他原是香港油麻地一家小电影院的经理，对日军接管他的电影院十分仇恨，便到了广州湾。他到广州湾已有一段时间了，对市场作过一番调查，并打算搞一家电影院。他的计划，头头是道，沿着唯一的一条热闹马路，他边走边谈。我内心深处感兴趣的不是听他搞什么电影院,而是想找一处不花钱的栖身之所。说实话,我住的小旅店,价钱贵得让我吃不消。我终于厚着脸皮请他帮忙,他很热情,立即拖着我到片商朱少梅的发行所,说那里可以设法借宿。朱少梅是王鹏翼的好朋友,马明方又自告奋勇陪我去,我心想十有八九可解决问题。朱少梅的发行所在与我们住处相反的另一头,仅有两间简陋的瓦房,门口连块牌子都没有,要我一个人去还真找不到。马明方踏进木门就大叫"老程",老程是那里的办事员,当他知道我们去的目的后,他说朱少梅已经在两个月前到桂林了。住的问题,他倒可作主,正好里屋还有个空床,就是吃饭他管不了。

我所发愁的住宿问题解决了,心里非常高兴,马上回到旅馆,付清房租,拎着皮箱就往回走,路上我不断加快脚步,担心走慢了,那只空床又会被人占去。那间小屋共有两张床,另一张床住着的叫冯文伟。他是香港精益眼镜公司老板的儿子,他父亲除经营眼镜业务外,还代管明星影片公司驻港发行业务。冯文伟年纪不大,原是在学青年,香港沦陷后,他弃学经商。他带了两部旧影片离开香港,到广州湾后交给朱少梅到广东、广西境内的大小电影院去放映。我和小冯很谈得来,当我表示将尽快经桂林转重庆时,他劝我别急,稍缓些时间,可以和我结伴同行。

广州湾只有一家不大的电影院,朱少梅的两三部旧拷贝在那里颠来倒去地放,进账虽不算多,但总是天天有。这时,我才想到为什么影片公司老板会那么热衷于拍片,为什么片商会那么热衷于东奔西跑,原来影片到了他们手里就像会生蛋的母鸡,鸡生蛋,蛋孵鸡,利润也源源不断地流向他们的手中。

桂林啊,桂林!

冯文伟、老程和我三个人,终于能启程奔赴桂林了。从广州湾的赤坎到广西的桂林,必须先经过玉林市。当地政府为了防止日军进入,下令把公路炸毁,这大概也属于焦土抗战的内容之一。沿途大坑小凹,不用说车子不能走,就是步行也是高一脚、低一脚,很难迈步。老程的几部旧片子,雇了三个人挑着。我们一行六个人的队伍,走走停停,停停走走,150公里足足走了四天。对我来说,算是拼了命在赶路。没有碰着空袭,还算运气好。

我们出赤坎、过遂溪、穿廉江,这些地方都设有关卡,过往行人必须受严格检查。受检查的队伍排成长蛇阵,急也没有用,反正要一个一个过关。我们的三担片子,引起关卡人员的注意,起先不让通行,经老程到边上与他们的小头目好说歹说后,才勉强准许补交关卡税后通行。好在老程是个干练的人,很会察言观色,见机行事,见人就施礼,头两个关卡过得还顺利。过最后一道关卡的时候,那几位办事人员就特别刁,不由分说,就把片子扣下来,一口咬定是危险品,不准过关。老程忍着性子,厚着脸皮,同他们打了半天交道,才把片子发还给我们,让挑扶挑着上路。出了关卡后,冯文伟问老程破费了多少,老程苦笑着说,赔财免灾,赔财免灾。我想一定是被重重敲了一笔竹杠。

另外一个难以避免的麻烦,就是沿途扶老携幼逃难的人太多了,吃饭和夜宿真难解决。我们曾在一家小客栈门口坐了一夜,又饿又被虫子叮。那里的蚊子大得让人吃惊，被咬上一口就会起一个大包。第四天的傍晚，我们才到了玉林，那里也有朱少梅的发行处。老程打开门我们走进两间简陋的小屋，里面空空的，几块拼好的木板，可以当临时床板用。老程说第二天可以坐汽车，不再需人挑着走了。实际上我们在玉林停了两天。一则因为四天的步行跋涉，几个人都感到特别累；二则老程还要将几部片子的发行安排一下，有一部留玉林，其他带桂林后再转别的地方；三则长途汽车票要预购。除了老程进进出出办事外，我和冯文伟只好坐在小屋里休息。

老程先买三张去贵县的长途汽车票，那时没有联运，只能分段购票。上车前的晚上，大家看见车票到手了，才松了一口气。谁知老程说，别以为有了票乘车是好事，路上危险可多了。车上人挤人，东西堆在车顶。我们的片子装在帆布袋里，用绳子绑得牢牢的。老程担心上下坡片子会翻滚遗失，头一天晚上就送钱给司机，让他找人捆在车顶上。车内严重超载，上面又堆着高高的行李，汽车轮显得特别头重脚轻。公路又高低不平，车子摇晃得十分厉害，随时都有翻车的危险。也不知是我靠着人呢，还是人靠着我，我昏昏沉沉地打起瞌睡来，倒也减少了旅途生活的担惊受怕。这段公路路面狭窄，来往车辆又多，车开得特别慢，有时堵了车过不去，一等就是一两个钟头，所以路上又走了三四天。

我们在贵县停了一天一夜，主要是从贵县到柳州的长途汽车票难买。老程是又敬烟又献财，才弄到了三张车票。从柳州到桂林，不是坐火车，是站火车，一路上脚碰脚，车厢里数不清装了多少人。7月的太阳，烤得车厢滚烫，我们每个人都是汗流浃背。背风时热得透不过气，顺风时又吹得头疼。离开广州湾，到达桂林火车站，我们足足经历了20天的行程。

到了桂林以后，老程和冯文伟是他们发行所的人，住宿得到安排，而我却没有着落。那时的桂林，房荒特别严重。虽说抗战时期没有旅游者，但是逃难的人、转道内地的人、经商来往的人，还有更多支前或者撤退的军人……总之，宁静的山水间，也嘈杂不安了。

朱少梅家住在桂林中山南路新华电影院附近。一间小得很的屋子，夫妇二人除居住外，还兼营发行业务。房租贵得出奇，我只好先落脚那里，再另寻栖身处。朱少梅夫妇很关心沦陷后的香港，可能他们还有财产在那里；我则很想了解桂林的一切，因为我要住一段时间。我对他们说，很想在离他们最近的地方找个栖身之所，既不过分打扰他们，又可得到照应。他们都说应该先到街上多看几张招租条子，比比租金高低再决定。朱少梅夫人请我吃了一大碗热腾腾的汤粉，上面还有几根肉丝和青菜，尤其那两块番茄，色香味使人增加了食欲。

当天晚上，我暂宿朱家，在木制的长坐椅上，一觉睡到天明。

桂林马路上的房屋招租条子，在围墙壁上、电线杆上、树上、商店门框上……到处都是，价格却很贵，超出我所能负担的能力。我东张西望，走着找着，都快有点失望了。我走到中山南路尽头拐弯处的小街上，终于看到了一张最便宜的招租条。我沿着门牌号数去，它在一家卖锅碗勺的小店里面，用木板自己搭的腾空小木屋。里面什么也没有，只放了一张竹板床，一扇门窄得要侧着身子进出。幸好那时我人很瘦，不然还进不去。月租六元，还是独居，我当即照规定预付了三个月租金。小木屋给我极好的印象。它不在闹市,离闹市又不远,真可谓闹中取静,办事访友都极方便。可是美景不长,大约过了个把星期,我才领教到房东经营有方。原来老板在建造小木屋的时候,就异想天开,在小木屋底下的空地上搭个猪棚。等上面小木屋的人都住满了,预收的房租也到腰包后,他就到市场上去买回几只小猪喂在下面,人猪同住,仅一板之隔。小猪整天整夜咕咕咕的,吵得人心烦,那臭味更让人恶心。我们四个房客都是逃难青年,原想图个便宜过日子,结果上了当,心里都很生气,于是联合起来去向房东交涉。房东年纪也不大,嬉皮笑脸地说,过三个月,猪长大卖出去就好了。租金已付,我们只好住下。不过,自从楼下来了新"邻居"以后,我拒绝了所有朋友来玩,也不告诉别人我住在什么地方,或许人家还以为我是个神秘人物呢!

他乡遇知音

从广州湾到赤坎,过关卡时要办理入境登记手续。根据当时的规定,登记处发了一张归侨证明给我。凭这张证明可以领取 10 元钱,这是为救济香港归侨中的文艺工作者特别发放的旅途补助费。10 元钱不算多,对于逃难的人,这钱就不算少,确实是及时雨。不过,凭这张证明,要到桂林找欧阳予倩先生亲笔签了字,才算有效。那时,欧阳予倩是广西省立艺术馆馆长,社会兼职很多,要找到他还得碰碰运气。有一天,艺术馆门房的工作人员见我又去了,没有等我开口就先说,你来得正好,赶快进去,不然一会儿又走了。我走进他的办公室,他也不认识我。当我把申请补助的证明送上请他签字时,他看了我的名字,马上热情询问我到桂林后的食住情况,嘱咐我在碰到困难时,可以直接找他帮助解决。他平易近人、热情助人的风度,给我留下了极深刻的印象。临走时,他还亲自送我到门口,拉着我的手不放,他说夏衍和田汉都在桂林,以后可以多往来,大力开展抗日救亡活动。我心里乐滋滋的,立即就去朱少梅家,把我对欧阳的崇敬之情表露了一番。当我刚说到田汉先生也在桂林的时候,他家里的一位青年客人说,我正要到田先生家里去,一块儿走吧。

我和田汉先生的相识,还是1931年秋天在上海。那是一个阴沉沉的傍晚,我正伏在写字台上赶画一批宣传品,苏怡匆匆地跑到我们的广告社来,边上楼边叫我的名字,似乎担心我不在会影响他。他走到我身边小声说:"田老大今天晚上要借你的写字台写东西。"我急忙把自己的东西理好,写字台上什么东西也不放。

田汉来了,看得出事先苏怡已经告诉过他怎么走法。苏怡替我们作了介绍以后,他顾不得和我多说话,只是极用力地握了握我的手,表示他激动的情绪。他手里挟着一小捆用厚纸包的东西,打开纸包,原来是一块钢板和一盒蜡纸,蜡纸盒里还有一支铁笔。他坐下来就开始不停地刻蜡纸,整整一个通宵。第二天天已大亮,他才刻完,准备离开。我担心他肚子饿,拿出了点心和糖水。他风趣地说,正需要。他把糖水一饮而尽,点心抓在手里边走边吃。

过了几天,苏怡才对我说,田老大那天刻的是剧本。他真是神笔,突击一夜,写出剧本,第二天油印后分发给大家开始排练。那天晚上写的剧本是在一个大学里演出的《钟声》。

田汉的家住在一栋大院的二层楼房内,距欧阳予倩办公的地方不远。我们去的时候,他家里还聚着许多客人。奇怪的是,十几年不见面,田汉先生对过去的一面之交还记在心里。他主动地叫出我的名字,还热情地说,感谢你借给我写字台。他很关心我离开时香港的情况,当他知道我为了拒绝替日军拍片子才逃出来时,大声赞扬说:有骨气,有中国人的骨气!田先生和他的客人们都要出去,我也说改日再访时,田先生怎么也不答应。他说,你不能走,我要孟超来陪你。他边走边向楼下大喊:"孟超,快上来帮我接待客人。"孟超是田汉的邻居,也在艺术馆工作。经田先生介绍后,孟超像对老朋友一样,把我拉到他楼下的家里。孟夫人很贤惠,留我吃中饭。告辞时,孟超一定要我把地址留下,说他是经管戏曲票招待券的,可以常常给我票。我正愁闲着没事干,能利用空时去看看戏,真是求之不得的好事,就忘了"猪邻居"地把地址留给孟超了。

孟超第一次到我住的小屋,是太阳还没有开始发挥它火烫力量的早上。他还没有进门,就听见猪的咕咕声了。进房门后,他闻着满屋猪粪臭,连忙捏着鼻子说,这个地方太差了。他要帮我换个地方,我婉言谢绝了,因为我已预付了三个月房租,其他三位房客都能住,我也能凑合。如果被敌人关进集中营,那遭的罪才更多哩。他是给我送桂剧票来的。当时的桂林各种戏票都很紧张,除了孟超经常给戏票以外,还有新华电影院的一位工作人员也常给票子。我和孟超交往多起来以后,常常自己到他那里打听有什么戏可看,经常都是满兴而归。

因为我的住屋条件太差,我更多的时间是到书店去,在走路的时候,步子也较慢,渴望能碰到好朋友。说也凑巧,有一天走在路上时,我真的发现一个熟悉的人影从远处走来,越走越近,我终于看清楚了,他确是我的好朋友司徒慧敏。我俩都高兴得不得了。司徒说,有人告诉他汤晓丹已到桂林来了,他正到处托人打听我的住址。我们边走边谈,他对我毅然离开香港回国参加抗战十分赞赏。司徒问我要不要钱,我说暂时不要。因为朱少梅和冯文伟已帮助我找了个差事,替新华电影院绘制幻灯广告,也修绘破旧了的剧照,这些轻而易举的活虽属零星,他们给我的报酬还是够糊口的。我觉得,这比要朋友们养活总是好些。司徒很器重我的为人,他安慰我说,赶走日本鬼子以后,我们就会好起来,那时就可以大干一番。我说对的,留得青山在,不怕没柴烧,愿与天下友人共勉。

司徒慧敏和蔡楚生感情深厚,他诚意邀我同去蔡楚生家谈谈。我当然奉陪。

蔡楚生和《香港的早晨》

蔡楚生在我的心目中是一位可敬而不可亲的艺术家,如果不是司徒的邀约,我自己是不愿冒昧登门的。

这种感情的起因还得从 1938 年说起。那时,我和蔡楚生都在香港,为了向他商借一位演员,我曾去找过他一次。他不同意借,这无可非议。他在言谈中的冰冷态度和他挂在嘴角上的一丝冷笑,却给我留下了说不出的余味,我只能对他敬而远之。尽管 1941 年时,他在报刊上发表评论赞扬了我所执导的《民族的吼声》,也没有丝毫冲淡我对他的看法。所以在香港时,我一直没有再拜见他的欲望,也没有对人谈起过他给我留下的任何印象。战争灾难让我们相聚在桂林,同仇敌忾的民族感情驱散了我对他的一些看法。他当时住在一座土瓦房里。我们进了门,他忙招呼我们坐下。他拉着我的手,探询香港沦陷后影剧界同人的情况。当我告诉他日军侵入香港后,躲在大观公司里的十几个妇女均惨遭兽兵奸污时,他气得嘴唇直打哆嗦。他也介绍了他当时和一群文化人狼狈逃出虎口的经过,他说,真是平生所未见过的一场特大灾难。司徒插话说,等抗日战争胜利了,让我们这些有后福的人大干一番吧。

与蔡楚生谈着谈着,我忽然想起王鹏翼曾经告诉过我,蔡楚生等悄然从香港失踪后,日本军队到处搜寻他们的踪迹。他听了后忽然仰头哈哈大笑,简直是胜利者的狂笑。他的桌上堆放着许多稿纸和参考资料,当时正在精心编写话剧《香港的早晨》。它反映香港的一位爱国侨商,在日寇闪电式袭击香港的十天十夜的苦难遭遇。蔡楚生怀着对人民的无限热爱、对敌人的强烈仇恨,把充沛的创作热情倾注在人物形象的灵魂深处,他要塑造令人感动的人物,对宣传抗日产生巨大作用。他不止一次地把一些设想谈给我听,用来征求我的意见,用他当时的话来说:"你在香港的时间长,对社会上的各种人物比较熟悉,多帮助我提高吧!"他是有成就的艺术家这时如此虚心地向人求教,顿时使我敬仰!

山城的雾

到重庆去

在桂林一住就是一年多。虽然生活勉强过得去,但总是动荡不安。我下定决心找机会到重庆去,那是战时的陪都,在那里可能会找到个相对来说比较稳定的职业。

我听说与我合作过的演员路明和她的姐姐徐琴芳、姐夫陈铿然都已在重庆的中国电影制片厂。我就写过一封信,请他们打听,我去重庆后再度合作的可能性。信发出很久却没有回音,我正纳闷时,得知中国电影制片厂有个外景队已经到桂林了,我急忙找到他们的住址。好在来桂林的外景队里的同行不少,互相都认识,带队来的导演正是苏怡。苏怡不仅是我 20 世纪 30 年代初在上海结交的好友,我到香港后和他的接触也最多。我想他会把我带走的。

我找到他们住地的时,接待我的不是苏怡,而是我不认识的摄影师王剑寒和一个小青年周教大,他们说苏怡因病已住进医院去了。我没有直接提出个人要求,而是从侧面打听路明等在"中制厂"干什么。他们才说,路明和她的姐姐、姐夫都已离开去了外地,他们和厂长的关系搞得太僵了。我想重庆恐怕并不是想象的那么好,立足也难。

在重庆的中国电影制片厂,同行们在我的耳朵里灌进了不少美言。抗战时期,"中制厂"由武汉迁到重庆,隶属军委会政治部管辖。政治部分设的第三厅由知名作家郭沫若任厅长,阳翰笙在那里分管电影、戏剧、音乐,还兼任"中制厂"编导委员会主任委员。许多著名编剧、导演、演员都先后加入"中制厂"队伍,有的虽因故几进几出,仍说明那里可以干一番事业。我在桂林有意打听到,在"中制厂"的编导除史东山、苏怡、何非光外,还有特约编导委员陈白尘、宋之的、贺孟斧等。尤其是演员力量甚强,有舒绣文、黎莉莉、虞静子、陈天国、项堃、魏鹤龄、陶金、张曼苹等。我虽然也听到一些关于"中制厂"厂长的军伐作风、容不得进步人士自由创作的传闻，但仍希望能进"中制厂"。

苏怡到桂林是拍纪录片《中国的防空》外景的。我听说在"中制厂"可以拍片子，心里更产生了希望。我认为如果我也到重庆，或许有机会进摄影棚。我对王剑寒说，我想到医院去看看苏怡。王剑寒说医生关照过，不让外人去看他，我坚持要跟他去试试，他只好带我同行。到了医院，好说歹说，医生就是不准我进病房。我只好对王剑寒说，要他转告苏怡，把我带到重庆去。过了好几天，王剑寒高兴地来找我，说苏怡已经和厂长联系过，厂里批准我代苏怡执导，先跟摄制组去贵阳抢拍镜头。事情发展如此快，我连向朋友们辞行的时间都没有，于是便跟摄制组一起走了。苏怡还要留在桂林休养一段时间。

贵阳之行

我们的摄制组十分精干，这其中有摄影部门的王剑寒、周教大、吕智元，剧务兼场记周影魂，重庆防空司令部派来协助拍摄的张淦。我们带的器材也不多，人和机器，一辆汽车就解决了。

到了贵阳，我们挤在一间并不大的屋子里，可以说人和器材都堆在一起。贵阳天气闷热、潮湿，蚊子也多。据说这还是张淦早联系妥当的，否则，连这样的条件也难以找到。

张淦把我们安排在屋子里，他一个人出去联系拍摄地点。

　　香港沦陷后,日军探听到汤晓丹躲在制片人王鹏翼家,便发出邀请,请他到半岛酒店赴会。同去的还有梅兰芳、金焰、胡蝶等人。稍后,日军约他导演《香港攻略》。汤晓丹在朋友的暗助下登上了难民船回到广州湾。他又在桂林滞留一年多,才在苏怡的帮助下到达重庆,进入中国电影制片厂。这是汤晓丹在重庆。

根据剧本规定，我们在贵阳要拍两段戏：第一段戏是空袭警报拉响以后，军队战士从兵营里跑出来紧急集合，列队奔入防空洞。第二段戏是空袭警报解除以后，救护队员快速奔赴被炸灾区抢救受伤者。这些内容，先由张淦向贵阳市防空司令部办公室提具体要求，然后，他们专门为摄制组搞了一次气氛逼真的演习活动。我当时匆忙上阵，对科学防空知识缺乏了解，所以临场提不出自己的独特见解，只对王剑寒提出的拍摄角度和镜头包含的内容要十分注意。我要求镜位多变化，镜头多运动，王剑寒也尽力达到要求。

在贵阳，我们足足拍摄了一个星期，然后启程回重庆。

由贵阳到重庆，全是蜿蜒难行的山坡土公路，破旧的汽车颠簸得十分厉害。沿途山沟下，可以看到摔毁的车辆。我们意识到，如果运气欠佳，真遇上撞车或自己翻车，只有葬身深谷，让大自然把自己的躯体消化净尽。好在同行们都有这种经历，经过战争的洗礼，倒也有视死如归的精神，结果反而平安无事。

我总惦念着苏怡的病情，我衷心希望在我们到达重庆的时候，他能在重庆接我们！

《中国的防空》

重庆是有名的山城。公路坡度很大，房屋也都随着地势高低起伏。中国电影制片厂在离市中心繁华街道不远的纯阳洞后面小山坡上。它的前面是一直向下的旧石阶路，后面靠山顶，有一座不大的庙。车子只能停在石阶下面的路口，东西靠人力慢慢搬上去。"中制厂"厂长吴树勋刚上任不久，他属武官编制。王剑寒把我领去见他时，他没有穿军装，而是穿着一套并不新的中山装。他听完汇报以后，十分赞赏摄制组的工作成绩，并表示苏怡在桂林养病期间，《中国的防空》由我协助尽快拍出来，关于我的薪水问题，先按荐任六级编导委员标准借支，等上报的呈文批下来后开始正式领薪。"中制厂"是国家机构，层层等因奉此，需要手续和时间。

　　我在香港的时候，看过不少英国影片，它们留给我最深的印象是伦敦的大雾，它常常起到了烘托渲染影片艺术气氛的作用。因此，我对雾重庆，曾经非常向往。我到了重庆以后，这才发现我并不喜欢雾茫茫的天气。重庆的早上，常常被浓雾笼罩着，使人感到眼前的一切是那样的潮湿混浊，使人闷得透不过气。古人常说，早起三朝当一工。可是重庆的早起，对我说来太不舒服了，人仿佛游晃在虚幻中。除了迫不得已，我认为睡懒觉，倒是可以省力些。一般说，大雾总要在9、10点钟才完全散开。那时，太阳的强光开始照射着大地，干起事来，心情也开朗些。我不喜欢山城的雾，却喜爱它的灯火。晚上沿江两岸，千家万户都发出亮光，高高低低，把山城夜点缀得格外美。江中渔火微微移动，倒影闪闪……简直给人一种宁静而有生气的启迪。我总觉得战时的重庆，它没有过真正宁静的夜晚，它总是在暗流的漩涡中度过每一个时辰。

　　苏怡还没有回重庆时，我们拍摄的新闻纪录片《中国的防空》的镜头已全部拍完。当我提出要看工作样片时，需要的手续不少，必须由我写报告，请技术课负责人签字后再呈厂长批准才能付印。几个签字一转花去好几天时间，印出样片后，我要剪辑人员按内容理顺。后来，有人提议用演员充当消防人员参加救灾，演员扮演的医务人员参加救护。这样，可以增强全民抗战的宣传。最后，张淦要求补拍些"防空指挥部"的镜头。我和摄影、照明、美工跟他乘车到郊区，原来指挥部在山洞中设有临时办公处。只是山洞太小，人都无法多站，更谈不上放照明灯和摄影机。经过商量，我请美工把图和陈设都如实画下来，回摄影棚搭景解决。摄影棚内搭好指挥部的景后，正准备开拍时，张淦突然代表指挥部提出"所有的指挥官都要求上银幕"。这不是摄制组能决定的问题，所以我们大家都不响，还是张淦聪明，他说专门开个会研究好后再开机，我们只好等他的回信。

《中国的防空》正式开拍的日子终于到了。厂长吴树勋很早就到摄影棚内检查工作，特别询问机器情况，要摄影部门保证顺利拍完。那天来当正式演员的是重庆城防司令贺国光。他的大驾一到，不仅"中制厂"厂长恭候光临，其他争着要上银幕的小指挥官，统统乖乖地退到银幕框框以外的角落去了。摄影机对准贺司令，全景、中景、近景都有。

我们的内景刚拍完，传来苏怡病愈要回重庆的消息。我建议后期工作等苏怡到了再拟定日程。那时行路，算不准日程，没法外出迎接，只能坐在厂里等着。我们都经历过生与死、血与火的灾难，我俩相见是极不容易的。我们两人都流了眼泪，是悲，是喜，是悲喜交集？这种感情，只有忠实的朋友才能相互体会。

《中国的防空》进入后期制作，我帮助苏怡组织画面，苏怡负责配音。后期制作进程缓慢，主要还是老问题：每做一项工作，都要经过多层次的批示，等的时间比工作的时间还多。加上时常碰到空袭警报，虽然日机不是每次都能进入重庆上空，甚至在很远的地方就被阻击,但是,我们的工作总得停下来,到后面的小防空洞去闷上几个钟头。在一次日机大轰炸时,电影院对面唯一的一个大防空洞被炸中,炸塌的房屋堵住了防空洞的出口,躲在里面的许多百姓被浓烟呛死,被互相挤死。这一幕可惜没有抢拍到,否则加在《中国的防空》内,它不仅有力地揭露日寇发动侵略战争的罪行,也说明科学防空必须人人皆知。

大约在 1944 年的春天,《中国的防空》才算正式完成。观众确实不少。主要是它的片名很吸引观众,人们为活命,为了保护有生力量,都想多了解一些防空知识。

司徒慧敏引我见周恩来

最使我有安全感的,是我青年时代的朋友司徒慧敏也在"中制厂"。他担任新闻纪录片部主任,他的家离"中制厂"不远,他经常约我去他家叙谈。他的夫人邓雪琼很能体贴流浪者的凄苦心情,只要她烧了可口的广东小菜,总让孩子们来叫我去吃。

司徒慧敏一家,不仅生活上关心我,更重要的还是司徒有时以约我谈谈为名,带我去听周恩来在小范围内的讲话。周恩来讲话的内容多是根据时局的变化告诫我们要警惕内战的发生,要多做反内战的宣传等等。记得司徒慧敏第一次把我介绍给周恩来时,他热情地拉住我的手说:"知道你在香港电影界很有影响,拍过些宣传抗日的好片子。这次,你能毅然拒绝日本人的邀请拍片,回国参加抗战,我们欢迎你……"这些亲切的话语,成为激励我前进的动力。

周恩来的记忆力是很让人吃惊的。建国后,我到北京,周恩来见

　　司徒慧敏是汤晓丹的老朋友,他对汤晓丹给予了很大帮助。这是他担任文化部副部长时,祝贺汤晓丹导演的影片获得成功。

到我时,距在重庆见面已隔七年之久,他日理万机中还居然记得起我的名字,记得起他自己曾经对我说过的话。那次他在北京会见我时,他最后更热情地强调:"现在好了,在毛主席的《在延安文艺座谈会上讲话》的光辉思想照耀下,大有可为了。好好深入生活,了解工农兵,多拍些好片子,人民欢迎你。"我一直把周恩来的这些话铭记心中,作为自己创作的座右铭。

我与司徒的友情是根深蒂固的。1946年,我俩分别后,他去了美国。建国后他回到北京,担任中央电影局副局长。而我远在上海,见面的日子虽然少了,但我们从心底里互相信赖。

1987年4月2日,《汤晓丹评传》的作者张成珊从北京回上海,谈到司徒已患不治之症时,我心如刀绞,马上去买飞机票。3号清晨从上海起飞,到北京后几经辗转才找到他住的医院。医生已禁止探望,经司徒长子兆光再三请求,医生才容许我在病床前站了一会儿,我用呜咽的声音讲了几句,我看见他的鼻尖微微动了几下。从医院出来,我去看了邓雪琼女士。我们已四十多年没有见面了,我们都老了,她拉着我的手,抽泣着,倾诉着……就在那天半夜以后,司徒慧敏走完了他77个春秋的生命全程,离开了人间。告别仪式那天,我穿了新买的黑西装和新的黑皮鞋,抑制着悲痛的心情,虔诚地向他的遗像三鞠躬。他的遗容是那么亲切安详,正如他临终前写下的诗句:"艳丽骄阳暖人怀。"

执导《警魂歌》

大约在1944年的秋天,中国电影制电厂换了新上任的厂长蔡劲军。

我写的电影剧本提纲,取名《模范县长》。内容描写了某个小县的新任县长到职后,大量事实证明老县长曾经勾结地方恶势力为非作歹,残暴欺压良民。地方的恶霸势力要挟新县长循序守旧,遭到新县长拒绝。新县长不畏强暴,从普查户口开始,着手整顿政权,对留居的贫困市民救赈,并派人劝说外逃的县民返回家园开展生产。仅仅是一个虚构的故事,也是我心目中渴望追求的新生活。我将本子大胆交给新厂长,请他过目,并希望有机会列入拍摄计划。本子放在他那里有半个月时间,我还以为他转请什么人再看了,没有立即去催问。但老拖着也不是味,有一天下午,我硬着头皮去问他的意见。他不慌不忙地从办公桌上一堆文件中把我的《模范县长》提纲本抽出来,冷冰冰地说,这样的题材,不能列入拍摄计划。我没有问明理由,拿了本子就往外走。

我在重庆游游荡荡地过去一年多了。眼看别人有机会拍戏,而我还闲着,心里十分苦闷。突然,厂长找我过去,以温和的口气说,现在厂里有了美国援助的胶片,可以多拍影片了。同时,他还给了我一个剧本,名叫《大同之路》。我接过本子,表示要先看看内容。我说,因为长期在香港生活,不是随便什么题材都能导演。这当然是真话,也是为自己留有说话的余地。回到办公室,我花了三天时间,反复研究《大同之路》所描写的内容。这个本子给我的第一感觉属情节片,可以拍成受观众欢迎的惊险片。第二个感觉是矛头直指日本间谍机关,尚有可取之处。第三个感觉结构紊乱,必须找懂行的人重写。

我将自己的看法告诉厂长,厂长问我谁重写合适,我推荐了同房住的演员寇嘉弼。在动笔前,寇提议先熟悉一下专门机关的情况。厂长便出面联系,让我们到重庆对江的警官学校去参观。我们在那里看了一些与剧情发展有关的设备,如指纹、照相、陈列的各种样式的子弹壳,以及警犬训练等等。参观完毕后,教育长李士珍还约我们到他的办公室听他介绍情况。李是德国柏林警官学校毕业的,他特别强调收集罪证,要进行科学破案。李士珍的这番话,我很听得进去。我感觉到周梦礼与我在《模范县长》中所想塑造的新县长形象,有些相同之处。寇嘉弼写出的本子,结构上略作调整,加上人物对话,剧名仍用《大同之路》。剧本送审后,基本没有什么修改就决定投入拍摄前的准备。影片的男主角由"中制厂"小生王豪担任,女主角选定康健,其他演员还有宗由、王珏、王琛等。有人建议改用《警魂歌》的片名有票房价值,因为《警魂歌》是警官学校校歌的名字。筹备工作结束,我们组还不能进入摄影棚实拍内景。因为史东山导演的《还我故乡》、何非光导演的《血溅樱花》,都在棚里搭满了布景日夜抢拍。

有一天,摄制组突然接到秘书长谭维勋的通知,要我们赶到警官学校操场去布置摄影机和照明灯架等。我们十几个人带着器材匆匆赶到现场,一切都准备就绪,学员们才列队进入。这天是学生的毕业典礼,台上台下都站好了,就是不开始,似乎在等什么人。突然一声"立正",随着上台的是名誉校长蒋介石。原来,那天他要亲自颁发文凭。我恍然大悟,是要我们在影片中加进去这组镜头,可摄影机转了几秒钟后就卡住不动了,摄影王士珍发现机器失灵,有些紧张,拍了拍我。我心里直跳,只能假装不知道脸上没有任何表情。回厂后摄

　　在汤晓丹导演的《警魂歌》中，康健扮演白文英。1979 年拍摄《傲蕾·一兰》时，汤晓丹
与从美国回来的康健(左二)及《傲蕾·一兰》的演员童芷苓(左四)、梁丹妮(左一)合影。

影师暗中检查机器,没有发现毛病。那为什么卡住不走了呢?我硬着头皮向蔡厂长作了说明。蔡劲军在我面前暴跳如雷,但是他不敢向上声张,因为他怕丢官。他在办公室转了几个圈子以后问我,有什么办法补救。剪辑师陈曦是个聪明人,他是随"中制厂"经武汉到重庆的。他原名陈昭曦,在一次剪辑新闻片的时候,不小心将烟头落入易燃片袋中,烘燃起火,整个剪辑车间成了火海。他被捕入狱,后经大家保出,改名陈曦,哄骗上级说是另外一个新人进厂。他吃过铁窗苦头,担心此事如解决不好,会有替罪羊遭殃。所以他花了许多功夫,在新闻片中去找资料,终于找到了代用镜头,经过剪辑,移花接木,银幕上出现了真的蒋介石发文凭的画面,比原来 80 米左右的大全景还看得清楚。

第二年,《警魂歌》反映一网打尽日本间谍的故事片在上海公映,改名《敢死警备队》,观众相当踊跃。王豪饰男主角周梦礼,他是天津人,抗战开始后,他随救亡演剧队到了重庆,并进"中制厂"做专职演员,但演《警魂歌》这么重的戏还是第一次。这样,我在重庆也拍了一部抗日题材的影片。日本投降后,王豪曾红极一时,活跃于上海和香港之间。《警魂歌》的女主角康健,由于她的外形和气质都与剧中人物相近,所以观众也给予好评。后来,她改名章尚朴,改学国画,还加入一些现代意识的创作手法,在好几个国家开画展,引起人们注意。

导演话剧《原野》

自从 1945 年 8 月 15 日,日本宣布无条件投降以后,第二次世界大战结束了。我们坚持了八年的艰苦抗战,终于取得了最后胜利。

山城重庆,像刚开锅的沸水,沸腾着……热气直往上冲。

从全国各条战线会集到大后方的人们都在多方奔走,为还乡的交通工具找门路。我的同事们也不例外,乘飞机、坐木船、绕道换车……都先后离开了重庆。我虽然也心急如焚,想早点离开重庆,可是要把愿望变成现实真比登天还难。一是需要一大笔钱,才能搞到黑市交通票;二是要走上层门路。我是两者俱无办法,只能闲荡在山城。

国泰电影院有位襄理叫朱治格,是一位能在忙中偷闲,闲里找事干的人。他根据当时情况,主动集资筹划要将曹禺先生的名剧《原野》搬上舞台。他预测定能名利兼收,演员人选,早由他定妥,独缺导演。在他预约的几位演员中,大多是原中国电影制片厂的人,对我比较了解,都向朱治格推荐,认为"汤晓丹导演最合适"。果然朱治格来找我。我心里感到有些空,我虽然执导了十几年电影,但话剧还从未涉足,缺乏舞台创作经验。经过大家几个回合的劝说,我才壮着胆子答应下来。

话剧与电影,通常都被称之为"姐妹艺术"。既属姐妹,必有相同基因,也必有相异之处,摆在我面前的任务就特别艰巨。《原野》是曹禺先生的名著,原著的压力是很大的,但是我仍提出自己的设想,我要求加强全剧的反封建意识,并渲染爱情的戏份。

《原野》的上演,轰动了重庆的大街小巷,舆论界也不断发出好评。我场场都坐在观众席中看演出,听反映,话剧比电影方便的是可以不断地修改提高。通过这次创作实践,我对饰焦大星的演员陈天国有了新的看法。我在1943年下半年任编导委员以后,经常听别人背后骂他。奇怪的是那些骂他的人，当面又对他非常友好，我对这个现象一直冷眼观察。陈天国在抗战时期的重庆是很有名气的演员，他对所塑造的角色肯下功夫钻研，也很有艺术激情。他的致命弱点是喜欢喝酒，酒后常常出口骂人，出手打人。我揣测他是借酒浇愁、借醉发疯，得罪了周围许多人。我很喜欢他清醒时那股肯为艺术献身的精神。从《原野》的合作开始，我就对他说少喝点酒，要让每一场演出都取得成功。他还是听从劝告，风趣地回答，奉汤导演命暂时戒酒，接着他又大声补充了几句："戏演完了，你要请我喝点好酒，我保证不会打你；要是你不请啦，我真要打你。"他哈哈大笑，笑得那样纯真。《原野》成功结束了，我没有请他喝酒，他也没有打我。陈天国是个有天赋的好演员，几次我都想劝他好自为之，可惜话到嘴边，总是又缩回去。他对自己的家庭和同事之间的关系，都欠妥善思考。我觉得他很可惜，是一个可怜的人。司徒慧敏曾经告诉我，本来《一江春水向东流》中陶金饰演的那个绝对男主角，是请陈天国的，由于陈天国在谈合同的时候态度傲慢，就吹了。建国以后，我很少和陈天国接触。后来听人说，他不在演员剧团而是到了剧务间。他一直郁郁寡欢，后来无声无息地离开了人间。

我只要一张飞机票

在话剧《原野》演出结束后，我虽然得到了一点演出酬金，点点数目，仍然不够买一张飞机票的。积存起来也不是办法，物价不断上涨，隔几天后就更不值钱了，只能手头松一点花了。

新厂长罗静予是个比较全面掌握电影生产工艺的专家,又在美国工作过几年,思想开放。我要求他拨点胶片和现款拍些重庆的名胜古迹,剪辑成一部风光片,定名为《再会吧,重庆》。罗静予很快就同意了,并指派了摄影、场记和剧务共六个人组成小分队,在重庆市区范围内拍摄。不过现款少得可怜,底片也只有两千多呎。

我们没有提纲,开辆小汽车,看见好的景色就拍下来。我记得当时拍的有:

长江与嘉陵江的合流,两条江水颜色不同,有明显的分界线,我们拍的不是彩色片,看不见相异的水色,但是层次变化还是分明的。

在嘉陵江的驳船上仰拍有名的朝天门码头,在朝天门码头江边仰拍上下滑行的钢丝电缆车。

在南岸山头拍重庆市区夜景。

在重庆的最高点俯拍江中心的珊瑚坝机场。

在重庆市内拍摄有名的街道及建筑物。

拍摄北碚风景区和温泉浴池。

从温泉向下俯拍江中帆影。

拍摄体育俱乐部的跳伞塔。

…………

我们每天早出晚归,边游览边拍摄,断断续续花了一个多月时间,现款和胶片都用完了便停下来。那时重庆"中制厂"已无法进行后期制作了,各部门东西都装箱运往南京。罗静予同意我们到南京后再剪编成一个小节目。至于所拍样片质量如何,我在重庆时没有看到过,只听摄影师讲拍摄时正常,就算通过了。直到1946年下半年,我才在上海看到全部素材,感觉它太单薄,不够编剧目,只能交厂里留做资料用。后来,这些资料镜头,被蔡楚生选用在他们执导的《一江春水向东流》影片中。

"中制厂"摄影师李荫是个活动能力很强的人,他到社会部去承接了一部短纪录片,请我执导。我提出条件是片子完成后,只要一张由重庆飞上海的机票,其他酬劳不要。他去向社会部的经管人员交涉后,回来说一定照办。于是,我们就开动机器。这部片子的片名叫《烽火幼苗》,是社会部办的育幼院儿童生活的纪录。我们去的时候,那些孩子可怜得很。有的是战争中失去了父母,有的是父母离异后双方遗弃,还有的是私生子……总之,在里面的孩子都是孤儿。他们面黄肌瘦,个子矮小,脸上看不见儿童的天真,整个人一点也不活泼。我们拍摄孩子们吃饭、睡觉、上课、玩耍等镜头。总共不到三个月,片子全部制作完成。李荫出面送社会部,带回来的消息是社会部很满意。当然,我的飞机票也到手了。

1946 年 7 月,我告别生活了三年的山城。当飞机快起飞的时候,我才发现我是多么留恋它。我乘的是小飞机,中途要停武汉机场加油。武汉是有名的"大火炉",机舱门刚开,一股火辣辣的热气向我们猛袭过来。我利用加油的时间,步入机场小卖部,喝点饮料解渴。没有想到,飞机根本就没有规定停留多少时间,加完油就决定起飞。许多乘客都慌乱扔下刚买的饮料,拔腿就往飞机舷梯奔去,慢一步就上不去了。那时没有制度,上不去只能算自己倒霉。

重返上海

上海

从我 1934 年夏天踏上去香港的客轮算起,到 1946 年夏天我又回到上海止,正好 12 年整。12 年间,我经历过血与火的考验,终于又活着回到上海。上海没有什么变化,而我也是两袖清风,依然故我。所不同者,是我离开上海时添置的一只新皮箱已经破旧。

中国电影制片厂返回南京,它的上海办事处设在汉弥登大楼。我到那里要求办事处主任汪中西安排住处,他说劳利育路十弄一号是"中制厂"的宿舍,可以住,我就定心了。那是一幢石库门三层楼房,每层有三间并排的屋子,二楼还有两间亭子间。一楼和二楼都住满了人家,三楼中间向南的屋子堆放着杂物,打扫后我就住在那里。它的左间挂了小银幕,可用皮包机放影片;右边一间是剪辑室,平时三楼没有人来。

抗日战争胜利后,许多人又从后方拥到上海,房荒日渐严重。那时如果要自己找房子,得用金条交给二房东。我不花分文就分到一间十几平方米的住屋,确实应该知足了,所感不便的是大小便都要从三楼下到一楼。好在那时我才三十几岁,上下楼梯和走路不成问题。我到上海的目的,就是想找机会拍戏。那时上海除了人才聚集的昆仑影片公司外,还有"上实"、"文华"、"国秦"、"大同"以及西北影片公司、中电二厂等,导演早已满额。我自己因为到得晚,只能见机行事。

司徒慧敏知道我到上海后,立即通知我去"昆仑"碰头,约我进"昆仑"拍戏。他说蔡楚生写了个剧本《再生》,邀我执导。但是,在我的心里，总有一层淡淡的阴影，担心"昆仑"拍戏可能一年半载都轮不上。因为公司预定开拍的节目早已一部接一部排满了，我也不能硬挤进去。我的担心是对的，自从司徒和我谈过话后，再没有人来同我正式联系拍片问题，蔡楚生的《再生》根本没有投入摄制计划。我尽管很想进摄影棚，但没有外出搞活动。我不善于向人先开口，更不愿低头求人，我整天逛旧书店找资料充实自己。

《天堂春梦》

正在我冷静等机会的时候，徐昌霖将他刚完成的电影文学剧本《天堂春梦》送到我家里来。他很有诚意地说：如果愿意，我们可以合作；如果有意见，他愿修改。我和昌霖的相识，还是 1945 年在重庆一次偶然的机会，我有事去陶金家，昌霖正在那里谈天说地。章曼苹高兴地对我说："来，给你介绍一位杭州才子。"我也顺口应了两句："如果有好剧本，我们合作吧！"他果然拿了自己的本子来，表示有合作愿望，我当然要认真研究本子。徐昌霖在我家还谈了上海电影同行的情况，他交友甚广，消息特别灵通。他坐了一两个钟头，就告辞了，我约他过两天再碰头交换意见。

《天堂春梦》描写抗战结束后一个知识分子家庭的悲剧。工程师丁建华（石羽饰）正在前线修建机场时，传来日本投降的好消息，他急忙回家告诉妻子漱兰（路明饰）。丁建华拿出早已为自家设计好的建筑图样，仿佛置身新居中。不久，他们回到上海，寄居朋友龚某（蓝马饰）家。龚在抗战前是丁手下的一个工头，上海沦陷后投靠敌伪势力发了财。抗日胜利后，他用几百根金条买下了个"地下工作者"的身份,逍遥法外,仍然继续大发劫收财。丁建华多方奔走,仍找不到工作,老母(王苹饰)又卧病在床,妻子将临盆。丁建华痛苦之极,借酒浇愁,而龚家则笙歌宴舞,形成极为强烈鲜明的对照。丁妻生下男孩,因无力抚养,拟送孤儿院。龚某无子,要求收养,龚妻(上官云珠饰)对收养的婴儿任意虐待,漱兰不忍亲生儿子吃苦,出面干涉,龚妻竟将婴儿掷还丁家。于是丁家被迫流落街头,夜宿某大楼屋檐下,凑巧这大楼正是丁建华设计建造的。他痛感自己虽建造大厦却无一栖身之地,登楼远眺时,听见楼下喧哗声,原来是警察正赶他的妻儿。气愤之极,他坠楼而死。

徐昌霖的这个剧本我非常喜欢。因为抗战胜利后,在我眼前出现的一连串极不合理的社会现象使人气愤,老百姓斥之为“劫收”。真正有骨气的各阶层人士无法过日子,卑鄙下流的伪官吏和奸商纷纷登台。所以当时我写了《寄托于希望》的短文,并且明确表示:“这些颠倒乾坤、黑白不分的现象,凡有良知的人都非提出控诉不可。”

徐昌霖知道我喜欢他的本子后,非常起劲地找合作的厂家。由他出面找中电二厂交涉。中电二厂厂长徐苏灵也是位导演出身的行家,看了本子后,也愿意承担风险,直接来找我签订了这部戏的合同。徐苏灵本来想自己执导的,因听人提起过我想找机会拍片子的事,所以他高姿态地把本子让给我。

我对这部片子中的演员阵容相当满意。孙坚白饰丁建华、路明饰丁妻漱兰、王苹饰丁母、蓝马饰龚某、上官云珠饰龚妻,另外还有谢怡冰、关宏达等,他们对自己的角色都刻画得恰到好处。我在重庆时看过孙坚白演话剧,认为他是一个能刻画不同人物性格的好演员;路明善演贤淑的妇女；王苹修养好，素质也好；特别是蓝马和上官云珠，当时他们在银幕下面是一对感情和谐的夫妻，而在银幕上却恰恰相反，艺术分寸掌握得很好。

在考虑演员的时候，我想起了蓝马。我第一次看他演戏是20世纪30年代末在香港，他演《日出》里的方达生给我留下了印象。第二次是40年代中在重庆，他在《北京人》里饰大少爷。第三次又看了他在《戏剧春秋》里模仿的应云卫，可说做到了入木三分。我觉得他很有表演的灵气，所以《天堂春梦》里的龚某我决心请他来演。虽然他是抗日战争胜利后才开始走进电影圈的，《天堂春梦》中的人物可以说是他的第一个角色，我相信他能演好。实践证明，蓝马对当时的社会有极尖锐的洞察力，他塑造的龚某，是当时社会中的典型人物，有极高的美学价值。我对上官几乎毫无所知，之所以用她，全是蓝马的推荐。初次见上官，我和她简短交谈了几句，她就在我的记忆中留下了"好演员"印象。在拍戏过程中，她不仅用功，还很虚心，她扮演的龚妻赢得了一致好评。蔡楚生在拍摄《一江春水向东流》时，特地找我了解上官的情况，我极力推荐她是难得的性格演员。

我们正紧张拍摄中，突然中央电影摄制厂总厂长罗学濂约我到他办公室去。他说要介绍我加入国民党，并愿先借20条黄金作价让我先顶一处住房，以后可以用加入国民党的分红或片酬偿还。我对住房的舒适与否，并不过多追求；对于参加国民党，我早就表示不愿意。1943年我由桂林到重庆"中制厂"以后，吴树勋和蔡劲军两人都亲口答应做我的入党的介绍人，我都回绝了。对罗学濂我仍笑着回答说：以后再说吧！

　　汤晓丹导演的《天堂春梦》仅仅用了两个月的时间,便结束了内外景的全部拍摄。蓝马、
上官云珠、孙坚白、路明、王苹等人参加了该片的演出。图为《天堂春梦》的剧照。

　　《天堂春梦》的结尾是徐苏灵提的建议,让可怜的工程师在自己设计的高楼下流浪,最后被迫从高楼上纵身跳下。这是很有启迪的悲剧结尾,我和编剧都举双手赞成。不巧的是国民党中央宣传部长张道藩过问了这个剧本,他不赞成悲剧结尾。我们只得改成丁建华一家向远处走去,让观众自己问:"前途茫茫大地,何处是他们的归宿?"

　　《天堂春梦》仅仅用了两个月时间,便结束了内外景的全部拍摄任务。后期制作在天通庵路中电一场进行,剪辑师陈祥兴,是我在上海天一公司时就合作过的好朋友,很有经验,进度很快。

　　奇怪的是《天堂春梦》第一轮公映后,中电总厂厂长罗学濂又提出修改结尾,我和徐昌霖都认为没有必要。影片在上海公映时,观众踊跃观看,报刊赞评文章陆续登出。田汉和梅朵都发表诗文,称赞它是一部具有高度美学价值的好影片。

不愉快的北平之行

　　我对古城北平,一直非常向往,一个偶然的机会,达成了此行协议。

　　中电总厂厂长罗学濂,为祝贺《天堂春梦》的完成,请了一桌客人相聚。在座的就有北平中电三厂厂长徐昂千。他诚意请我去北平,我也愿去一趟,这样,口头邀约变成了书面合同。徐昂千表示他很尊重导演的创作劳动,可以自己带本子到北平。正巧中制编剧周彦写了一个《万年青》剧本,谈不上中意,修改得好还是可以投入拍摄的。我征得周彦同意,先将本子带到北平,只要徐厂长对本子点头,要修改时再让周彦去。

北平的 4 月,风沙很大,马路上尘土飞扬。有些爱漂亮的妇女,头上戴一条面纱,有点像印度姑娘的打扮。我们到的前一星期,基本上是游名胜古迹。除了它的迷人景色和故宫的宝物外,给我更多的感受是有些凄凉。我被安排在宝禅寺住宿,房内外古色古香,一间 40 平米左右的大房,摆一个单人床,屋里空荡荡的。屋外一间大厅全部是玻璃门,如果晚上一个人进出,常常会被自己的身影吓一跳。它是套院式的古建筑,院前是假石山和假隧道,石山边上还有小池流水。我的住屋后院是项堃和阮斐夫妇,转弯的院子是魏鹤龄和袁蓉夫妇。项堃和老魏都是我在重庆时就认识的朋友,他们各自有儿女围身,倒也热热闹闹。唯独我住在那里恍若进了世外桃源,太清静了,反而不习惯。所幸很快就开始了紧张工作,无所谓习惯不习惯了。

徐昂千看完《万年青》后并不满意,他介绍我与一位北平的新闻记者陈北鸥合作。我们合计重新组织一个反映北平艺人生活的片子,这是编剧比较熟悉的题材,落笔会快些。

那时,北平发生过一个著名女伶被国民党空军欺骗的轰动性新闻,陈北鸥以它为素材,写女伶的不幸遭遇和反抗精神,定名为《苏凤记》,可供拍摄的提纲很快就写出来了。我认为女演员路明对戏曲素有修养,且唱做俱佳,就决定请她从上海到北平参加演出。路明到北平后住在徐昂千家里,徐住房较多,又有厨师和保姆,路明的吃住比较方便。路明的姐夫陈铿然应徐昂千邀约到中电三厂执导《郎才女貌》,他与路明同机到达北平后,住在我的对面。我总算找到个伴了。

《苏凤记》遭到当时的空军机构的反对，厂长因为钱不够开消也变了脸。当时在北平上映时，观众的反响十分强烈。路明在片中饰女伶人（左二）、项堃（左一）扮演空军骗子。

《苏凤记》在拍摄过程中碰到两件不愉快的事：第一件是遭到当时的空军机构的反对。因为空军欺骗伶人的事在银幕上出现使他们不光彩，他们强烈反对，我和编剧都不愿改，我们的理由很简单，因为我们并没有用真名真姓。艺术形象不是指某个人或某个机关，不必对号入座自寻苦恼，这在中外银幕上都是允许的。可是中电三厂厂长徐昂千怕丢官，坚持要我们修改。我们被迫把剧中的空军说成是冒牌的空军，才算了事。第二件是在拍摄过程中，物价天天上涨，我们的摄制预算也必须跟着追加。徐厂长听到钱不够开销，就变脸了。曾经几次向我提出是否布景、服装、道具等能尽量从简，以不增加预算为原则。我仍坚持不能为了钱粗制滥造，物价飞涨，导演有什么办法。

《苏凤记》制作完成后，我就回了上海。据说在北平首映时，观众反响十分强烈。并没有因为影片中的空军形象是冒牌的，就削弱了它的社会意义。这一点是值得安慰的。

罗静予和《万象回春》

1947年9月底，中制厂厂长罗静予从南京给我挂了长途电话，要我迅速回厂筹拍新片。10月初，我便乘飞机离开北平回上海。

我刚到家，副厂长王瑞麟就把周彦写的《万象回春》梗概送来，要我尽快准备着手执导。我没见罗静予，只以为是他们分工的原因，后来才听说是换了领导。罗静予比我小一岁，四川人。14岁开始进入社会，除了自立谋生外，还在党的进步力量培育下，做了许多有益的工作。1928年到上海后，他在友人的资助下进上海中国无线电工程学校读书,后来成为我国第一位有世界声望的电影技术专家。1935年,罗静予被派到汉口筹建电影制片厂。这是"中制厂"的前身。从抗日战争开始后,罗静予就晋升为"中制厂"技术副厂长。与此同时,他又被派到香港筹办大地影业公司,自任经理兼制片,只用三四个月的时间就摄制了《孤岛天堂》等影片,积极宣传抗战政策。1941年,美国电影工程学会邀请他赴美出席年会。他在美国除作了《抗日战争中的中国电影》学术报告外,还从事大量研究工作、编译工作,他在美国四年积累丰富的电影工程知识。他甚至进华盛顿大学攻读化工系,以了解胶片制造的全过程。1945年8月,他奉调回国升任"中制厂"厂长。他依靠当时的一些骨干,商量"中制厂"由重庆迁南京办厂的各种事情,颇得人心。但也有小失人心的,就是他上任不久就公布遣散了一批人员,其中有些是很有技术的工人,那些人的大闹,让他比较明智地收回成命,这事还算解决得有魄力。

1947年10月,就在我从北平回上海的前几天,罗静予不幸被扣上"勾结异党,图谋不轨"的罪名被捕入狱。在狱中他受尽了酷刑拷打,但始终保持做人的尊严,把生死置之度外。最后,不得不把原来批件上"依法从严办理"改成"事出有因"。罗静予被无罪释放后,仍然当中国电影制片厂的厂长。不过这些经过,都是建国以后才听说的。"中制厂"奉上级命令拍《"共匪"暴行录》和《"共匪"祸国记》,罗静予暗中千方百计地阻止。

1947年,人心本来就七上八下,罗静予突然第二次公布裁员名单,其中还有知名演员项塑。就在这个时候,罗静予要我回"中制厂"拍戏,影片是厂里定的《万象回春》,内容表现一个报馆记者反对以营利为目的的办报方针,他主张深入社会作实地采访,多登些进步的文章。办报的资本家则主张刊登大量桃色新闻和凶残、情杀的报道。记者写了一篇"为农业造福"的特写,歌颂一位农业科学家艰苦奋斗、专心致志从事科研的精神。总编不顾老板的反对,主动承担责任刊发,读者十分欢迎。我看完剧本后,觉得它涉及当时新闻记者的责任感,有一定的现实意义。

《万象回春》中的女主角由青年演员赵抒音担任,男主角则请了话剧演员穆宏。

1948年春天,我们决定开动摄影机。可是那时正是解放战争最激烈的时候,无论我们在上海或者在南京,碰到的都是人心惶惶,我自己也静不下来。"中制厂"在重庆时虽说拍过不少故事片,自从1946年搬迁南京后,故事片始终推不上去。《万象回春》可说是抗战胜利后的头一炮。万事开头难,筹备工作相当吃力。我在上海南京间往返多次,布置工作时提的要求,最后总没有全部落实。只能匆忙上阵开动机器,动起来再说。主创人员到处找外景点,跑来跑去,一直定不下来。最后到了南京金陵大学办的实验农场,这里采用机器耕种,听说制片厂去拍外景镜头,表示热烈欢迎。

在一个天气晴朗的早晨,我们提早集合出发。镜头的数量不多,但是必须要演员自己操作农业机器,所以要花点排练时间。同去的演员有赵抒音和穆宏,其他几个没有镜头的演员也去了,目的是借机会熟悉情况。赵抒音由专人负责传授机器操作,正在紧张排练时,突然一位外国人胸前挂着照相机来到现场,要为赵抒音拍照。我们被这个突然出现的外国人惊住,谁也不知道应该怎样表态。一位机灵

　　汤晓丹在拍摄《万象回春》时看中了小顽童牛仔(后来改艺名为牛犇)的悟性,特为他在
戏中加上了四合院里的内容,果然效果很好。图为《万象回春》的剧照。

的照明工人，去问农具室的保管员，才弄清楚了。他是美国农具机械公司派驻农场的代表，那些供农场使用的机器，都是那位美国人经办的。平时，他很喜欢拍照，在我们派人去联系工作时，他就知道了电影明星要到农场拍戏，所以他想借机拍几张演员照，寄回美国做农具宣传的资料。如果这是在外国，演员会索取他一笔酬金的。我们没有收广告费的习惯，也不便拒绝他，就任他取景，拍了不少张照片。第一天，小赵的操作技术不能马上上镜头，我们根本就没有开动机器。

南京的 4 月，气候多变，人们难以捉摸它。对于能否拍外景，更无法掌握，接着两天都是人到后，天气不好，扫兴而归。这样断断续续地拖了一个星期左右，所拍镜头后来在正片中的使用率也不高。

到宝岛台湾拍外景

《万象回春》选择的其他外景点，全都不理想，有人说不妨去台湾拍摄，我投了赞成票。日本投降后，美丽宝岛台湾回到祖国的怀抱，上海电影界的朋友就开始把台湾作为外景的最佳点。方沛霖导演的《假面女郎》曾到台湾北部滇水一带抢拍外景，待影片摄制完成后，还派演员带片赴台北举行首映活动。后来，《长相思》和《花莲港》也到那里拍外景，银幕效果都不错。当我们把外景队的预算和名单送到新上任的副厂长手里时，他主张去的人员越少越好，经过讨价还价，人员削减为五个。

在一个天气晴朗的日子，我们带着机器和少许行李乘上了中国航空公司的客机，从上海直飞台北机场。那正是台湾的盛夏开始之时，由于受海洋气流的自然调节，气候热而不闷。那里到处绿树成荫，别有一番景色。剧务拿着"中制厂"的介绍信到台北励志社找社长。他们把我们安置在专门接待外宾的地方，我们分住在三个房间。餐厅就在附近，伙食还可以，只是厅内吃饭的美国军人不少，他们餐桌上的东西当然比我们好得多。吃完中饭，我们不想回住房，就到招待所门外走走。

一辆吉普车从对面开过来，就在我们面前停下。从车上下来一位警官，大声叫"汤导演"。我仔细一看，面孔有些熟悉，原来他是1933年上海天一影片公司的一位演员，名叫刘炳华，他演过一部《挣扎》后就"失踪"了。时隔15年，他由一位艺人变成了警官，看样子生活得不错。我向刘炳华介绍了几位同行，要求他协助我们的外景拍摄。他随我们到招待所，仔细谈了台北的情况，留下了他的电话，叫我们碰到困难时找他。

刘炳华走后，剧务雇车把我们送到台湾省立资源委员会。一位负责人热情接待我们，从他的言谈中，我们进一步明确世界上没有任何地方能像台湾那样繁生着众多的樟树。第二天，我们参观了樟树林。一阵阵清香的樟脑味布满林间，原来樟树叶和枝干都含樟香。樟树能提炼樟脑油，是化工和医药工业的重要原料。台湾提炼樟脑的工艺是有古老历史的，差不多家家户户都会土法炼樟脑。我们参观了樟脑的生产流水作业线，决定在那里开动机器。演员穆宏以记者身份出现在旁边，他全神贯注，仔细观察，还找操作人员交谈，做笔记，大家都很自然。我们在台北的工厂里大约拍摄了四五天，各工种、各环节等作了纪录。拍摄是采用新闻片的方法，全部用自然光源,也没用人工布景。因此,每天拍摄的时间就受到限制。摄影师却很会抢镜头,每天拍的有效米数也让人满意。在台北拍的全部底片,经洗印后,大家都说拍得不错,后来在影片中使用得很多。

拍完台北的镜头以后,我们决定去台南。台南盛产甘蔗,是台湾的糖业中心。从台北到台南,要坐二十几个小时的双轨火车。火车上的乘客很多,靠站时,人声鼎沸,抢着下,争着上,秩序很乱。台南位于台湾西南部。民族英雄郑成功驱逐侵略者后的二百多年里,台南曾经是台湾政治、经济、文化的中心,这座古老名城市面相当繁荣。我非常喜欢它的市容,古色古香味十足,名胜古迹也比台北多。台南又是水果集散地,大街小巷到处都可看到装运中的各种鲜果。

我们住在励志社台南招待所。那里没有美国军人,我们成了那里的贵宾,所长专门派了一位工作人员为我们做向导,他一直陪同我们参观和拍摄。我们的计划是先拍甘蔗田。那些雇工在蔗田劳动时基本不穿衣服,上半身晒成了油铜色,还带着道道被划破的血痕。

第二天我们到糖厂,拍摄用甘蔗制成砂糖、冰糖的全过程。

这两天的劳动量很大,我们几个人开始疲倦起来,晚上睡得特别香。第三天,我们乘车到了台南山区,要将山区中蒸馏樟树油的工艺摄入镜头。台南山区福建人不少。我们去拍摄的两家都是福建人,正巧遇上是我的老乡,用家乡话交谈,他们就格外亲切。他们中午留我们吃炒米粉,那是我们家乡的特产。吃着吃着,我忽然感到有点心酸,我在小时候,妈妈总是用米粉当主食让我吃,而她自己却要加吃杂粮。香港沦陷时,我和家乡的联系中断。抗日战争胜利后,我写了一封信回家,天天盼望回信。后来回信到了,我拆开一看,大哭了一场。原来信上带来了噩耗，我的母亲在抗战时期已死于霍乱症。想到这些，再喜欢吃的米粉我也咽不下了。

下午，我们下山。穆宏一个人改乘小轨板车，摄影师跟摄了他的下山镜头。晚上回到招待所，大家先洗了个澡，还想安睡一会儿时，所长来看望我们，到房里津津有味地谈个不停，我只得奉陪到底。

屏东离台南还有一段距离，乘火车需要半天时间。据所长说，那里也是有名的制糖中心，风景非常美丽。我们本来打算返回台北的，经所长动人的劝说，决定走一趟屏东。

屏东不算太大，它是屏东平原的经济中心，市面相当繁华。到处都是花和树，给人一种心旷神怡的感觉。我们住的小旅馆，干净方便，外形是日本式的建筑，进门后桌子和床铺却都有，适合我们的习惯。旅馆里没有美国军人进出，但临近的一条小街上的日本小洋房里，住的却全是美军。晚饭后，我们本想就近转一圈，欣赏一下屏东幽美的夜景。走了没有多远，看见喝得烂醉的美军，我们赶紧往回走，还是回旅馆休息少惹麻烦。

第二天清早，我们乘汽车到屏东郊区一家糖厂拍了厂房全景，顺路看了附近的集市。地摊上铺满了草席和草帽，编织技巧很高，它们简直是工艺品。我买了一条双人床的大席和一张婴儿用的小席，价钱相当贵。地摊上的香蕉特别好，吃起来又甜又糯，我连吃五六只。菠萝是切成片用盐水浸过的，我们也买了装在杯子里，在车上吃。

在屏东停留一天后，我们匆匆赶回南台，没有出火车站就转乘去台北的车辆。从台南到台北之间，要经过台中。火车靠站的时候，几个人临时决定下车去城里玩一天。台中离台北大约有160多公里，本来是个小镇。它位于盆地中心，附近土地肥沃，气候温和，盛产稻米、水果和烟草，制糖业和罐头食品工业发达起来，又是铁路和公路的转运点，逐渐发展成为有名的城市了。

回到台北以后，大家感到十分疲倦，整整在招待所休息了一天，谁也没有精力再往外走了。第二天刚天亮，我们就乘上了去基隆的汽车。基隆离台北不远，在台湾最北的地方，是台湾的重要海港和渔业基地。基隆港的东、南、西，三面是山岭环绕，港口向北。港口外岛屿罗列，成为天然屏障。它的港外是浪潮翻卷，瞬息万变，而港口内却是风平浪静，这奇特的景色，吸引着许多游人。我们在三沙湾的天然浴场拍了几个镜头，拍摄任务就顺利完成了。

我们准备回上海的时候，刘炳华来让我们替台湾省参议会举办的阅兵典礼拍新闻片。摄影师姚士泉说片子快用完了，少拍一点还可以。当天下午他们去了不到两小时就回来了，据说只拍了二百多呎。

台湾是中国的宝岛，它给了我极好的印象。

回上海后，我们在金司徒庙的摄影棚搭内景继续拍戏。1948 年的下半年，物价飞涨，人们在水深火热中挣扎，百姓怨声载道，又能有多少人到电影院去看电影。我们拍完就算数，也无心过问它的发行与评论。

阳光从门缝射进来

1949 年春，徐昌霖根据刘以鬯的小说《失去的爱情》改编成同名电影文学剧本，要求与我继《天堂春梦》后再度合作。

　　1949 年春,汤晓丹执导由刘以鬯小说改编的电影《失去的爱情》。这是秦怡悄悄保存了 60 年的《失去的爱情》剧照。

这时,上海临近解放。我白天忙着去摄影棚,晚上很晚才回家,有时夜以继日连拍两天才休息。"中制厂"已正式迁到台湾,再也没有人来干扰了。剩下的人虽不多,却常常开展护厂工作,还把传单、纸条从门缝中塞进我的屋子,关照我生活中要注意一些问题,还有宣传解放军"三大纪律,八项注意"的传单。摄制组的工作人员每天形式上都到场,却谈不上实际的工作效率。大家三三两两地凑在一起,不是咒骂物价飞涨,就是埋怨老板拖欠薪水。

上海的社会秩序十分混乱。国民党军警到处抓人杀人,"飞行堡垒"在大街小巷横冲直撞,刺耳的警笛声此伏彼起,人们都担心不知灾难会突然降临到哪一家。

有一天,我接到一个通知,约我去兰心戏院(现在的上海人民艺术剧院)去参加一个会。简单几个字的通知,到底是谁发的?是共产党的地下组织呢,还是国民党特务设的圈套?我心里盘算着。最后,我毅然决定去,我相信是地下党的朋友们对我的关心。我到了剧院门口,有人上前看了我的通知,示意我走边门进去。那是一间灯光暗淡的小屋,里面坐着吕复、周信芳、黄佐临、金焰、秦怡等二十几位知名人士,气氛十分活跃。室内与室外俨然天堂与地狱,差异何其大呵!顿时,一股暖流涌上我的心头,我牢牢记住吕复看见我时讲的一句话:"欢迎你,上海快解放了……"

我的家是"中制厂"宿舍,大约从5月24日起,就不断听到时远时近的枪炮声。白天紧闭大门,几十口人出出进进都走后门,还轮流值班开关大门,为的是防止流窜匪兵的袭击。到26日晚上,大家似乎都预感到什么,住在三楼的、二楼的都先后聚集到楼下通道。本来为些芝麻小事争吵过、不说话的人，相互间变得亲切了，还互相让座，人们齐心协力要送走黑夜迎来天明。

我抱着一岁多的大儿子坐在底层拐角处，还为他带了开水和饼干。室内没有灯火，谁也不说话，除了大家的呼吸声外，四周静静的。我们都以为会有激战，没有想到从后半夜开始，枪炮声反而越来越远，越来越少……

当阳光从门缝中射进时，才慢慢听见脚步声和说话声。说不清楚是喜悦还是好奇，大家把大门打开看个究竟。我赶到离家不远的电车路口时，看见武康路的马路两旁有许多荷枪实弹的解放军站立着，更多的是席地而坐，似休息似待命。尽管他们身上沾着污泥，脸上风尘仆仆，但是个个精神饱满，充满青春活力。

从此，我对立下丰功伟绩的解放军产生了强烈的歌颂激情，我立志要在银幕上为他们放声唱赞歌！

2

当阳光从门缝中射进时，才慢慢听见脚步声和说话声。说不清楚是喜悦还是好奇，大家把大门打开看个究竟。我赶到离家不远的电车路口时，看见武康路的马路两旁有许多荷枪实弹的解放军站立着，更多的是席地而坐，似休息似待命。尽管他们身上沾着污泥，脸上风尘仆仆，但是个个精神饱满，充满青春活力。从此，我对立下丰功伟绩的解放军产生了强烈的歌颂激情，我立志要在银幕上为他们放声唱赞歌！

新中国成立初期的经历

供给制

1949 年 5 月 27 日,上海宣告解放。两天后,军管会代表于伶、钟敬之、徐韬、张客等,组织原中国电影制片厂职工到金司徒庙摄影场听报告,于伶代表军管会发布命令:第一,正式接管原中国电影制片厂;第二,所有员工均为革命队伍成员,要自觉改造思想;第三,自 1949 年 6 月份开始,所有员工按军管会颁布的标准发月薪,旧工薪制废除。当时,报上每天公布月薪折算办法,即根据米、煤、龙头细布等价综合计算。价格略有浮动,浮动不是太大,像今天的外汇牌价一样。不过大多有价无货,真要买它,还得黑市交易,比规定价高出许多。当时人们心里都有数,不过不想讲,也不敢讲。这样一直拿到

1949 年中华人民共和国宣告成立,总计已经领了整整四个月供给制标准工资。11 月 16 日,上海电影制片厂成立,月薪仍然是供给制标准,代我领工资的摄影罗及之告诉我:"从这个月开始,薪水名册上没有你的名字了……"我心里纳闷,立刻去找好朋友吴永刚。吴永刚是爽直脾气,当即表示"我现在就去找秘书长徐韬"。第二天,徐韬主动检讨了自己工作粗心大意,还将他已经代领好了的我的月薪从抽屉里取出,交到我手上。这个细心的、尊重人的细节,一直让我久久不能平静。我急忙表示,你这么忙,通知我自己去领就可以了。徐韬风趣地回答"这才叫赔礼请罪",态度非常诚恳。

我们住的中制宿舍,是 1945 年日本投降后接收的周佛海的房子,属敌产。1949 年上海市军管会又接管了这幢房子和里面住的男女老少,这是很有意思的生活现象。我住的三楼中间,原是中制厂长罗静予堆杂物的空房,里面都是坛坛罐罐和大纸箱,大约过了半年,东西才被慢慢搬走。楼下住的邬廷芳,也是老电影人。来来往往的朋友不少,茶余饭后喜欢坐上方桌来几圈麻将。在后来,那张方桌变成大家学习毛泽东《在延安文艺座谈会上的讲话》的课桌。我和罗及之、邬廷芳,还有亭子间的陈曦等人都像小学生一样,认真读,认真记,认真互相帮助。

到北京

建国后第一次出差,今天的读者并不知道有多少麻烦。我专门到徐家汇老街小店去买用桐油浸泡过的大油布,用它把铺盖卷、换洗衣服等用品包裹得严严实实的;另外还要用大网线袋装雨鞋、雨伞、面盆……这样，人带着两个大包坐三轮车到北火车站。车费是一大捆旧纸币，等三轮车工人数完了，才让我取走行李进站。老北站人满为患，人行都要侧身，更何况还提着两个大包呢。我们费尽九牛二虎之力才进入月台，可是离乘坐的车厢还有一大段路，好不容易挤到车厢口，还得再排长队。

我把下铺让给吴永刚，自己爬上顶层。火车半夜到南京浦口站，还要分车厢摆渡过河，还好行李留在车厢里，不用搬动。到了北京火车站，吴永刚见电影局没有派人来接，大发脾气，他要我看着行李，他去打电话找人。我们足足等了一个多钟头，电影局才派了一部旧车来。吴永刚余气未消，不停地抽着烟斗，不停地嘀咕责怨；我不声不响地把两个人的行李搬上了车。

电影局艺术处招待所房间不少，挤的人太多。先去的人住得好一点，我们后来者不是居上，而是更差。老吴住的那间，有门有窗，算是一间正儿八经的屋子。我那间简直就是堆放杂物的小仓库，有门无窗，在屋里吸气都困难，所以房门不能关，要开着才能透气。负责安排房间的人似乎有点过意不去，连忙表示，第二天重新换一间。望着那个人离去的背影，我估计第二天也不会换房间。我打开油布包，将床铺好。取出日记本写道：

> 这间小屋，没有阳光，当然很差很差，但是比起我逃难到桂林时，与猪为邻那间木屋来，又很好很好。这就叫做比上不足，比下有余。人嘛，总要随遇而安。这样心态就不会浮躁，自己也少生气。

东北电影制片厂的导演王滨，是我 1934 年在天一影片公司时就认识的同行,分别十几年后在北京相逢,两人格外兴奋。他跟着我进了小屋,先是一团漆黑,开了灯才发现没有通风窗户,他立即大声惊叫:"这间屋子根本不能住人……"他是从延安到北京的,处境不同,声势也不一样。他转身去把管房子的办事员找来,除了当面训斥外,还要他立即调换屋子。说也奇怪,本来说没有空屋,经王滨这么一嚷,却真的当场就调换了间通风明亮的房间让我住。

心中誓言

1950 年 4 月 8 日,我在日记本上写到:

今天是我 40 岁生日。我经历了几次大灾难,受到过几次死亡威胁。但是,大难不死,我能活到今天,总算得到了真正的后福。人生四十刚开始,我应该把自己看成是新社会出生,新社会成活的一棵幼苗,在新社会成长为"有用之才"。

成才靠修枝,我头脑中的"枝"是什么呢?我觉得应该把自己 20 年来的导演生涯,视如一缕轻烟,它是经不起风吹雨打的,时间稍久,轻烟自会飘散、消失得干干净净。

我叮嘱自己,千万不能恋旧。恋旧只会自食苦果;千万不能看到过去拍过许多好影片,过去的"好",可能就会是今天人们眼中的"坏"。与现实唱对台戏,只能死路一条。

总之一句话,一切从零开始,一切个人包袱,统统扔掉。在崭新的坦途大道上,学步向前。

很想请老吴吃顿便饭,喝上几口白干。酒逢知己饮,我把心里的想法对他说。可惜口袋里钱不够。

明年生日，我一定请他喝老酒。

吴永刚比我大四岁，攻读过美术专业。17岁就进上海百合影片公司，27岁编导的《神女》揭示社会底层妇女的悲惨命运，对电影摄制艺术和叙事手法进行了大胆探索。影星阮玲玉演得也到位，吴永刚的处女作《神女》就一鸣惊人。海外研究电影发展史的许多外国专家学者，至今还认为《神女》是中国电影早期代表作。吴永刚性格的直率，养成了人不敢言者，他敢言的习惯。尽管他与我的内向性格形成鲜明对比，我们却成了好朋友，这次同到北京，两人为伴特别开心。

袁牧之发火

中央电影局局长袁牧之要见我们。我们按时去了，值班女职员说局长去了北影。吴永刚性急，当场表示："请告诉局长，我们来过，什么时候他有空，通知我们再来。"我们刚起身想走，门外又进来一位男士说："局长关照请你们等一会儿，他很快就会回来。"并带我们到会客室坐下。就这样，我们等了两个钟头，眼见大家都陆陆续续下班了。吴永刚心里有点发毛，独自闯进值班室说："这样干等到什么时候，你们联系一下，如果今天局长回不来，我们也离开。"值班人员已换成一个年龄较大的男士，他小心翼翼地表示："我再去局长室看看，你们请再耐心坐一会儿。"他走后不到五分钟，突然听见暴跳如雷的吼骂声："可恶，混蛋……"

脚步声十分急促，由小而大，越来越近。原来袁牧之比我们到的还早，独自坐在办公室等我们，艺术家的激情爆发，吼骂声脱口而出。他的气比吴永刚生得还大，吴永刚反而心态转平和，主动上前与这位老朋友、新领导握手。这时袁牧之口里还喃喃自语："一定要惩罚那些不负责任的办事人⋯⋯"

喝上几口清茶，大家言归正传。建国初期，吴永刚在上海联合电影制片厂导演的故事片《孤雁血泪》，因缺资金停拍。吴永刚也不愿再拍下去，提出让戏里的男演员裴冲继续完成摄制任务，并且要求中央电影局协助解决资金。袁牧之当场拍板："钱可以调拨，戏完成后收回的成本暂不归还，留在联影厂做扩大再生产资金。导演人选问题研究后再说。"裴冲 1937 年进入影坛，属编、导、演全才。后来没过多久，就传出裴冲上吊自杀的消息，人们一直以为他有难与人言的隐情。1993 年，上海辞书出版社出版的《中国电影大辞典》里，介绍了裴冲从影 20 年的成就，他编、导、演的作品共有 26 部之多，对中国电影发展做出了贡献。

《两朵红花》

《两朵红花》是张骏祥根据黎阳短篇小说改编的电影文学剧本，上影副厂长钟敬之当着袁牧之的面把剧本交我导演。显然，这是他们去北京前就内定的。我当然高兴能有导演工农兵题材的机会。那时决定生产任务的大权掌握在中央电影局，我接受任务的消息一传开，朋友们都来祝贺。袁牧之希望我顺利完成任务；导演黄粲将一张珍藏的河南省分县地图送给我，上面地名详细，左上角还有山东省地图，黄粲说带着它找外景会方便许多。等黄粲离开，我一看表，已是凌晨两点钟了，就急忙把所有东西打进铺盖卷，稍微躺了一会儿就上路了。同路的还有《翠岗红旗》的导演张骏祥、《海上风暴》的导演许

　　《两朵红花》是张骏祥根据小说改编的，后来又改名为《耿海林回家》，最后定名为《胜利重逢》。这部影片是汤晓丹在新中国执导的第一部影片。这是汤晓丹与张骏祥交谈。

幸之，加上钟敬之、杜谈、陈白尘、马瑜，一行七个大男人，带着喜悦恋
恋不舍地离开了北京。

回程途中趣事多

火车上的早餐，比去的时候贵了很多。按价目表上简单地吃一
顿要付八千多元，所以，我只好忍着。可能其他几人也有同样心态，
都表示不饿，其实不饿是假的，只不过嫌贵罢了。

这次在浦口转轮渡过江，要旅客下车自己扛着行李走。车上的
人，都是直达上海的。我们要在南京办事，必须下火车步行，轮渡上
人挤人，天又黑，除了陈白尘外，其他六人吃足苦头。好不容易上了
岸，大群三轮工人，用力抢我们的行李，要的都是"天价"，把我们惊
呆了。为省钱，我们想两人合坐一辆车。三轮车工人力气大，从我们
手上抢过行李，每辆车上放一件，我们只好一人坐一辆。我们刚上
车，后面排队等车的人大闹起来，不准车子走，要等维持秩序的警察
来处理。张骏祥不耐烦，叫我们都下车，每人提着自己的行李继续往
前走，三轮车工人不让我们拿走行李。警察来了，首先让两人合坐一
辆，车价由原来的3 000元降到2 500元，空出三辆车让给别的乘客。
没有料到，两个大男人，加上两大捆行李，严重超载。车子没走多远，
"砰，砰，砰"三声连响，三辆车的轮胎都爆了，我们不得不另换车。路
上折腾了不少时间，所幸的是没有翻车出交通事故。

我们到南京后，住在原来国民党财政部办公的旧址。可能平常
根本没有人去借宿，那里卫生条件极差。人进到屋里，就会被叮上一
个一个的大红包。臭虫跳蚤让人不能坐，不能躺下，整整折腾了大半

夜。谁也没有发出怨声，谁也没有提出换地方。

我们办完了公事，钟敬之请大家到大三元饭店吃饭。刚进门坐定，三个擦皮鞋的青年就缠住杜谈，认为他的鞋最脏，一定要为他擦干净。杜谈不愿意，三位青年耍无赖说："不擦不行，我们到现在还饿着肚子，就等擦皮鞋的钱买饭吃。"老杜发脾气要叫警察。三个青年更不得了，索性逼着我们几个人都要擦皮鞋。纠缠了好一阵，警察来了，他们才退到门外大喊："饿死啰，饿死啰！"

第二天清晨，我们几个人又去了火车站。颠颠簸簸上了车，迷迷糊糊睡了一觉，好不容易才回到上海。算日子，整整两个月在外。最可喜的就是大家都接到了导演任务。

《胜利重逢》及总结会

《两朵红花》初稿

《两朵红花》虽然列入拍摄计划，但大家的意见还是很多，张骏祥也答应修改。本来摄制组应该到厂里去找间屋子工作的，不知谁的主意，一定要到我家里来，我家住屋连阳台在内才 14 平方米，吃喝拉撒睡都在那个小范围内。他们来工作，搞得家里不方便，我没有冒冒失失表态。上影的卢怡浩处长不请自来，他是我在重庆时就认识的老同事。他平常谈笑风生，上海解放后，他穿上军装，公开了中共地下党的身份。他来的目的更厉害，不但要在我家修改剧本，还要在我家吃中晚两顿饭。他甚至说："张骏祥现在心情很不好，刚由我代他出面办理了与白杨的离婚……"于是,我家小饭桌变成了写字台。我们在家里写呀,画呀,说呀,整整折腾了近一周。一日两餐,小锅小灶,好不了,也差不到哪里去。看样子,张骏祥吃得还算满意。他草草又写了一稿,剧名改为《耿海林回家》。

修改本算好了,送到上影厂转中央电影局,要他们最后点头才行。那时在中央电影局负责剧本定稿审查的是蔡楚生。这位名导演尽管当时还没有摄制工农兵题材的实践经验,要求却很高,他以编导《一江春水向东流》的目光看我们的剧本,当然意见提了一大堆,连剧名他都持否定态度。

那时,我们影人中玩照相机的,张骏祥还是第一位。他背着照相机到我家,就在我们家三楼后阳台上,为我的两个儿子拍了好几张照片。取景用的是电影构图,新奇别致,还放大了几张,我一直珍藏着它。

张骏祥刚走,副导演王炎又来,饭桌仍然是写字台。一日两餐还带点咖啡茶水点心之类,仍然由我家负担。那时我恨不得把心都掏出来献给摄制组。电影局又下达文件,要导演不折不扣地全部接受意见,主要也就是蔡楚生的意见。我只得带王炎去汉口找原小说作者黎阳,听他讲对张骏祥剧本和未来影片的要求。黎阳的态度不知是真谦虚,抑或是把责任外推,他提议导演直接去找四野宣传部长陈荒煤。我过去在香港导演影片,根本不晓得陈荒煤的大名,见了面听他谈话才感到他思路开阔,口才惊人。他的意见是现在的剧本必须动大手术,我和王炎听得发呆,无所适从。我们只好先回厂,又接到中央电影局转来的陈荒煤谈话的内容。我顿时明白,必须照来文拍

在电影《耿海林回家》的拍摄现场，汤晓丹（前左三）在为演员范正刚（前左二）、冯喆（前左一）说戏。范正刚 1952 年牺牲在朝鲜战场上。

戏,否则是行不通的。王炎又到我家,仍然把饭桌当写字台,摊开剧本,对照意见,逐条修改。

三个月折腾

我为《耿海林回家》修改剧本,南来北往整整折腾了三个月,家里的事也根本顾不上管。张骏祥看了根据这些意见塞进的东西大为不满,却也不敢反对,只原则地表示:"剧本的前两章可以合并为躯干。第一、第四两章为手足。"编剧道出这么空洞不得要领的说法,许多人都讽刺"新鲜"、"太新鲜"、"无所适从的新鲜"。我和王炎只得到电影院去买票看张骏祥导演的《火葬》,认为《火葬》虽然拍得不错,因为题材不同,无法借鉴。

钟敬之副厂长深知导演再创作的甘苦,十分耐心地劝我和王炎尽量听取有关各方面的意见,把片子拍出来才是真功夫。影片里有支主题歌词,小说原作者和编剧互相推来推去,作曲刘福安急了,自己写好谱成曲。作曲组审听时,众口一词"不好",给否定了。看得出,大家都眼高手低,自己没有办法作词作曲,别人作的又看不上。各业务小组都有审听权、发言权,乃至否决权,摄制组创作人员感到苦不堪言。这就是当时的创作实际。我拿着剧本摇来晃去听意见修改,苦苦地折腾着。这些事情我还是头一次碰到,除了忍耐,别无他法。最让我头疼的是袁牧之局长还派专人到上海,要我写出年底一定要交出影片的保证书。袁牧之是行家领导,预见到这么翻来覆去没完没了地改剧本,把拍摄时间全压挤光了,会影响出片,应该说他提出要保证书还是善意的提醒:"快开动机器吧!"那时讲究保证,还要定规划和措施。导演只有一个脑袋加上四肢,拼命想,拼命干,也不能代替各部门呀。上行下效我也要摄制各部门保证出片时,皮球又踢回导演组,来来回回,又花费了几天工夫。

出外景的前一天,各部门突然冒出许多问题,他们找到制片,制片又追导演。我最初很不理解,怎么拍了几十年戏的老技师们会在出外景前那么慌乱?静下来想想,不外是把责任先踢到导演部门,真出了问题就可以推托。即便我忙得团团转,也只好派王炎去部队找他的老首长,帮助解决拍戏的服装问题。摄制组有服装设计师、服装员,但是解决服装问题还得靠导演部门,这是 20 世纪 50 年代拍戏碰到的首例新鲜事。

就这样拖拖拉拉的,直到 9 月初才正式出外景,大队人马开到河南洛阳,还是边开动摄影机,边修改电影文学剧本,边继续完成导演分镜头。那时,提倡"干劲"、"忘我"、"人定胜天"。明明不行,心里发虚,嘴上也要高唱"行"。好在与往昔不同的是,演员没有戏也到现场帮助别人。主演冯喆原是中共地下党员,拍戏经验多,乐于助人的时候也多,我很喜欢与他的合作。

那时拍军事题材影片,外景确定在哪里后,导演、副导演、制片、美工、摄影等都必须在军事顾问领导下先去兜个大圈,拿着地图找当年部队走过的地方。山路、村路、小路,到处都有路,可是条条路不通。因为下大雨山洪把路全冲成烂泥塘。有的路和桥已成为泽国,只好绕道找路前进,真叫摸着石头过河。脚上布鞋,干的变湿,湿了又干,来回几次,双脚起泡,红肿发炎。大家都不叫疼,我是导演更不能说疼。

《耿海林回家》的制片是蒋君超。自 1932 开始,他演出的影片有 20 部,他最擅长的是影片发行,根本没有制片经验。外景地他不去,派去的一位剧务是陈独秀的女婿,也不十分内行。在行车途中,他为了自己有包衣服要带回老家,带着摄制组绕道。我知道了,非常恼火,当面批评他。他不在乎,嘻嘻哈哈搪塞过去。

王炎找战友帮助,借来几匹驴,每人一匹,铺盖卷和人都让驴驮着走。刚上路还好,小驴慢吞吞挪动四肢。本能的识别力在动作中显示出来,它们看见泥泞沼泽,四只脚原地踏步,根本不向前。大家只好都下驴背,让它们光驮铺盖卷,哄着它们走了一小段路,水稍深,它们又站着不动了。费尽九牛二虎之力,总算到了干路上,路边有草棚出租驴。几个人决定再租几匹,索性人和行李都分开。驴子还是聪明的,这样它也走快了。天色暗下来,大家发现不远处有房子,走近一看,是没有学生上课的小学校。我们找校长商量,他答应将空房让我们住一夜。因为太累了,几个男子汉快动作找到几块堆在屋角的木板,用砖头稍微垫一下,就呼噜呼噜睡起来。天亮后,才发现每个人的脸上、身上、手脚全是大大小小的红疱。校长说:"可能空屋没有打扫,蚊子、臭虫和跳蚤都出来了。大家还算有运气,没有碰上毒蛇和毒蜘蛛。"这时,我们既庆幸又后怕,和校长告别后又上路了。

我们越向前走,碰到的水越大,要摆渡才能过河。就那么一只船来回渡,等了很久,才轮上摄制组的人。船在激流中行进,只有一个大汉站在船头用力划桨,稍不留神,就会翻船。我会游泳,还能沉住气,赶紧叫大家不要东倒西歪,失去重心。船快到岸时,才看清渡口边,站着一排男子,肌肉发达,全身古铜色,"充满了雕塑美"。他们看准船的位置,扑通一声,溅起一片水花。他们熟练地抓住绳子,让船顺势在激流中靠岸。后来,我们才晓得,就是那么一会儿工夫,如果几个人用力失调,一定会翻船。这叫事先不知险,临场不惧险,这减少了我们的心理负担。

冯喆在《耿海林回家》摄制组,除演耿海林外,还担任演员组长、工会主席、支部委员。他带演员深入生活,为塑造银幕群像打基础,在拍摄过程中他多次提出对剧本的看法和建议。他没有戏的时候,也到拍摄现场帮助其他部门操作,戏拍完后,他认真作个人书面总结。这个为电影事业发展呕心沥血的好演员,40岁出头的时候,却在"动乱"中被活活折磨死。在我心里,冯喆永远焕发着青春的亮丽光彩。饰女主角银杏的演员束荑,一贯塑造的人物均属少奶奶、交际花之类。我提出让她在《耿海林回家》中演农村妇女,用内行人的话说是"转型"。当时担心她演不好的大有人在,反对的也不少。好在副导演王炎支持,她也很用功,每场戏都能按要求进入角色,表演得很到位。她得到认可,让许多演员都增强了塑造工农兵形象的信心。束荑后来调珠江电影制片厂,因患癌症早逝。孙道临后来在对媒体谈话中表示,束荑主演的转型形象,让他也对塑造工农兵形象摆脱了畏缩情绪。

七天七夜连续工作

《耿海林回家》经过内外景抢拍,按计划在年底停机。那一年,上影厂有个新规定:当年开拍的八部影片,都能在12月31日前完成样片剪辑,全厂可以发双薪。压力落到摄制组的八位导演肩上,谁要完不成,影响双薪发放,会遭到"千夫所指"的斥责。

《耿海林回家》从进剪辑室算起,倒计时总共只有七天七夜。按常规,这最少是两周的工作量,我心里合计,只有把晚上休息的分分秒秒都用上,才能完成任务。于是,七天七夜不出剪辑室,靠浓咖啡和香烟提神。一直熬到 12 月 31 日的傍晚,摄制组所有工作人员都团聚在剪辑室外,等待按时完成任务的奇迹出现,其实是等待双薪到手。不过那时以谈钱为耻,每个人都不敢说出口罢了。

深夜寒风刺骨,演职员们在露天里等候,牙齿冻得格格响,谁也不肯离去。我们导演组几个人在工作室里并不知道,仅一墙之隔,有那么多摄制组的伙伴们在等着。我们完成任务拉下电源,窗外人群看见灯灭了,看表,还差两分钟 12 点。顿时,人群雀跃,欢呼声震响夜空。剪辑陈胜基至今还很激动谈到那个七天七夜,他对人说:"汤导演真了不起,为了赶时间,要我将底片搬到剪辑室,他亲自直接剪底片,一剪刀下去,准确无误。尤其是打仗镜头,他还交错使用。他剪好后,我立即帮助接好。我是青年,都吃不消了,他仍然以良好的精神状态在工作。"剪辑师沈传悌说得更风趣:"当时八部影片同时进入后期,别的组都吵吵嚷嚷,尤其张骏祥导演的《翠岗红旗》组,他自己不会剪辑,别人剪的,他又不满意,不停地破口大骂。有时,我们想笑,也不敢出声。"

直接剪底片,这是我 1933 年导演《白金龙》时就开始掌握的技艺。资本家的钱总是一个顶十个用,决不会多印一个拷贝让人去练本事。我学会了剪辑,为老板省了开支,自己也积累了经验,尤其到香港拍片后,自己参与剪底片的次数就更多。这个本事,不是每个导演都掌握的。我没有进过专门的电影艺术学校读书,我的自知之明是自己多做多学,积累导演所需要的综合学识,这样才能在激烈的竞争中站稳脚跟。

我一周未回家,冯喆代表摄制组工会给我家送去两只重达十多斤的大母鸡,让为我炖汤喝,他说这鸡是有名的浦东鸡,上海人都叫它"九斤黄"。那么大的鸡站在后阳台上伸长脖子,比我的大儿子还高。

我儿子沐黎一向有智慧,爱发问,就问他妈妈:"妈妈,你说哪个是哥哥,哪个是弟弟?"

"它们不是兄弟,它们是姐妹,高的是姐姐,矮的是妹妹。"

大儿子盯着大母鸡看了好一会儿,又说:"妈妈,你说得不对,我看它们,一会儿这个高,一会儿那个高。"

原来,两只鸡不同时间伸脖子,确实一会儿这只高,一会儿那只高。他妈妈只好改口回答:"它们都想当姐姐。"

儿子满意地笑了,嘴里还高兴地重复"它们都想当姐姐……"

我去做后期工作前,妻子担心我清晨出深夜回,脚冷生冻疮,特地到徐家汇小店挑选了一双蚌壳形棉鞋。因为是手工做的,价钱特别贵。我非常喜欢它,真的在酷冬腊月穿上它,去了在西宝兴路上的上海电影技术厂。它离我家可以说从市西南到市东北,换三辆公交车,耗时一个多钟头才能到。没料到,隔了七天七夜回家,一双崭新的棉鞋不见了。那时不像今天,自己的东西没有了可以大声嚷嚷,可以东说西说。我担心被人曲解为"诬蔑革命群众",丢了棉鞋也不敢说,只能哑巴吃黄连,忍住心疼。

听审片意见等二十天

《耿海林回家》的拍摄耗时够长了,可是到北京送审片子却整整等了 20 天,在我 20 年的导演生涯中,这还是头一次。主要是电影局、文化部、军委几个部门都要看片,发表意见。那些局长、部长们都是大忙人,等他们到放映间坐下来看片不容易。

我必须把每次看片的意见全部记下来,在北京拟定修改方案,审查通过了才能离开。特别是蔡楚生关照:"修改方案要送军委文化部陈沂部长亲自审批后才能最后定案。"我只好老老实实等待,好在等的时候还有机会看参考影片。比如苏联音乐喜剧片《幸福的生活》和波兰揭露希特勒统治时期集中营生活的《最后阶段》,就是那时看的。尽管还没有翻译,它们的艺术感染力还是很强的。

我对陈沂部长和蔼可亲的形象印象很深,他在认真看完修改本后还风趣地说:"耿海林回家,看见家里那么漂亮的老婆,那么好的家不肯再离开,要我也不想走了。"在许多领导人物口中,不大容易听到这样的玩笑话。最后,我拿着他批的"同意"修改方案,第二天就坐上了南下的京沪列车。回来的时候吃的苦比去的时候多,因为除了大铺盖卷外,还有两铁箱影片,上火车时有人送,下火车时却没有人接。还好碰到同车厢的一位北方大高个儿,帮我拎大捆铺盖卷。我两只手各拎一箱片子,这才勉强出了月台。

上海北站大门外的三轮车,见我行李多,要三倍于规定价的车钱,他们说得也有道理:"三样东西等于三个人的重量,三倍价不多。"我担心太多了没有办法报销,只好站在路边等。说也奇怪,还真碰上

演员冯喆(左一)、仲星火(左三)在电影《耿海林回家》中。

一位拉三轮车的工人说："按正常价再加一千元，我拉你走。"我想这也合情合理，便坐上车，到了家门口，把铺盖放在楼下邻居家，自己又坐上车带着两铁箱片子去厂里汇报送审情况。

北京已发电报通知了厂里，摄制组大多数人都在办公室等消息，却没有人去火车站接。副厂长钟敬之当场表示，中央电影局已决定了影片在全国的公映日期，补戏必须抓紧。《耿海林回家》要补的镜头首先是女主角束荑的戏。不知怎么她突发肾脏病，脸浮肿，只好让她在家里休息了三天，她感觉好了一点，就匆匆赶到摄影棚，我和摄影师仔细端详，左脸略胖，右脸还可以，于是机位调成右侧，不拍左脸，看样片，差强人意。

因为修改补戏，七段音乐还要重新混录，我找指挥曹鹏研究，总算妥善解决了难题。正在这时，编剧张骏祥也为《翠岗红旗》的后期忙碌。我将修改大意告诉他，他流露出质疑："大家的片子都这样改，每部影片都一个样子……"这正是我想说而未敢说的观点。不过，即使张骏祥有意见，他自己的《翠岗红旗》也不得不照改，只是背后说几句泄气话，舒展一下心情而已。

我又第二次带着铺盖卷和两箱修改后的《耿海林回家》去北京，必须最后审查，下发通过令，才算结束导演工作。蔡楚生最先看片子，见确实按修改本补了戏，就同意通过了。不过，还要上次看片的各位部长最后点头，这是必须履行的程序。只有一一通过，我才能松一口气。我回上海前，蔡楚生批了一条书面意见，片名改为《胜利重逢》，这是他从第一次看文学本时就提出的。可能他发现大家都不愿意改，以公文表示正式意见是他的权力。摄制组只好将片名重写重拍,换了进去。

以后,消息灵通的吴永刚告诉我,在决定影片出国宣传的时候,许多人主张将《胜利重逢》列上,因为它的质量比较好,可以代表新中国的电影水平,但有人提出:"影片描写的是国民党军队,经教育改编后才成为解放战士的,不是正统解放军,不宜出国。"这时,我心里开始明白,人们称的"解放战士"与真正的"解放军战士",在政治待遇上有区别。仅仅少了个"军"字,就不能出国,我想这大概就是十年动乱中公开的"控制使用"类型。

也就是这年里,在《耿海林回家》中饰海林父的演员范正刚在抗美援朝时,与上影演员孙道临、孙永平、穆宏、冯喆、王琪、金乃华等12个人同赴战场,在敌机的疯狂轰炸中不幸中弹身亡。而今,范正刚安眠在东北烈士陵园,受到众多来往游人瞻仰、追思。孤魂不孤,范正刚的死重于泰山。

到电影局总结

建国初期,导演接受任务要由在北京的中央电影局统一安排,各个电影厂如东影、上影、北影等无权决定导演人选。影片摄制完成后,导演必须到北京进行总结。我在《胜利重逢》公映后,就接到通知要求去北京参加导演集中总结会,时间预定为八天。要求预先拟出发言提纲,人人都要发言。我第一次参加这样的总结会,还摸不着头脑,加上自己性格内向,所以总是先听别人怎么说。谈得最多的当数从延安来的沙蒙、张客、黄粲等人,不过那时导演总结,都是缺点谈得多,成绩很少提到。总结会给我的印象是所谓"导演总结",实际是导演拍完了戏,还要认认真真检讨一番。关于《胜利重逢》这部戏,我还没有思想准备,不知该从哪方面开始检讨,我一直认真听、认真记、认真想,只是未开口。

黄粲主持总结会,他再三启发大家,谈缺点是为了今后的提高,大家可以畅所欲言。反正善于短话长说的大有人在,大都是不点名谈别人影片缺点的多,谈自己创作上碰到的疑难少。张客根据大家的发言进行整理,整理后又发给每人一份。

《新儿女英雄传》的导演史东山,那天正好赶来。他一见文稿就忍不住提出:"这个总结,缺点谈得太多,优点谈得不够,这样看问题不全面。"他的话弄得执笔的张客有些尴尬,当场表示再加点成绩进去。我心里想:本来就是让大家谈缺点,怎么加成绩呢?这是我心里的疑问,并没有说出口。

正当我以为总结已经告一段落时,没料到,又通知大家去看片子。走进放映间,大家神情严肃中略带紧张,让我感觉到不像平常看参考片时的活跃,心中有点好奇。我走到上影编剧李天济边上的空位子坐下,我们都是上影去的,似乎有个感情依靠。

放映前,有位工作人员先讲话,说马上要放一部叫《荣誉属于谁》的影片,它是一部有问题的影片,大家必须仔细看认真想,看完以后集体讨论。既然点明有问题,想必问题不小,我真的聚精会神看着想着。放映室里静得一点杂音都没有。不知怎么搞的,我不但发现不了问题,反而被银幕上的有些情节感动,甚至认为有些场景处理得非常好。我开始有点害怕了,叮嘱自己"只能细听,不能乱说,听也是最好的学习"。这样严肃对待创作人员的场面,我从影 20 年还是头一回身临其境，心里当然紧张。放映结束后，工作人员宣布各自回小组进行讨论，大家的心情显得非常沉重，脸上没有了平常的轻松和微笑。

晚上，大组会首先发言的是蔡楚生和陈波儿，他们各自检讨在看剧本、抓题材时，没有把好质量关。对他们来说，既是自我批评，实际上又在启迪大家以后要小心谨慎。听蔡、陈二位发言，简直就是听清理创作思想的报告，我自感获益匪浅。人们的发言持续到深夜，我不停地记笔记；回到招待所，我的心情依然非常沉重，时不时有些困惑。不知为什么蔡楚生和陈波儿指出的严重问题自己仍然消化不了，所以翻来覆去难以入睡。

我对《荣誉属于谁》的编剧岳野和导演成荫印象不错，他们都是来自延安的创作骨干，怎么会发现不了严重问题？这个疑团一直萦绕在我的脑海里，问号也是越来越大。女主角路明是从上影借调去的，这部影片是她建国后拍摄的第一部影片，本来是最佳起步，怎么会走上歧途呢？别说不知情的影人怀疑，连路明本人也如坠雾海，一直迷糊着……

史东山"独唱反调"

第二天上午学习，一个比一个到得早，平常的小玩笑今天一扫而光。大家坐好，互不交谈。我也只顾翻自己的笔记本，认真地思考着。第一个抢先发言的是《荣誉属于谁》的编剧岳野，他深深自责，认为老干部是革命历史的代表人物，在塑造他们的形象时，不应该写他们身上还残留着缺点。即使是普通老百姓，只要他们是在共产党领导下，就会提高阶级觉悟，也不能描写他们不好的东西。《荣誉属于谁》之所以犯错误，证实了作家有一个通病：没有认真学习，也没有认真改造，跟不上形势发展，所以掉队，落在后面……今天来看这些内容，本来就有些被动、空洞，甚至可以窥测出编剧内心的不解不服。但接着发言的人，批判的调子越唱越高。作者被定为走"形式主义道路"，对事物的观点是"教条主义"等等。

史东山这位学者型导演，满脸严肃，翘着小胡子越听越不顺耳，终于忍不住了。他站起身，激动地打断别人说话，他说："《荣誉属于谁》这部片子，我看最多是表现方法，不是作者的立场有问题……"他的话义正词严，使听的人顿时目瞪口呆，手拿帽子的人也失手把帽子掉落在地。

仅仅停了片刻，那些头脑发热者针对"东老"的观点又大谈起来。但是史东山的观点，有多少人赞成无从知道，只晓得上影厂去的我和李天济都是认可的，只是我们两人没敢像"东老"一样当众说出来。就那么几个反对"东老"的人抢着发言，至于谁对谁不对，主持会议的人也没有总结。

我在重庆就认识史东山导演，他的仗义执言是有名的。只有他，敢在曾经当过上海警察局局长的中制厂长蔡劲军门外大骂"满厂官僚，满厂腐败"。蔡劲军坐在办公室故做未听见，他手中拥有的特务连也不敢乱动。建国后在和平环境里谈学术谈艺术，"东老"更能坚持自己的看法。

《荣誉属于谁》经过修改，更名为《在前进的道路上》，接着在全国公映。这证实史东山的观点是正确的，是经得起历史检验的。

路明背黑锅

《荣誉属于谁》的女主角路明当时才 30 岁出头,已经主演过 20
多部影片,她是知名度很高的女演员。她原是上海清心女中学生,各
科成绩优秀,她的志愿是继续上大学,不料 17 岁那年暑假,电影演员
这个职业偏偏缠上了她……

上海艺华影业公司开拍《广陵潮》前,原定的影星徐曼莉生病脱
发,不能上镜头。导演陈铿然急了,请路明顶替。临时上阵,更显出
路明的演艺潜质,周围的人都纷纷劝说路明弃学从影。自此,她的影
片一部接一部,欲罢却不能,尤其是她 18 岁时主演的《弹性女儿》使
她大红大紫。路明饰一位受生活所迫下海的年轻舞女,在舞厅里要
唱要舞。主题曲的歌词是经过田汉修改的,内容深刻,路明唱歌乐感
好,声音清甜,十几年后,她还能把歌词背下来:

都市里燃烧着狂笑的火焰,

热情飞跃在脚尖。

生活变成固定的旋律,

弹性女儿呵,

永远旋转在迷梦之间。

浪掷虚伪同情,展露乔装的欢颜,

在重重压迫下,依旧要巧语花言。

看,每副笑脸都含着哀怨,

看,每副笑脸都含着辛酸。

何处去找寻真情热爱?

何处去发掘光明的源泉？

生活如矢催人老，年年复年年。

弹性女儿呵，

永远旋转在迷梦间。

那时不像现在，戏中的歌曲可以请人代唱，而是要求演员自己唱，还要唱得符合人物的感情。路明得天独厚，她的姐姐徐琴芳是20年代观众喜爱的武侠明星，也爱好京剧艺术。路明跟着姐姐学到了唱做兼优的真本事。抗日战争时期，路明和二十几位文艺战士到重庆、成都等地，参加了《大明英烈传》、《孔雀胆》、《胜利号》等话剧的演出，唤起民众的抗日热情。抗战胜利后，路明回到上海拍片，在我导演的《天堂春梦》中饰演了工程师的妻子，很受好评。路明是享有很高知名度的演员，却一贯衣着朴素，用她的话说，我从不靠珠光宝气打扮自己。她赚了钱，喜欢接济贫困的朋友，朋友们都很感激她。

在拍完《荣誉属于谁》后，路明一直未受重用。直到十年动乱，工宣队一再组织人追查他与杨帆的交往。这时，大家才明白，原来是她背上了"黑锅"。路明真是有口难辩。原来早在抗日战争前的上海，路明从事戏剧活动，接触了大批影视名人。其中有一位叫殷扬的进步青年，一米八几的个子，口才文才皆优。他们二人之间互相有了好感，日子稍久也产生了爱意。不过那时的男女青年，把爱总是藏在心里，只能互相意会，从未互相表白。抗战开始后，殷扬去了抗日根据地，路明去了大后方，一别就是八年。反正殷扬在根据地未婚，路明在后方也未嫁。上海解放后，殷扬已正式改名杨帆，成为上海市公安局副局长。二人虽仍有来往，但是杨帆已有了新婚夫人。很快，路明也结了婚。1954年12月31日晚,杨帆因受潘汉年冤案牵连入狱,路明也暗中受牵连。要不是十年动乱中,工宣队把这桩冤案摊出来,可能路明永远不会明白她为什么被打入"冷宫"。

1989年,杨帆的冤案得到平反,那时他已被折磨得双眼失明,口述了一本《杨帆自述》,其中就有写给路明的九封信,字里行间,充满了圣洁的友情爱意。路明晚年的生活很平静,不过与我谈心时,她会发出哀叹:"不知为什么会飞来横祸,让我倒霉一辈子?"路明的去世也与众不同,她是晚上入睡,早上不起,就这么静悄悄地永远走了。

社会大课堂

老舍讲电影故事

北影导演伊明,请老舍先生为他写了个电影文学剧本。老舍非常虚心,请了很多朋友在文联欢聚。我们电影局的人跟着陈波儿到得最早。中央电影局剧本创作所王震之所长,陪着老舍走到各位电影编导前,与他们一一握手。他们到我面前时,老舍主动说:"不用介绍,我和晓丹早就认识。"

长条桌上摆着京味点心、糖果,还有大生梨等水果。茉莉花茶香味四溢,空气祥和。等所请的人都到齐了,曹禺才站起身来,请老舍先生讲话。原来这次特别活动,是老舍邀请大家来听他讲为伊明所写的电影故事的。故事写一个医生家庭,医生在英国,太太带着孩子在国内,远隔重洋,却情深意笃。医生回国时,戏已经进行到四分之三了,全家这才团聚。虽然只有几个人物,由于老舍先生讲时语言丰富生动,情绪幽默,很吸引人。

茶会结束,已经是傍晚5点,大家纷纷起身准备离开。王震之叫电影局的几位暂时留步,九个人分乘三辆小车去惠尔康进晚餐。

我发现老舍、曹禺都是雅量,多喝几口酒,话语更锋利,席间主题还是刚才老舍先生讲述的电影故事。曹禺表示,如果前面的戏,也就是孩子们的篇幅能压缩,而增加医生的分量会更好,医生要能与抗美援朝有点关系,就说明知识分子真的行动起来为人民服务了。再有一笔说明对医生的思想影响,更属锦上添花。大家你一句,我一句;老舍连连点头,心情兴奋。老舍是有巨大成就的作家,为写一个剧本,还专门听人谈意见,这股清新的创作风气,给人增添了巨大的榜样力量。

我对这次活动记忆深刻,老舍先生认真听取意见的态度感染了我,还因为当时在座的主角老舍,主持人王震之,还有曹禺、许幸之、吴祖光以及中央电影局领导陈波儿都相继离开了人世,尤其是老舍先生和王震之都是含冤而去的。现在还幸存的只有我一个人了,所以我有责任把这些人和事记录下来。为找到一张老舍当时的照片,我托了许多朋友,最后夏衍的孙女沈芸答应我去向老舍的儿子要一张。我想要当年的照片,保存老舍写电影剧本的真实风采,但后来却没有找到那时的留影。不知道老舍的这个剧本后来写出来没有,但是他的写作态度令我牢记在心。

"五一"观礼

1951年的五一劳动节,让我永远感到兴奋、欢乐。因为我上了天安门观礼台,观看了首都工农兵群众节日大游行。

清晨 6 点,我就跟着受邀前往观礼台的电影工作者,从所住的招待所步行到电影局集中,然后坐上一辆从北影调来的大公交车到劳动人民文化宫。马路上的队伍占住了汽车道,司机只好把车子开上人行道,在夹缝中穿行。人走车道,车行人道,只有这天节日才会如此。我们到了文化宫门口,然后整队步行去天安门广场。远远望去,天安门城楼两边的四个大看台上,早站满了穿着节日盛装的人们。

电影工作者们领的是黄色观礼证,需要经过指定的路线穿过广场,才能到达看台。看台上站着各种肤色的代表,引人注目的是远道而来的苏联军官代表团,他们挺阔的草绿色制服上镶着金红色条纹,胸前挂满了勋章,在阳光照射下闪闪发光。我见别人手持望远镜,转来转去向远处望,心里着实羡慕,也想借来饱饱眼福,却没有勇气向他们开口。站在我身旁的瞿白音对他们说:"你的望远镜什么牌子?"他不明说想借,话的意思却到了。那人机灵,没有回答,只是把望远镜递给他。瞿白音看了好一会儿,不过,就是这么个绝顶聪明的瞿白音,善于先他人之见而发表新鲜观点,更善于顺应潮流而进退的学者,在改编《红日》电影剧本后,也没少吃苦头、少受打击、少挨批斗,还得带病到干校去接受劳动改造。他的《创新独白》,提倡电影创作要去陈言,立新意。这个观点今天看来,无可非议,当时却引起很大争论。他心里可能也明白闯了祸,检讨起来也很快。

在"文革"中,《红日》的原著吴强、编剧瞿白音,和我这个导演遭的罪都很惊人。吴强坚持自己的创作观点是对的,造反派当然饶不了他。瞿白音聪明,要么回答是原著提供的,要么说汤晓丹最清楚……本来是他挑的担子,两头都滑脱。相比之下,他吃"文攻武卫"
的苦还是少的。这个才学出众的编剧、评论家,却还算幸运,看到了
"四人帮"被粉碎,在 1979 年病逝,年仅 69 岁。

西北土改参观团

在北京参加导演总结会两个多月后,我就跟着全国政协组织的
土改参观团去了西北,时间规定为一个月。我参加的那个队里大都
是学者、教授、宗教界领袖,其中年纪最大的 80 岁,已是满头白发。
这位老先生 1947 年前是驻巴拿马公使,继任驻缅甸大使,回国后在
中央人民政府外交部当顾问。参观团中的其他队员,看样子都超过
了 50 岁,说话常带"知天命"的味道。我当时才 40 岁,在人们眼里还
是不折不扣的青年人,所以我的火车票是硬卧上铺。那时,抗美援朝
已开始,我和其他电影工作者一样,在申请书上签名,要求去朝鲜战
场体验生活,结果成荫却通知我去西北,他说:"你还没在战场上滚
爬跌打过,现在去可能不适应。西北土改参观团,虽说没有明枪实
弹,斗争也很激烈,你去了就知道,不比朝鲜战场轻松。"

我当然服从组织调配,改造思想在哪里都一样。5 月 6 日,我随
西北土改参观团由北京出发,先到西安去。许闻天是团长,他也在我
那个小组。到了西安后,又重新编组,另外选了小组长。许闻天团长
又去到新的小组,大有熟悉队员的意思。新小组长见我年轻,为人忠
厚,有话总是对我细说,征求我对问题的看法。新小组里有三位特殊
人物:"古来稀"年龄的鲜老先生、居士林副林长(佛教界女代表,为了
不使别人为难,她在报到时就"自觉开荤")和深度近视眼的女教师。

小组长很担心照顾不好这三位特殊人物,尤其是农村缺电,摸黑走夜路更使他伤脑筋。我没有小组长肩上的担子,说话也轻松一点,就告诉小组长,晚上把年老和近视眼的人留在屋里做工作好了。不出我所言,我们下了组,连床铺都没有。那位鲜老先生看见一把帆布躺椅就喜形于色,高兴地说,简直回到了四川老家,这把躺椅过夜好得很。在继续步行的时候,大家推两位女士排在头里,以便跟着她们的"慢步"迈脚。没料到,她们一路急行军,好几个男队员都掉在后面。要集体搭划子过河时,两位女士等了好一会儿,后面的人才到齐。

在农村一个多月,白天参加控诉会、自报划成分等,晚上除当天工作汇报和布置第二天的任务外,还结合实际谈思想改造。这是主题,每个人的发言都很顶真。我能写会画,比别人多做一份宣传工作。为了做好这份工作,我总是比别人起得早,睡得晚。土改参观团原定的时间是一个月,可是时间不够,又延长了半个月。

工作组在参观结束后,进行了总结,我得到一张表扬信。我这个在香港被舆论界称为"金牌导演"的人,在新中国参加首次大型社会活动,拿到书面表扬信,仿佛回到十几岁的学生时代,年轻、活跃了许多。

申辩不合时宜

初秋的北京城,早晚都有些寒意。电影局里的学习班正在热气腾腾开展忠诚老实发言,组长武兆堤、副组长伊明,都是从延安来的编导,他们通知我也参加。学习空气非常严肃。一个人谈了自己,好几个人提问，有点面对面展开斗争的味道。我自觉不做亏心事，忠诚老实又是自己一贯做人的座右铭，我只静心听着，没有急于发言。不知怎么，我感觉两位组长总是转变话锋，把话题引向国统区拍片问题上。我仔细看了一下周围的人，只有我自己曾在国统区待过，为中国电影制片厂导演过影片《警魂歌》。我想可能大家有疑问，要我讲原委，我如实向大家说了一遍。我谈得翔实、细致，但是没提到司徒慧敏和卢怡浩支持我导演这部影片，大家听完后，没有像对其他人那样，追查再三，就一次通过了。学习结束后的第二天，两位组长给了我一份书面鉴定，说"所谈拍摄反动影片《警魂歌》的情况可信，希望今后加强学习，为人民拍好影片"。

在我接过书面鉴定的同时，我把土改参观团给我的表扬信和其他材料交给两位组长。当晚，我在日记里写道："《警魂歌》的主题是抗日，剧情发展也是一网打尽日本间谍，不反动，是抗日题材影片。不过现在申辩不合时宜，不会有好结果。"

为接《警魂歌》这部影片，司徒慧敏曾暗中支持，当时的地下党员卢怡浩就亲口告诉我，要我导演《警魂歌》。后来电影发展史上说它是反动影片，卢怡浩不得不嬉皮笑脸表示："你说我和司徒慧敏敢和延安来的专家唱反调吗？"

在我离开北京回沪的前几个小时，武兆堤和伊明两人又把我所受到的表扬信还给我，说电影局党组织认为还是交上影党组存档好。褒、贬两件，我回到上海后，都交到钟敬之副厂长手上。

那年，我因导演《胜利重逢》成绩突出，被评为上海电影厂先进，表扬会上还发了一支钢笔、一个笔记本、一段灰色咔叽布。发奖时，我不在上海，是摄制组的冯喆送到家里的。

军事片年代

摔出来的《南征北战》

放下破烂又走

我外出几个月，带回的铺盖、衣服都由新变旧，由干净变脏烂。刚到家，厂里就叫人来把我喊走。原来是《南征北战》剧组筹备近半年也无法开机，厂里急了，决定在成荫导演的全套编制同时，再加一个由我导演的全套编制，以充实摄制实力。我去厂里接受了任务，又带回大堆厚厚的资料。我的饭桌又变成了《南征北战》摄制组的写字台。这次与我合作的副导演仍然是王炎，我们再次合作更加默契。

不同的摄制组完成一部共同的故事影片，是我第一次碰到，我一生中从影奇遇不少，这次算"奇中之奇"。《南征北战》是当年上影的唯一生产任务，所以不计成本，无论如何必须完成。为了让两组人员都能了解创作意图，我发明了"黑板会议"，就是每场戏的构想、具体要求都画在黑板上。两组工作人员一看就明白，无需多说多问，只要做好本职工作就行。

中央电影局对《南征北战》十分重视，演员试镜头的戏必须先送审，成荫从北京回上海告诉大家，领导决定师长一角改由陈戈担任。于是，化妆部门又重新忙了一阵。陈戈是四川自贡人，到延安后负责过几个单位的工作，说话有四川国语味，真有部队首长风采，他与成

在汤晓丹导演的电影《南征北战》中，陈戈扮演的师长与张瑞芳扮演的游击队长握手。

荫合作拍摄过《荣誉属于谁》。他们知己知彼,不需多费唇舌就能站到摄影机前,换人并不影响摄制进度,只不过技术部门得多加几个班。

摄制组全部拉到外景地,几条线分工进行。我与摄影师朱今明要在白天出去找外景点。朱今明每天吃力地踏自行车,我坐在后面,沿途坑坑洼洼,骑上一段就要连人带车摔一次。朱今明比我还小几岁,两人都经得起折磨,摔倒骑,骑上再摔,身上青一块紫一块。有人问我:"摔得这么重,不疼吗?"我只好回答:"不疼。"这绝对是违心表态,不疼是假,任务在身,不敢叫疼是真,忘了叫疼也是真。

摄制组接连出了两次大事故,我心里非常难过。第一个大事故是协助拍戏的坦克车开过时,路边围观的人群中有个14岁的小男孩,突然好奇地上前想看个仔细,当时就被碾成肉浆;第二个大事故,是运道具的大卡车在途中爆胎,车辆失去重心翻到沟里,几个年轻押运员到医院包扎好伤口立即回到摄制组,老道具师翁师傅则成了终生残废。这两起事故与我虽无直接责任关系,但毕竟发生在拍戏过程中,所以人人不好受,又花时间讨论安全,以避免类似事故发生。

两个摄制组经过整整一年的辛勤劳动,总算顺利完成任务,顺利送审通过。摄制组总结时,对我的评定是:"汤导演不计名利,不顾自己过去的成就,真心与我们愉快合作。导演组没有人事纠纷,汤导演起了主导作用,是很好的学习榜样。汤导演工作作风踏实,平易近人。演员们都说,只要汤导演在场,大家就定心了。汤导演最可贵的是不懂的不装懂,懂的也不专断。善于听取不同意见,善于团结合作……"

后来大家传出,其他摄制组都有不同程度的人事纠纷发生。主要是有实践经验的导演,坚持按自己习惯拍戏。而实践经验少,乃至根本没有参加过影片摄制的人,常常坚持自己的处世原则。尽管大方向一致,合作过程中却不免磕磕碰碰,积累多了,就发生矛盾。人家说"吃小亏,占大便宜",我宁愿吃大亏,不占便宜,目的是把影片拍成。

偏爱

《南征北战》电影文学剧本,由沈西蒙、沈默君、顾宝璋三位部队作家经过长时间写作、修改,才交到中央电影局,属重点拍摄影片。那时成荫虽因《荣誉属于谁》受到指责,但是他的《钢铁战士》却是响当当的好作品。《南征北战》这样重大的题材,领导最初认为导演非成荫莫属。成荫到了上海,摄制组的人由他精挑。那时,导演接到的剧本,都要根据各级领导的意见修改,成荫的《南征北战》也不例外。中央电影局设有电影指导委员会,由江青负责。她认为文学剧本里有营长和区长的爱情描写,这损坏了人物形象,都要删去。这就动了结构,成荫改来改去,所以无法开机。我奉命介入,是受命于危难中。两个摄制组配备,完成一部故事片,虽然受到了干涉,但毕竟片子拍出了,在电影院与观众见面了,不能不承认这是巨大收获。

就在所有创作人员可以歇一口气的时候,华东局宣传部部长彭柏山看片后指出:"《南征北战》图解了毛泽东军事思想,没有塑造有血有肉的人物形象……"他讲这话时,我也在听众中,只是低头记着。两种不同的观点沉重地落到主创人员肩上。我们只能在心里提防,很难在夹缝中表态。彭柏山还不知道《南征北战》是江青在抓,所以他敢大胆直言。以后,有人在赞美《南征北战》的同时,也会说几句"人物简单化"之类的批评。在1949年至1955年文化部颁发的优秀影片奖中没有《南征北战》。很明显,彭柏山的观点,也得到其他一些人的赞同。

通过对全部材料的研究,我认为《南征北战》如果按原剧作拍摄,应该是一部非常吸引观众的影片。不过,文件明确指出:"《南征北战》是以华东战场上一次大歼灭战为背景,表现毛泽东运动战思想在大踏步前进、大踏步后退中,歼灭敌人的有生力量。"根据我导演《胜利重逢》的体会,《南征北战》不属于一般军事题材故事片,它是特殊的军事教育片,它的主体观众是部队战士。当时解放战争以摧枯拉朽之势取得了胜利,许多新战士还不明白胜利是怎么得来的。通过纪实性的描述,战士们才能真正搞清楚,当初白天跑,晚上跑,这是怎么回事,这样的功力正可以战胜枪炮,拍摄的目的就达到了。有评议说它的人物是"浮雕式"的,我想这正是当时最理想化的一种追求,正是那些"浮雕式"的人物才让人难以忘记。

塑声音形象更难

《演员的艺术》是纪念苏联人民艺术家塔尔哈诺夫的传记片,它专供教学用,对中国影剧艺术的发展有一定作用,译制上也十分重视。配音人员很有实力,高博、林彬、韩非、毕克……不仅声音条件好,还是译制片主力军,他们经验多,自己要求也严格。译制片负责人陈叙一更属行家里手,他的外文基础好,对翻译质量关把得很严。

这是我第一次担任译制片配音导演。在筹备阶段，除了与翻译杨范、史洁和负责口型的张同凝逐字逐句推敲外，还抱着大包材料回家，晚上加班思索。有一句两人的简单对话，我竟修改了四次。

"我给你20个卢布过节，要不要？"

"不要。"

"到降灵节工钱20个卢布，干不干？"

"不干。"

"干到过节以前，我给你20个卢布。"

"不干。"

以上三次修改，口型勉强对准，我觉得含义还不够准确，最后终于改成：

"你干到过节吧，我给你20个卢布。"

"不干。"

实录时，演员对话顺口，感情呼应自然，大家也很满意。相比之下，我们故事片的语言，缺乏琢磨，苍白乏味，甚至张三的话，李四也能说，我主张故事片导演和演员多到译制片厂去学习提高。《演员的艺术》那部译制片，比别的片子用的时间长，费劲大。除了学术要求外，还有导演和演员都必须参加的"反官僚主义学习"，听传达报告进行讨论和总结，不能请假，不能马虎。影片配完音，上影领导先审查通过，我再带着片子去北京送审。

我带着这部片子到北京送审时，陈荒煤已经从部队转业到中央电影局当局长。他看完片子，不停地赞扬，叫办事人员下发通过令，还建议北京的《屈原》话剧剧组都看看。陈荒煤对我说："已通知上海,说《演员的艺术》可以印发行拷贝,你不忙回去,留下来去看看话剧《英雄的阵地》的作者,帮他出些点子,提高本子的质量。"

《英雄的阵地》

其实,我在去北京的前一天,就收到了《英雄的阵地》的话剧本子和一封简单的信,说话剧导演由汤晓丹和汤化达负责,因为上火车的时间早已定好,我来不及去剧组与大家碰头。陈荒煤关照留在北京的上影编剧羽山,让他陪我去见《英雄的阵地》的编剧胡可。胡可住在华北军区文工团宿舍。他很谦虚,表示"要发扬战场上的整体精神",又拿出大包的冀中人民在战争中的材料,希望剧组可以参考。

我回到上海,放了铺盖卷就去哈同花园剧组排练场。演员们已经在汤化达指导下,工作得很有条理,所有演员还写了人物自传和刻画人物的设想。我为了熟悉剧组创作,又抱了厚厚一叠本子回家,把饭桌堆得满满的,晚上挑灯夜读。我一在上海,家里就休想清静过夜。尽管我用黑纸袋把灯泡遮着,亮光没有那么刺眼,但毕竟一间小屋里仍有微光,再加上拿水杯、翻剧本的声音,搅得别人不能安心入睡。儿子从托儿所回来后,更不习惯。

《英雄的阵地》,顾名思义,所有人物全部都是英雄。那时要塑造的英雄,首先没有缺点,说话句句正确,走路昂首阔步,临危不惧。编剧胡可对剧组有个书面要求:"战争是残酷的。但是在舞台上不必把残酷一面多加渲染,如伤员化妆,宜淡不宜浓,一定要以我军英雄气概为准。英雄阵地上只能是英雄……"这么一来,本来剧本上提供的一点点有人情味的东西,在排戏过程中通通被磨得干干净净,没留一点点个人思想活动痕迹。那时,什么是本质的缺点,什么是非本质的缺点,无法区分;再说,即使非本质的缺点,一旦上纲上线也会成为本质问题。

这部话剧招待全厂演出时当然掌声不断,认为又出好作品了。至于观众心里到底怎么看,谁也不说,谁也不问。不过,后来批公式化、概念化时,就是那些鼓掌叫好的人又举它为例,加以指责。这就是当时,甚至可以说较长时间,都在走弯路的创作环境。有位朋友形象地说:"那时搞创作,犹如高空走钢丝,闯过了算成功;走不过跌下来,幸存者能再起;不幸者倒下,永远立不起来。"我属于幸存者,跌跌跛跛总算没有倒下。我觉得自己本分一点,总是不声不响地完成电影局交的拍摄任务,有意识地躲开偏差风,偏差道。我的所有作品,至今还能感到是以刻画人物为本的,这是我最大的安慰。耿海林、李连长、张伯韩、沈振新……都是从创作气氛不稳定的环境中,出现在银幕上的人物。我自己喜欢,观众也赞美。特别是《红日》里的张灵甫,一直鲜活地展现在银幕上,连张灵甫的儿子都承认,银幕形象酷似他父亲本人。

泡出来《渡江侦察记》

洪水泛滥

《渡江侦察记》的外景地是安徽繁昌,大队人马正紧张筹划开机时,那里突然发生地震。老乡说这是洪水来临的先兆,他们没有地震的科学预测,但是他们有遭受灾害的教训。摄制组的人似信非信,照样在选定的拍摄地开工搭景。

万万没料到，仅仅两天后，江水果然倒流，冲垮河堤，涌向公路，房屋倒塌，大树连根拔。摄制组的人第一次亲眼看到"洪水比猛兽还凶残"，我心里很着急，担心正在十里外的美工师丁辰和置景工人。看见洪水中的许多人都在木桶里漂来荡去，我断定肉眼看见的汪洋，其实水并不深，于是就提议用树枝探路去找丁辰，商量应急对策。那时不像今天有手机作联络，只能靠两只脚在过膝的水里摸索前进。十来里路，足足走了半天。同去的葛鑫、苗振宇走得很稳，都没有摔倒，真算天助好心人。

丁辰带着工人跟我暂时撤离，我发现去的时还看得见的桥墩，已经只剩桥顶了。我们大半天没吃东西，肚子饿得咕咕叫。路过一家半山上的小面店时，每人叫了一碗水煮面充饥。老板将三张大方桌放在齐腰的深水里，好像阁楼，我们几个人捧着大碗把面吃完。我们租到一条小木船，在混浊的激流中，突然发现芦苇尖在远处水里飘摇，我断定那里地势比较高，兴许还可以抢拍几个镜头。走近细看，果然不错，我当即决定就在那里拍摄李连长带领侦察兵上船的戏。正式拍摄前，我和摄影师都必须先浸泡到水里，时间长了，双脚发胀，在水里拖动脚步很困难，因为脚下踩的是烂稀泥。变换机位时，我要决定镜头位置，只好自己先行。到了晚上，双腿肿胀疼痛，只能强加忍住。那时的社会风气是吃苦在前，轻伤不下火线，导演要叫一声疼，会"动摇军心"。

几面夹攻

从领导到摄制组主创人员，都把《渡江侦察记》的摄制视为己任，

在汤晓丹导演的《渡江侦察记》中，齐衡（左三）扮演吴老贵、李玲君扮演刘四姐（左一）。

于是,出现了超越职责范围的"关心",这无形中对我形成"夹攻"威胁。我只听不说,也不传话,意见都牢牢装进自己心里。比如编剧沈默君提议小马由牛犇担任,而厂长叶以群坚持用孙永平,奇怪的是叶以群不直接对沈默君讲,却要我转告"这不是编剧应该过问的"。沈默君知道了火冒三丈。特别是刘四姐的人选,上影演员剧团推荐李萌与李明分别饰八年前后的戏,叶以群却要李玲君和李明饰演,中央电影局的蔡楚生则决定李玲君一人即可。三个"李"换来换去,我没有决定权,叶以群叮嘱我说:"李明是共产党员,她会无条件服从组织决定的。"其实,李明就到我家问过到底我有什么意见。领导翻来覆去地改变决定,我都记在心里,不乱说一个字。别人的责怨,也只能是我一人承受。编剧对副导演不满,要我提出换人,毛遂自荐认为他最合适。副导演又认为制片兼摄制组支部书记态度专横,要我提出由他兼职。制片又嫌编剧管摄制组太多,要我劝编剧"少管"。几个人到我家,谈的都是自己工作最称职,别人离去最好。我能静心听,闭嘴不传话,否则会更热闹。尤其在外景地,编剧不但自己去了,还带着华东局的几个干部,他们天天到现场,天天表示不满。那么艰苦的外景地,他们在现场一待就是十几天,并认为来支援拍摄的部队装备不够,但他们也无法解决。

军事顾问鼎力相助

《渡江侦察记》摄制组的军事顾问慕思荣,是在解放战争中立下丰功伟绩的侦察英雄。他到摄制组后,对塑造李连长和剧情发展帮助很大。特别是他带来的英雄连高营长,年轻肯干,与我相处默契,两人都是目光敏锐,发现问题超人一等。他们对编剧的看法是不仅主观还带偏见,说制片主任魄力差并主观强,副导演则是说的比做的好。军事顾问与他们三位的合作并不愉快,有一次慕思荣竟提出要离开摄制组,我急了,好歹挽留,我说:"就算我恳求你们的帮助吧!"

两位英雄的心软了,才答应留下来。不过他却问我,为什么不与他们三个人作斗争?我只好说:"我要混在组里跟着内讧,肯定片子拍不好,拍出让观众爱看的影片是我最大的心愿。再说,我比他们年纪都大,拍的戏也比他们多,不跟他们计较,更不与他们搅在一起搞人事纠纷。反正一个摄制组很快会结束,只有抓紧时间把片子拍好,才对得起观众,也不辜负自己。"可能是这些话感动了军事顾问,此后他们没有提出要走。高营长一直到看了新拷贝,临离开上影回部队的前一天,我请他到家里喝了许多酒,他高兴地把我的大儿子用一只手举得高高地说:"《渡江侦察记》胜利完成了,都是你爸爸的功劳。"我则万分担心,害怕他醉醺醺地把我的儿子当手榴弹扔下,急忙把儿子抢了下来。

第二天,我带着完成的影片去北京。文化部副部长周扬、电影局局长陈荒煤都首先说好,我才暗中松了一口气。陈荒煤希望李连长与刘四姐的爱情线索加强一点,如果真要补个把镜头也不费大力气,只是这个看法与军委罗荣桓的看法正好相反。电影局的蔡楚生很聪明,发表意见时回避了这个问题。

我从北京回到上海,几个领导都不说话。关于李连长与刘四姐爱情的这场戏,我只好作主把"我永远等着你"这句话保留,再用两个男女主角无声对望,加上音乐,意思到了,罗荣桓和陈荒煤的意见算是都听了。只有编剧还有些不满意，他最得意的吴老贵抓松鼠的细节，因为找不到松鼠而没有拍成，我只能对他表示遗憾。至于他提的牛犇问题，我只好说："牛犇与孙永平各有千秋。牛犇演小马可能新战士味浓一点，因为他不如孙永平经受的考验多。孙永平现在演的小马，看得出受过部队训练，比较成熟，塑造的形象也不错。"沈默君才心态平和了点。

在谈到《渡江侦察记》时，我总是说编剧沈默君有才气，剧本写得不错，只是他忽略了影片有长度限制，他写出的剧本必须压缩时，却又舍不得。他的强烈个性，使人误解他过于主观，乃至有点固执。

电影是靠集体智慧、集体劳动才能完成的艺术。创作人员在尊重自己劳动成果的同时，更要尊重合作者的劳动，这才是聪明人，才能做聪明事。

获奖

1955 年，文化部颁发 1949 年至 1955 年优秀影片奖时，《渡江侦察记》获优秀影片一等奖、导演一等奖、主演一等奖……多年过去了，《渡江侦察记》留在我心中的烙印仍然很深。文化部颁发的 1949 年至 1955 年优秀影片证书上面写着：

> 上海电影制片厂出品故事片《渡江侦察记》获优秀影片一等奖，特发给本片导演汤晓丹一等奖奖章。

证书本来是鲜红的布面，有我的照片和渡江纪念章。十年动乱中，它被造反派抄走，打上大×。所幸，还手下留情，用红墨水打的×，虽然证书被毁，字迹却还能看清，它亲历了历史，所受荣辱全记在上面。

海上颠出《怒海轻骑》

《渡江侦察记》受到好评,也给我带来了更繁重的拍摄任务。长春电影制片厂海军题材的影片《怒海轻骑》,是导演王滨与《渡江侦察记》同时就着手筹备的。它也像《南征北战》一样,迟迟不能开机。时间拖得太长,摄制组人心涣散,责怪导演的言语传到王滨耳朵里,他当然也不愉快,只能借酒浇愁。他导演的《桥》,与水华合作导演的《白毛女》都很成功。《怒海轻骑》是新中国第一部海军题材,是萧劲光司令员和海军司令部负责抓的重点题材,影片非上不可。陈荒煤又看中了刚拍完《渡江侦察记》的我,调我去东北拍片。我二话没说,从北京出发,背着铺盖卷到了长影,住在小白楼招待所。

我看了电影文学本和王滨的分镜头本,认为组成摄制组开拍,确实急了一点。既然电影局都决定尊重海军方面的意见,谁也不能打退堂鼓,那就应该准备得更充分一些。要开机了,我对王滨说,我身强力壮,海上的戏全包下来。海上的戏确实不好拍,浪大时,把人的肺肝都抖翻了。折腾来折腾去海上外景戏勉勉强强地结束了。回到摄影棚,我才发现内景进度非常慢,后来总算上上下下一股劲,把全部样片拍出来了。样片送海军审查时,萧劲光司令员亲自看完全片,说:"拍得很成功,海空配合也可以,我军演员越演越好,敌军饰演者也不错。只是解放卧鱼山的镜头还可以加多一点,在大连拍戏的镜头也可以放长一些,以显示我国海军的实力。"样片送到电影局审查时,陈荒煤看了没有多加指责,因为他心里清楚是怎么回事。夏衍也是内行,只是在技术上谈了几点,并认为可以进入后期制作。在北京的苏联顾问却提了不少意见。我回到长影后,拟了补戏方案,重新打了补戏所需预算,前前后后又工作了一个月,《怒海轻骑》正式进行配对白、录音乐、混合录音、印拷贝。

在后期制作片头时,我主动把自己的名字排在王滨后面,长影领导坚决不同意。我只好再次找到陈荒煤说:"王滨身体不好,他导演影片的机会不会比我多,把他放在前面吧。"陈荒煤也很感动,由他出面给长影领导做工作,才算解决这个署名。

王滨知道后,抱着我泪流满面。不出我所预料,王滨在1960年仅48岁就去世了。《怒海轻骑》送审,最后一致通过。

郑君里激动

1956年1月23日至28日,电影局在北京召开全国电影导演座谈会,长影、上影、北影三个厂都派代表出席。我是上影指派的代表之一,直接由长春赴北京报到。

会议第一天,电影局王阑西、陈荒煤、蔡楚生发言。王阑西简单说明了会议的重大意义;陈荒煤长达三个小时的讲话,介绍了电影生产形势;蔡楚生从1955年电影作品的优缺点谈起,涉及影片的样式、结构、镜头、节奏等,以实例作学术总结。三个厂代表以后有准备地发言。长影王滨和郭维谈《董存瑞》影片中几个重要人物的刻画,于彦夫谈电影音乐,严恭谈电影文学剧本;上影张客谈《宋景诗》导演如何挖掘影片主题和《湖上斗争》样式处理,陈西禾谈电影蒙太奇与民族形式;北影成荫谈在苏联的学习体会。

导演座谈会实际上是 1955 年电影导演总结,小组讨论就更加务实。导演们对严恭的发言倍感亲切,因为每个导演都碰到文学剧本过长,剧作家又不修改压缩以至导演的分镜头剧本要改好几稿,结果是剧作家不满、领导责怨、导演吃力。严恭呐喊"以后的电影文学剧本一定要完稿后才交给导演再创作",切不能把带有许多"供导演参考"的大堆意见连同超长的剧本不负责任地交到导演手里。我虽然没有公开表示赞成严恭的观点,但我的内心里是叫好的。

上影导演郑君里的发言很激动,他强烈表示电影文学剧本一定要完稿后再交到导演手上。他说,《宋景诗》都拍到一半了,突然外籍顾问心血来潮,提出"修改主题思想,挖掘主题思想",还以行政命令方式要我们无条件服从,我们拍好的三百多个镜头不能用……我认为郑君里的发言,简直就是导演的控诉。真不明白这位外籍顾问为什么有如此大的操纵权?他的发号施令,不仅造成我们人力、物力、财力的巨大损失,对摄制组的工作人员更是心灵的折磨。

陈荒煤最后的总结对我们还是很有鼓舞作用的,他明确提出各厂艺委会要有导演代表参加,要有他们的发言权。他特别要求电影导演要虚心学习,尽快掌握电影的特性,在创作中要勇于探索求新。

本来第二天,我就要回上海的,因为我离开家已经一年多了,空下来常常想我的两个儿子,可是我在上海的老邻居郑伯璋,一定要我去他家过个早年。再过半个月就是大年初一,这时去他家谈谈经历,也有大团圆的温馨。郑伯璋是四川自贡县人,比我小两岁。我 1943 年到重庆后,住在中国电影制片厂宿舍,有时见面,虽然认识,并无深交。只晓得 1945 年初他和演员黎莉莉、导演孙瑜一同去了美国。

1946 年,我由重庆到上海,住在劳利育路十弄一号中制厂宿舍不久,郑伯璋也从美国回到上海。中制厂办事处汪中西主任把郑伯璋夫妇和四个儿子、一个女儿都安排在我住屋隔壁的一间屋里。因为是贴窗邻居,见面时间多,才知道他 20 岁就在中国无线电工程学校读书,与罗静予、官质斌都是同学。三个四川同学中,郑伯璋最小。那时的同乡加同学,简直比亲兄弟还亲,总是生活上互相关怀,经济上不分彼此。三个人事业上鼎力帮助,成为电影发展史上的专家。郑伯璋 25 岁时就是中制厂的录音师,抗战电影《保卫我们的土地》、《热血忠魂》、《八百壮士》、《抗战特辑》和《抗战号外》等都是他担任录音师。1938 年 9 月中制厂由汉口迁到重庆,他仍为录音工程师,还研制了中国第一部感光同步录音机。1945 年,他被派赴美国哥伦比亚大学、南加利福尼亚大学深造,专攻电影录音技术,同时在纽约瑞勿斯录音厂,好莱坞电影洗印厂、实验中心实习。郑伯璋在美国的两年,学到不少先进技术,更可贵的是他节衣缩食,把微薄的津贴省下来,买了一套功能齐全的录音设备带回上海。新中国成立后,郑伯璋服从文化部分配,调到电影局工作,还参与筹建南京电影机械厂、上海电影机械厂等。

那一顿四川家常菜,除了酒菜香,还真是让人难以忘记。我们相邻几年,两家关系很好,郑伯璋家人多,却很和睦。他的夫人属四川美人型,善良又热心。有时伯璋约好友吴蔚云回家小酌时,总是叫我过去,三人在阳台上用几张小方凳拼起来当饭桌,非常有意思,郑夫人做的四川菜,色香味俱全,非常好吃,尤其她的嫩姜炒猪肝,可谓功夫菜,吃了还想吃。

"冻"出来的《沙漠里的战斗》

《沙漠里的战斗》由部队作家王玉胡编剧,描写驻天山北部的解放军面对缺水威胁,历尽艰辛找到水源的故事。王玉胡 1949 年随部队进驻新疆任要职,对描写的人和事都熟悉,人物虽不多,却个个有形有色。但影片拍摄条件奇险奇苦,摄制组演职员受尽折磨,我险些跌入万丈深渊,至今回想还寒噤后怕。

按剧情需要,摄制组必须到博格达雪峰峰顶拍外景,它离乌鲁木齐虽然不很远,但是长年冰雪封顶,当时还没有老百姓上去过。《沙漠里的战斗》摄制组几十个人,第一次上峰顶拍外景。我们带着服装道具,锅碗瓢盆,有三分之二的上山路程都要靠人骑马,牦牛驮东西。我骑在马背上,在飞跃断垣险崖时,总心惊胆战,担心大家安全。有一段险道,我的坐骑连续飞跃了几次,都顺利跳过。前面又出现一条陡峭的裂缝,不过前面的马都腾空跃起,像电影里看到的神驹一样。看别人过险道,就好像看电影。万万没有想到,我拉紧缰绳,双腿用力夹住马背,做好紧密配合的动作,飞跃时竟然马失前蹄滑倒在裂缝的陡坡上。只听后面的卫禹平带头大声吆喝,跌倒的马屏住气,在吼声中猛然站起,飞跃到对面,飞奔向前,人们的吆喝声变成狂热的欢笑声,我才惊魂稍定,暗自庆幸。

我们到了目的地,摄制组所有成员都围上我,卫禹平说:"马识人性,它知道拍戏不能没有导演。"大家哄堂大笑,笑声震响在博格达雪峰上空,仿佛寒气也消失殆尽。

戏里有一组在沙漠中找水源时,突遭沙尘暴袭击的惊险镜头,我与美工、摄影商量,让演员在沙堆上自高处向下滚,叠印用鼓风机吹起的飞沙走石,造成银幕效果。大家正在拍翻滚动作时,向导发现天边突然昏黑,随着震耳欲聋的风吼,昏黑迅速猛扑过来,大家急忙收机器。一个个飞跃上大卡车,轮子刚转动不久,沙尘暴已经到了我们刚才的工作地点。这时大家才意识到,如果稍微慢些,肯定被掩埋在沙堆里,永远也出不来了。我们日思夜想要拍的特技风暴,不用请,它自己来了,我们却没有摄制条件把它记录下来。

编剧王玉胡对开发新疆的必要性和艰苦性有真实体会,我也认为描写人与自然斗争的题材新,人情味浓,对这部影片格外钟情,才冒着死亡威胁去人迹从未到过的峰顶拍外景。

电影局长陈荒煤特别青睐这个剧本,认为是少见的好题材,还暗中对我透露:"它是可以让人眼睛发亮的好作品。"女主角的挑选,我特别重视,最后决定从北影借调张园。她形象端庄,体形健美,一双杏眼极有神,塑造的形象给人留下了极好印象。以后她调去长春,与于彦夫共同导演的《十六号病房》、《黄山来的姑娘》和《鸽子迷的奇遇》都分别获奖。她到上海参加电影节,还特地带了东北野山参来看我,共叙当年在《沙漠里的战斗》中结下的友情,赞美影片外景拍得漂亮。

《沙漠里的战斗》拍摄条件太艰苦了。拍完外景回到上海,我的儿子去机场接我,看见我蓄着半尺来长的黑胡子,皮肤黝黑,活像非洲人。小儿子直往后退,嘴里还说,你不是我的爸爸,我的爸爸没有胡子。引得机场通道过路的人,都跟着我们笑起来。

《沙漠里的战斗》的拍摄条件特别艰苦，连想用特技拍的风暴，都不请自来了。这是摄制组在第二个宿营点合影留念，左面站立第一人为汤晓丹。

《沙漠里的战斗》审查很快通过，张骏祥还要我制作一本全部英文预告片出国宣传，可是影片在北京放映时，《光明日报》连续发表几篇文章，说"《沙漠里的战斗》没有抓住人与人斗争的矛盾"，"忽视了阶级斗争"等等。王玉胡和我都没有反驳那些僵化的论调，可能写文章的人后来泄气，自动停止了发难。

我从北京回到上海，看见我们已经搬进了三面通风、日照时间长、宽敞舒适的新家了。我好奇地在几间房里走走，推开窗户望着美丽的大上海，心里特别高兴。

名额满了，房子却有了

1956 年上影评过一次级，评级时我不在上海。可能领导自觉不太公正，所以我回到上海后，蔡贲找我谈过一次话。他说："这次评级，根据你这几年的突出贡献，放在一级才合适。这次受名额限制，我们把你放在二级的第一名。再评，你就会升为一级。"

那时一二级薪水每月相差人民币 50 元，这是笔大数目。没有料到，不仅我没有料到，连蔡贲也没有料到，自那次评级后，上影的文艺一级至文艺六级，属"三名三高"人物。我没有机会再晋一级不说，还多次接到上面发下的表格让我"自动申请减薪"。每次我填上"自愿"减薪数目，照减照扣，月薪从 302 元减到 250 元。

我长年不在家，电影局领导蔡贲家访时，看见我们只有一间小屋，带着笑意问："汤导演回家怎么住呀？"听说老婆和两个儿子睡床，我打地铺。蔡贲收起笑容，小声"哦"了一下，转身走了。几天后，管理科来人说给我们分了一套房子。房子是在淮海路靠近陕西路口，三楼洋房第三层,两大一小,比旧住房面积大了近三倍。我的妻子奇异发问:"怎么突然……"

管理科的人抢着说:"这套房子是蔡贲特批的,不要就给别人……"

"当然要。"

我家里东西少,妻子又年轻体力好,上上下下取物打包,一个人慢慢捆扎,每天叫辆三轮车,一个人不怎么吃力就把家搬完了。住进去才发现新搬的屋子冬冷夏热。原来两间大屋向北,一间小屋向西。只怪自己没有生活知识,不懂住房朝向的重要。

蔡贲又到我家慰问。我妻子心直口快对他说,什么都好,就是房屋向北、向西,该有风时没有风,不该进雨时进雨。蔡贲听了,凝视了房间四周,走了。可能还不到一个星期,新的管理科长突然找到我家说有一套通风好,日照足的独门进出公寓,可以去看看。新房就在我家斜对面,六层公寓的顶楼,南北东三面有大钢窗,近 10 米的阳台,24 小时电梯运行,每季度有专人打蜡维护地板。

我们搬去时,两个儿子还在幼儿园全托。住了近 40 年,儿子都成了世界名人,我们对那个受蔡贲关怀批准的新家,感情特别深厚。它曾因小儿子沐海被动员参军而成为"光荣人家",也曾因十年动乱被诬为"牛鬼蛇神之屋",更曾因大儿子的油画享誉四海。我走进家门,就会想到上海电影局的好领导蔡贲。

蔡贲是粉碎"四人帮"前去世的。当时,以马天水为首的上海市革委会批示:"追悼会可以开,人数只能控制在 200 人以内。"可是电影系统的男女老少,不顾工宣队的明令,都争先恐后挤到灵堂内外,我顾不得自己还是"监管对象",夹在人群中边走边落泪……

从《不夜城》的"夜"到《红日》的"红"

《不夜城》的内幕

碰撞

《不夜城》电影文学剧本是剧作家柯灵1956年完成的。文化部副部长夏衍读后赞为优秀作品,推荐它为"优秀剧本创作奖"候选剧目。这样一个本子到了上海,其所受重视程度,就可想而知。

那时上海电影局改组为上海电影总公司,原来的局长袁文殊易职总经理,副局长张骏祥也改称副总经理。总公司下面分设三个自由组合的电影制片厂。一个是江南厂,厂长应云卫,导演有顾而已、黄祖模、徐苏灵和我,海燕厂,厂长沈浮,导演有郑君里、赵丹、徐韬等人,天马厂,厂长陈鲤庭,导演有谢晋、徐昌霖、白沉等人。

赵丹陪顾而已找到我,要求我到江南厂,并表明是应云卫的诚意邀请。还介绍了陶金、高衡、方徨,都是江南厂导演。我没有正面表态是否加盟。后来江南厂支部书记王力找我谈话,动员我去,我才答应下来。

《不夜城》剧本就在这个热气腾腾的环境里,被江南厂厂长应云卫抢先抓到手,并且指派我任导演。那时我还在忙《沙漠里的战斗》,所以公司总经理和厂长的内定任务,我本人还一无所知,工会主席陈芗参加工作会议后悄悄透露说:"《不夜城》编剧柯灵提出黄佐临导演,电影总公司和江南厂都认为汤晓丹更合适。"柯灵曾经在黄佐临创建的苦干剧团任编导,他们的合作友谊很深,相互知己知彼,真的自由组合,可能更合适。电影总公司提出我导演《不夜城》,柯灵没有反对。因为早在1931年时,柯灵写的工人读物就是我设计出版的,再则,我们还在天一影片公司共过事,对我的人品、艺德也有所了解。

袁文殊亲自交任务

本来,江南厂厂长应云卫可以把直接从公司总经理手里接过的《不夜城》转交导演的,可能为了慎重,《不夜城》文学剧本是通知导演去电影总公司,由总经理袁文殊亲自交的。他对我说:"夏衍很喜欢这个本子,定为1957年重点摄制任务,用彩色胶片,在江南厂完成……"

我接过本子,没有多说话,愉快地回到家里。那时,我已有一间南北通风,非常不错的书房。通宵达旦读完了全剧,我感觉剧中男主角张伯韩和他的一家有伦理情,也充满着激烈的矛盾与冲突,比当时其他本子的人情味浓一些。我很想约时间与柯灵交流看法。那时邀约,不像今天有电话这么方便,不知柯灵家有无电话,反正我家没有。

就在这时,袁文殊又通知我去总经理办公室。袁文殊说,《不夜城》是预定好了的出国任务,影片必须尽快拍出,用它到世界各国去放映,宣传中国和平改造资本家政策的胜利。袁文殊特别强调:"摄制过程中,一定要把张伯韩当一个红色资本家刻画,反击国外一些污蔑中国社会主义改造的歪曲宣传。"这番话,用今天的时尚词就是"用红色包装中国资本家"。不过那时我还没有悟到,其实并不难懂的那点需要包装的内涵罢了。

我本来想说与作者见面的话,被袁文殊那么肯定地关照,让我感到本子可以拍摄了。就在那天傍晚,张骏祥以公司副总经理和朋友的双重身份到我家。他是内行,对《不夜城》谈的偏重具体处理。张骏祥最后叮嘱,它是公司给江南厂的重点影片,一定要完成好拍摄任务。这时,我才感到担子压得太重,也不明白为什么公司两位经理那么"反常",似乎他们也有压力难以对下级言。好在我已心里有数。

应云卫情绪急躁

我猜测,袁文殊和张骏祥对我谈话的内容,可能也对江南厂的应云卫厂长谈过。这位新上任的厂长显得有些急躁,没有安排导演与编剧碰头,而是要导演参加江南厂组织的会议,首先由厂导演顾而已、陶金、赵明、黄祖模、高衡、方徨等对《不夜城》文学剧本提意见。这样一来,修改意见就一大堆。然后,江南厂又出面邀请上海的民族资本家座谈,他们从切身体会出发,意见也就更多。比如顾兰君,她16岁就在上海从影,主演过《貂蝉》、《武则天》、《粉红色的炸弹》、《假面女郎》、《十步芳草》等46部影片。1948年息影,投资开办水龙带厂,是一位名演员兼资本家双重身份的典型人物。她刚过不惑之年,人生观却早已形成,待人处事都有真知灼见,尤其她以静安区政协委员的身份发言。她细读过剧本,有切身感受,她最核心意见就是"没有一场戏有深刻内容","剧本不真实,要推倒重写"。继顾兰君之后,申新纱厂代表吴中一先生、商小文先生、赵主任等发言,他们都是上海民族资本家中大名鼎鼎的人物,他们所提的意见,就更具体、更生活、更尖锐,也更符合真实。他们的态度,正好与文化部推荐《不夜城》是优秀剧目相反。

参加座谈会的,还有江南厂厂长应云卫、副厂长杨师愈、支部书记王力等人。我导演军事题材影片《胜利重逢》、《渡江侦察记》、《怒海轻骑》时,听意见时所遇到的矛盾,不比《不夜城》少,所以我还比较能沉得住气。应云卫可能是初次面对复杂局面,艺术家的激情突然爆发,他也不与导演商量,就带着所有意见,去找袁文殊和张骏祥,要求柯灵再写一稿。真的很快,柯灵就把第二稿交到摄制组。我一翻,除加写老瞿到张伯韩家为儿子被开除求情外,其余都没有动,在文字或人物对白上作了一点点修正。我顿时悟到,"柯灵坚持不改",我却不明白他到底为什么不愿改。

柯灵神情泰然

柯灵比我年长一岁,生活磨炼却比我多。我们都是1932年相继进入上海天一影片公司的,柯灵在宣传部门,我在创作部门。《不夜城》是他继《武则天》、《乱世风光》后的又一新作,这时他早已是响当当的作家、剧作家。他不仅见过大世面,还经历过潮起潮落的沉浮。当电影总公司通知他与导演面对面交流创作意图时,他表现得神情泰然,似乎并不知道大家对《不夜城》有那么多意见。其实那些座谈记录,早已打印送他。我相信他一定看过,并且有他自己的判断。编导首次见面,相互都态度随和,非常友好。柯灵坦率地说:"这个本子,是领导出题目,我作文章。"

我立即明白,想让柯灵根据现实改本子几乎是梦想。不过,我没有问"谁出的题目",柯灵也没有说。

而今几个关键人物,夏衍、袁文殊、张骏祥、柯灵等都相继去世,不知谁能为百年中国电影的坎坷历程解密。

那次座谈后,柯灵忠于出题目的领导,没有修改过《不夜城》,甚至没有到过《不夜城》摄制组。我和他再次见面,是十年后的大动乱中。我们都被挂上"牛鬼蛇神"大黑牌子,跪在上海人民广场城楼上,接受万人大会批斗,罪名是"共同炮制了大毒草《不夜城》"。傍晚,造反派要我交二角钱饭费,我口袋里仅有四角零票,交了二角,还有二角又珍藏进口袋。

造反派去向柯灵收钱时,柯灵语气率直地表示:"我从监狱里来,哪里会有钱?"

造反派想了想,带着柯灵走到我身边,叫我把口袋里的二角钱借给柯灵。我真的掏出钱交到柯灵手上,柯灵又转给收饭钱的人。望着柯灵慢慢走回原座位时的背影,我心里十分酸涩,真渴望当年出题目叫柯灵作文章的领导能说句话,免得柯灵再受皮肉之疼,再受冤枉折磨。

粉碎"四人帮"后,柯灵和我都回到自己的专业上,又同时出现在社会活动的舞台上。柯灵恭恭敬敬走到我面前,把二角新票送到我手上,感情深厚地说:"感谢你当时借给我的活命钱。"

我接过最珍贵的纪念物,放进自己的口袋。

我们这对面带笑容,内心经受严重刺伤的合作者,随着《不夜城》的重见天日,又开始有了人世间难得的创作友谊。《不夜城》所遭受的打击,也清晰地重现在我眼前……

在《不夜城》拍摄现场，汤晓丹对演员说戏

《钢铁世家》的趣事

1959年3月,上影公司在电影放映室开主创人员会议。正在台上作报告的华东局宣传部长石西民突然提高嗓门问:"汤晓丹来了吗?"

我站起来,也大声回话:"到了!"

石西民笑着说:"到了就好。我现在就把《钢铁世家》这部重大题材的导演任务交给你,作为建国10周年的献礼影片。你有信心拍好吗?"

我第一次听到这个本子的名字,里面到底有些什么内容却一无所知,却只好硬着头皮回答:"有信心。"

在全场一片热烈的掌声中,我坐了下来。我心里却七上八下,很不踏实。我回到电影厂,才看到剧本。这部剧本原来是当时颇有名气的工人作家胡万春的处女作。胡万春1929年出生于上海,比我整整年轻20岁,不过,他比我吃的苦还多。他13岁在上海当学徒,靠自学和智慧,积累了文化知识,能写作,他的短篇小说《骨肉》获1957年世界青年联欢节文艺竞赛优秀小说奖,《钢铁世家》是他"而立之年"的作品。尽管这是他风华正茂时的作品,毕竟是初次涉足影坛,如果用成熟的尺度要求剧本,缺点有的是。

《钢铁世家》在磕磕碰碰中拍完,总算完成了献礼任务。样片送审时,每个都异口同声说好,现代题材受到热情关注。没有意见,一次通过,这是我最顺利、最获好评的一部影片。可是我心里明白,《钢铁世家》不是真受重视。它与同属献礼片的其他影片明显不一样,说到底,《钢铁世家》在许多人看来,是应时题材,政治上有保证。在节庆当口不提不行,过了节庆,不褒不贬,悄悄隐退。胡万春却激动万分,在和平大厦宴请主创人员,大家不敢去。胡万春爽朗地笑着说:"我是工人作家,请你们纯属敬意。你们大胆来,不会挨批斗受指责。"制片主任沈锡元,又是摄制组支部书记,他与我认真议了一番,决定不让胡万春失望。大家在幽雅的包间里,举杯共庆《钢铁世家》在建国 10 周年的喜庆日子里荣登银幕。后来听说,那一桌竟花去了胡万春《钢铁世家》剧本的全部稿酬。

1959 年,我被评为全国先进工作者,9 月下旬随上海市先进工作者代表团,去北京出席建国 10 周年庆祝大会,其中也有胡万春。

我们参加了庆祝大会和在人民大会堂举行的国宴后,胡万春又诚意地请我去东单吃北京的爆肚。他穿了一件非常漂亮的黄色鹿皮上衣,服务员端浓汁调料到桌边时,不慎碰翻调料,调料洒在胡的上衣肩背上。调料擦不掉,又洗不净。胡万春风趣地说,我只能把它当工作服。每天穿上它,就会每天想到我们《钢铁世家》的创作友谊。

《红日》五易其稿

历时三年半

1960 年初,上海电影总公司开会,瞿白音走近我,得意非凡地小声说:"吴强已经同意我编写《红日》电影文学剧本,我建议你来导演,我们合作把他的这部陈列在军事博物馆的巨著搬上银幕。公司讨论过,已列入天马厂的摄制计划。"

我心中暗喜,表态却谨慎,只微笑地说了声:"好呀!"

瞿白音是能说会道的学者，他兴致勃勃地表示，他与吴强已交谈多次，吴强很赞同他编写的观点。我只略带笑意听着他说。我回到家，从书架上取出小说《红日》认真细读，并翻来覆去地研究，还作了笔记，画了人物草图。大约有个把月时间，我都浸泡在《红日》描绘的史诗画卷中，我心里有了由英雄们以血肉之躯谱成的生命交响曲，创作冲动十分强烈。

天马厂厂长陈鲤庭明确表态，《红日》创作小组由我和汤化达、沈锡元、瞿白音和护士孙素娥去外地采访。据说瞿白音有严重疾病，护士同行属特殊照顾。

2月14日，是星期天，创作组去北京皮定均司令员家，他是吴强所写《红日》中副军长的原型之一，对作品最有发言权。皮司令员对小说《红日》非常熟悉，他强调改编《红日》一定要以毛泽东军事思想为红线，并且一直贯穿到底。《红日》中的几次胜仗都是毛泽东军事思想的胜利。尤其是谈到具体人物形象时，皮司令员更生动、更鲜活地提出了自己的看法，他说："军长沈振新是以二十四军军长王必成为原型，又更像叶飞……"快到吃中饭的时候了，皮司令员表示下午继续谈，我们只好先告辞，下午到点再去。下午，皮司令员重点谈的是军民关系，"陈毅副总理说过，60万敌军是山东老百姓用小车推垮的"。总政宣传部长陈亚丁着重指出："写历史事件不能乱编，写战役要符合毛泽东思想，塑造英雄人物也要符合毛泽东思想……"以后，济南市委书记夏征农和炮兵司令员颜伏都热情接待了我们，强调军事题材影片一定要以毛泽东军事思想为创作依据。

我百思不得其解的是，我们想听听陈荒煤对改编《红日》的想法时,他一再推说"太忙"、"没有空"、"不要等"。我猜测陈荒煤可能有不同想法,只是不便谈罢了。我找到挚友司徒慧敏,把心里的猜测说出时,他才说:"我劝你不要找陈荒煤了。他主张写人的命运,毛泽东军事思想只能退到后景表现。"临走时,司徒叮嘱我千万不能把他的话转告别人,否则这会闯大祸的。我真的守口如瓶,直到《红日》拍完送审,才证实了司徒慧敏的话千真万确。

为听意见,我们专访《红日》部队经过的地区,耗时近两个月。那次流动性太大,厂长批准个人不带铺盖卷,每晚住最便宜的招待所。伙食是低标准津贴,超出部分每人自理。我记得那段日子,我在外花钱不少,原因是三年自然灾害,物价上涨很多。我们回到上海,瞿白音关门写剧本,我则被派到纪录片《英雄交响曲》组任总导演,五个摄制组各拍一段,最后由我汇总成一部大型纪录片。每天晚上五个摄制组集中听陈鲤庭谈拍摄要求,他一边把药片往嘴里塞,一边滔滔不绝地谈要求。他是学者,又是艺术家,我的感觉他抓摄制比当厂长内行。其实他是真正的总导演。

除《英雄交响曲》外,还有一部《东风劲吹》,同样是陈鲤庭主抓拍摄,我管后期,五个组分工明确,各拍各的,拍出样片算完成任务。大家都不摆名字,也没有排名先后的麻烦。

瞿白音写了五稿

瞿白音是快手,很快就写出了《红日》文学剧本的初稿,其实是小说的摘抄,有近三万字。出场人物大大小小有五十多个,一部影片容纳不下。这正是瞿白音的智慧,多写一点,慢慢精简,比简单了再扩展容易得多。这里我想到剧作家李天济在对厂领导提意见时，有段极幽默的话："我写出第一稿，大家说白开水一杯，要加茶叶才有味。第二稿大家还说茶叶太少，我只好加浓。第三稿的意见还要加浓。到第四稿时反而说，还是白开水好。可是，浓茶再也变不成白开水了。"

李天济这个比喻非常形象、生动、一针见血，可能瞿白音悟性强，吸取了李天济发言的精髓。走与李天济相反的道路，虽然吃力一点，成功的把握却多一些。第二稿算是正式电影文学剧本了，必须送北京，陈荒煤想推也推不掉，他必须提意见谈看法。果然不出司徒慧敏的分析，陈荒煤以极严肃的口气说："现在你们的改编方法是小说的缩短，保留情节，忽略人物。过程很清楚，主角是谁？好像都是主角又都不是主角。回避了小说中对人物情绪的描写，小说都能写的，为什么你们觉得电影里就不能写？高级将领也是活生生的人，也有内心激动的时候。枪打响了，不可能平静。现在的改编四平八稳，连张灵甫这个人物都没有很好地树立起来，怎么能很好地体现毛泽东军事思想。我看，将来导演分镜头本就很难超过《南征北战》。剧本对军长、团长、连长简单化，秦守本和王茂生之间的矛盾也都太简单。"最后陈荒煤非常明确地指出："我的意见，以沈振新为主，其他人物全为次。战争退到后景，一头一尾表现一下，中间全虚掉，保留小说精华。"

这实际上是全部否定了瞿白音的二稿本。

皮定均司令员也认真读了二稿本，他认为基本上是好的。个别地方不够好，他都逐页做了记号。他与沈西蒙、江苏省委书记江渭清、南京市长彭冲等人,除口头再三叮嘱还要加强毛泽东军事思想外,还在本子上记上修改词句。上海市委宣传部长陈其五态度更鲜明,他说:"反映解放战争很重要,拍好了才能向党的 40 周年献礼。现在剧本比原作提高了,但是毛泽东军事思想还不够,还要加强。这个二稿本不要大动干戈可以开拍了。"

大家心里都有数。瞿白音耐心地写了大同小异共五稿,最后总算没有流产,五稿本算是方方面面都还认可。只有陈荒煤坚持自己的看法,没有动摇自己的观点。可惜军事题材首先要求的就是军事领导点头,否则,根本无法开拍。五稿本是军委、上海市委、上海电影总公司都认可的。不过陈荒煤没有签名,是否少数服从多数,就不得而知了。其实,对陈荒煤的看法,我心里认为还是富有新意,不过对于军事题材影片,他的话没有权威性,所以瞿白音也不便采纳。

我对《红日》的分镜头本也五易其稿。我已拍过《胜过重逢》、《南征北战》、《渡江侦察记》、《怒海轻骑》四部军事题材影片,深知军委意见的绝对权威性。分镜头剧本送要给他们审查,在剧本上修改,比拍完镜头再补再改容易。

鲜花与毒草

《红日》在山东拍外景,这时正值三年自然灾害严重时期,地里看不见一根青草,只见稀有的几棵树,连树皮都被饥民刨下当饭吃了。摄制组还有特殊照顾的杂粮。整整半年时间,演职员肠胃不适闹病,有时空着肚子出勤。中叔皇那么大的个子都撑不住,甚至晕倒在拍摄现场。

　　《红日》在山东拍外景时，正值三年自然灾害严重时期，地里看不见一根青草，只见稀有的几棵树，连树皮都被饥民刨下当饭吃了。《红日》拍外景拍了 14 个月，这是汤晓丹在拍摄现场。

《红日》是宽窄两个银幕制作，每场戏拍两次，近 40 度高温酷暑下，演员还穿着棉大衣，打着绑腿布。拍完戏，松开绑脚布后，里里外外全被汗水浸透。扮演团长的里坡，突然发现我脸色不对，用手摸我的额头，额头滚烫，急忙叫护士把脉、吃药、打针。

地上虽然五谷不生，蚊子、跳蚤却密密麻麻，人们身上到处是小血点、大红疱。晚上睡在破课桌拼起来的"床"上，早上醒来，胖的赘肉多，被木缝夹得一条条伤痕；瘦的"骨头碰木头"，则是腰酸背疼。那么多人，那么多苦，没有听到半句怨言，我们《红日》摄制组个个是好样的，否则外景就别想拍成。

1962 年 8 月 23 日，拍外景整整过去了 14 个月。我和杨化达、沈锡元三人，把刚配好对白的《红日》样片送到北京。头一审是文化部和中央电影局。夏衍发言的意见与陈荒煤的看法基本一致，他对电影文学剧本、导演分镜头本都没有过问，但是看了样片后却尖锐地指出："人物性格不连贯，陈坚、刘胜、石东根都是时隐时现。团长与政委之间的矛盾冲突也不够。总之，人物情绪没有展现。"他的想法与陈荒煤要求的——战争只能一头一尾，中间写人物情绪，完全一致。陈荒煤看了样片，初衷不改，仍谈老观点。他有点激动，因为他提的意见人们没听，他很严肃地又把过去的意见从头细说了一遍。

我们三人都没有申辩，军委的意见与夏、陈的 180 度不同。

司徒慧敏的发言则缓和了一下空气，提了点具体建议。

回到上海，征得吴强、瞿白音的同意，吸取了夏衍、陈荒煤的看法，搞了个补戏。补戏完成以后，我就去了海燕厂的《水手长的故事》组任总导演。

汤化达和沈锡元再次到北京送审《红日》。陈荒煤仍然坚持他原来看法，根本不说《红日》是否可以通过，其实就是审查没有通过。与此同时，《红日》还请军委审查，虽然也有点意见，但大家发言时都说："是部好片子，战士们一定爱看。"

不知哪位首长把《红日》送到了陈毅副总理那里。陈老总看完后非常激动，说："我看《红日》拍得好，是部好片子，可以让全国的军人都看，告诉他们，片子能拍成这样，不容易了，可以公开发行。"

这时，中央电影局才下发了审查通过令，我一直感激陈老总，要不是他发话，《红日》还升不起来。

《红日》与广大观众见面后，果然不出陈老总所料，部队反响非常强烈。电影系统的一些"名人"也改口说："《红日》写了战争，也写了战争中的人物命运，确实是部好影片。"摄制组的主创人员如释重负。特别是原作者吴强，他自参与摄制筹划到摄制完成，都没有说过一句"指手画脚"、"发号施令"的话，总是静静地听大家的想法，在明显对立的改编思路中，他保持中立，同情导演在夹缝里求成。可能这些事，在小说问世前后他都亲身经历过，所以他沉得住气。要是当时吴强也夹在里面折腾，摄制组的日子可能更难熬。

十年动乱开始，江青首先把《红日》和《不夜城》说成"大毒草"。我想，可能与柯灵说的"领导"出题目有关。我不幸撞上两支枪口，只好自认有罪。吴强则不然，他不管造反派拿着江青的指令声嘶力竭地喊"打倒"，仍然坚持他创作《红日》的严正立场，他真不愧为身经百战的硬汉子。

粉碎"四人帮"后，山东举行"革命历史题材电影回顾展"。我和吴强都应邀参加首映式,这是我们 1966 年戴着"牛鬼蛇神"大黑牌子,跪在上海人民广场城楼上挨批斗 12 年后再相会。两人都很激动,吴强问我:"当年陈毅副总理看了《红日》,都没有叫你把石东根醉酒纵马删去,这次,你怎么忍心把它从片中剪去?"我笑着回答:"我知道要剪,就没有参加。我劝你和我一样,眼不见,心不烦,就当没有那么回事。"吴强只好苦笑摇头。

吴强不幸因病去世,他的家乡为他举办追思活动后,留了十来位挚友便餐,我被列为座上客。在纪念他的文集里,也收入了我写的怀念文章。我们的这次合作经历了生死考验和严峻折磨,不亚于在硝烟弥漫的战场上。

《不夜城》没有真沉睡

《不夜城》样片在仓库里一躺就是七年。直到 1962 年,中央电影局徐庄写了份书面报告,大致内容:"《不夜城》拿出来放映,一可挽回损失几十万元;二是创作人员劳动不白费,也可使观众增加一个有益节目;三是在创作思想上还有许多开禁,对创作有鼓舞作用。"

陈荒煤局长的批示:徐庄意见值得考虑,希望小修改后发行。

天马厂党委书记丁一让我看了文件后,我照抄在笔记本上。作为《不夜城》的导演,七年来第一次在文件上看到"使观众增加一个有益节目"这样的字。它意味着《不夜城》走出冰冷库房,重见阳光的日子很快会到来,我内心格外激动。不过,我是抱着艺术家的天真再等待着,还写出了详细的"修改"计划。眼见日子一天一天过去,天马厂并没有把《不夜城》提上日程。我开始有点茫然。一晃,又是两年从眼皮底下溜失。1964年夏天，丁一态度十分严肃地把我叫去，类似命令的口气："《不夜城》马上做后期，不能修改，原片完成后公映，接受群众批判。"

我一如既往，泰然对待。为了防止导演有"违抗小动作，私自抽下镜头或剪短镜头"，另派剪辑参加后期制作。这么来势汹汹的气氛，把作曲王云阶吓得心惊胆战，原来写得非常好的《不夜城》电影音乐，不肯全部拿出来。他的观点也符合当时的形势，他对我说："经过运动，我提高了觉悟，主动把对资产阶级进行美化的乐曲抽下。"那是非常尴尬的工作，我第一次带点"火药味"表态："是自己的创作思想，就应该拿出来。"话虽如此，王云阶坚决用当时的革命歌曲搪塞，我也无能为力，只有听之任之。《不夜城》如期、如实地把后期结束了，印了拷贝，但是没有放映也没有组织群众批判。

再一晃，又是两年过去。十年动乱开始，江青才亲自点名"《不夜城》和《红日》是大毒草"。我遭大小会围攻，被批斗达千次以上。吃尽皮肉撕裂之苦。

天无绝人之路，"四人帮"被粉碎，《不夜城》重现在银幕上。1982年，还漂洋过海去了欧洲。在英国伦敦公映时，我的大儿子汤沐黎正在皇家美术学院攻读学位。他用英镑买了票，请中国的、外国的友人们去放映厅看这部电影。大家对张伯韩的银幕形象好评如潮，媒体评论说"张伯韩当年也是留学英国的，观众格外亲切"。可能欧美国家对电影剪辑特殊器重，他们印制的宣传材料里，把剪辑蓝为洁的名字放在了美工的前面。有人以为蓝为洁看了后会很高兴，其实，她却羞愧万分，因为我们的片子没有精修过，还是一个初剪，甚至还需要理顺,英国朋友并不了解。

有次,我碰到作曲王云阶,对他说起《不夜城》在英国放映获好评的事。他似乎漠不关心,我只得"直露多粗"再说几句:"你那么好的曲子不拿出来,要当时听我劝告用上,说不定在国外还会得个最佳作曲奖呢!"王云阶有点尴尬地回答:"当时谁能想到有今天呵!"

"文革"后期:《新渡江侦察记》和《祖国啊,母亲》

时来运转

我1973年3月底回上海休假后,去上影新《渡江侦察记》摄制组报到,职务是顾问。我非常识相,一如在"牛棚"和"五七"干校,每天早到,打扫清洁泡开水,事无巨细,都认真完成。本来吗,我过去也这样工作,这样生活,所以别人对待我也一如既往。

摄制组外出工作,我总是和大家一起挤大卡车。摄制组外请演员吴喜千提意见,一定要我坐小车。我说:"我愿意跟大家在一起,这样的机会难得。小车比大车舒服一些,那也是皮肉感觉。心里舒展,还是在人多的大车上,能听人有说有笑,旅途也就不劳累了。"

吴喜千比我年轻20岁,这是他第一次上银幕。他有部队生活经验,特别是参加过抗美援朝,受过血与火的考验。我很尊重他。以后在《难忘的战斗》和《肖尔布拉克》等影片里都请他担任重要角色。我对吴喜千谈的一席话,他都听进耳里,记在心里,对我更友好了。这种友好,不是一般的关系,而是心灵上的沟通。

我发现新《渡江侦察记》里的主创人员,除编剧沈默君改为集体执笔,由季冠武、高型、孟森辉三人署名外,摄影由马林发、许琦换下李生伟,其他如美工、作曲等,都是原班人马,连"情报处长"也是老人。我在摄制组待了近一个月后,有天下午突然接到通知,要我与美工去安徽找外景。这样能坐上火车,沿途看看真是太好了。

我被调到新《渡江侦察记》摄制组,不仅对我个人是时运转好,更关键的是对我的小儿子汤沐海极为有利。几个月后,上海音乐学院招生,他不再受家庭冤案牵连,顺利地考进了音乐学院。否则,这辈子不会有沐海站上指挥台,受到亿万观众的瞩目、崇敬。为此,我一直感激组织上对我的信任与安排。

《难忘的战斗》让毛泽东流泪

1975年7月24日星期四,我拖着沉重的脚步,用手紧紧捂着腰,从上海异型钢管厂放工回家。因为在公共汽车上被人挤伤,我急忙用红花油去擦。正在这时,有人叫我到五分钟路程的弄堂口去听传呼电话,我又用手紧紧捂着腰出了家门。吃完晚饭,我才对家人说:"不知又发生什么意外,要我明天上午去组织组。"那一夜我根本没有入睡。一则是电话通知为我带来烦恼;再则是被挤伤的腰慢慢有了红肿,当然疼痛加剧。

我起得很早,起床时腰更疼痛。我在电影厂组织组办公室门外,等了好一会儿,才见组长慢吞吞地上楼。他见了我,冷冰冰地关照:"你到生产办公室去找齐闻韶。"齐闻韶是杭州人。抗日战争开始,就投身剧艺活动宣传抗日,导演了话剧《国家至上》、《重庆二十四小时》等。抗战胜利后,随中国歌舞剧艺社赴香港、新加坡、泰国、马来西亚等地演出。1952年,因参加爱国活动被香港当局驱逐出境。回上海后,齐闻韶在上影厂任职。以后人们就暗中流传齐闻韶的"副"字去不了,意思是不会受重用。尽管十年动乱中,他受过皮肉之苦,但是拒不承认强加在头上的诬陷之词,只好把他"解放",仍然冠之以"副"。他也是刚到生产办公室,说话、做事小心谨慎,他见了我说:"厂党委决定你从今天起参加《难忘的战斗》摄制组工作。"顺手将早已放在写字台上的剧本交给了我。齐闻韶没有多说半句别的话,我也没有多问半句别的话,拿着剧本就回家。

原来,《难忘的战斗》是根据孙景瑞的同名中篇小说改编的,经过集体出谋献策,最后由小说作者和上影编剧严厉共同执笔完成。摄制组早已成立,也有了分镜头剧本,还开机拍过一些镜头。这些是请张瑞芳指导演员排的戏。我看了原小说又认真解读了电影文学剧本,核对了分镜头本。摄制组主创人员,除徐天然、于本正两位导演外,摄影有许琦、马林发、朱永德,可谓老中青三结合;美工是经验丰富的丁辰;作曲是徐景新……演员达式常、白穆、焦晃、程之、陈述等,个个都有塑造人物的潜质。我认为可以拍成好片子,但为什么中途又要我加盟,心里有点不踏实。我去了摄制组,只是多听多看多思考,没有多发表意见。正在我心有他想时,党委书记江雨声找我私下谈过一次话,他与我已经有过两次合作,见了面第一句话就说:"这次谈话,是老朋友之间的悄悄话,你不必对外人谈起。"我仍然认真听着。他说:"你在新《渡江侦察记》摄制组没有参加后期,就到异型钢管厂了,其实不是去劳动,而是一个过渡。我很不放心,《难忘的战斗》导演能否挑得起那么重的担子。现在先给你透个底,明天我就要宣布你担任导演职务,一切要听你的。总之,你要负起责任,拍出一部好影片,要引起轰动,这是关系上海电影制片厂的大事……"

第二天上午 8 点半,江雨声召集摄制组主创人员去他办公室,宣布了党委的决定。他说:"汤晓丹总负责导演,所有创作设计,包括过去的分镜头,质量不好的要重来。如果《难忘的战斗》拍不好,追究汤晓丹的责任。"

1976 年 1 月 29 日,也就是春节前两天,《难忘的战斗》在上海公映,反响强烈。几天后,北京友人来信,说春节期间,部队放的新电影就是《难忘的战斗》,剧场效果好极了,看完后,部队战士们都说比别的片子好看。我的心里一直装着部队观众,那些人才是我的上帝。

13 年后,作家权延赤在《走下神坛的毛泽东》一书里,有一段描写毛主席在 1976 年春节看《难忘的战斗》时的叙述:

晚饭前,看了一场电影《难忘的战斗》,毛泽东生前本来不爱看电影,这次例外。越到晚年他越时时想起共和国诞生之前那遥远的波澜壮阔震撼世界的斗争。他开始悄悄流泪。电影演到人民解放军入城受到群众无比热烈欢迎时,毛泽东问吴旭君:那次欢迎的学生里有你吗?

吴旭君是上海学生,毛泽东是知道的。当年她确实在欢迎的群众之列。她说不出话,只是流着泪点头。

这时,毛泽东泪如泉涌,再也无法控制。会场哭成一片。不等电影结束,医护人员赶紧把毛泽东抬走了。

读完这一段后,蓝为洁给权延赤写了一封信。很快收到回信,他还送了一本亲笔签名的书。回信很有感情,他说:

　　毛泽东生前本不爱看电影,1976 年春节他破例看了一场《难忘的战斗》。看这部电影时,他开始悄悄流泪。这是达式常在剧中扮演的团长田文中责问白穆扮演的粮行总经理陈福堂,粮食到哪里去了。

汤老前辈,我在学生时便知,并为他所导演的影片所迷,在我的成长过程中,饮过汤老前辈之乳汁,并在此表示极大的敬意。

《难忘的战斗》能让毛主席泪如泉涌,对我更是最高奖赏,也是最大荣誉。

这部在银坛上闪光的好影片,突然销声匿迹,退出了观众的视线。影人中有不少猜测,也传出多种版本的流言。有一条是,《难忘的战斗》结尾有个秤砣的细节,正好有个大人物小名"秤砣",如果再放映吧,属犯忌,因而有人提出不放,让它淡出银幕。真伪难辨,暂记一笔,日后自会有确凿论证,还影片一个真实。

全家共庆 66 岁生日

我 66 岁生日这天,全家四口正好都在上海,一生中唯一一次为我过生日。记得我 40 岁生日是在北京过的。本来想邀吴永刚去喝口酒,无奈囊中羞涩作罢。以后整年奔忙在外,生日忘得干干净净。我曾经既是全国先进工作者,也是被打倒的"牛鬼蛇神"。但是,任何时候我都把荣辱置之度外,老老实实地工作,老老实实地做人。

我曾把 40 岁生日看做人生起点,属新生婴儿,那么 66 岁,最多才是 26 岁的小伙子,不正是大有作为吗? 66 岁生日是时来运转,更是令人兴奋。大儿子汤沐黎早在四年前,靠自己的勤奋拼搏,就有油画《针刺麻醉》参加全国美展,被中国美术馆收藏。沐黎的其他油画《毛主席接见知识青年》《挤奶女工》以及木炭画《欢乐的牧场》等都在各种场合展出过,也在刊物上发表过,有几张画还被美国、英国的出版物转载。可谓一人成名,全家光荣,大家都说我有个画家儿子,很羡慕我。我曾因担心自己观看儿子的画展影响他的前途,最后还是戴着大口罩去的展厅。我的小儿子汤沐海,曾经被破格从中学应征入伍,在新疆军区文工团当文艺兵,还曾受到过刘少奇的接见。十年动乱时受我的冤案牵连退役,但是他仍然坚持学习音乐,在工厂三班制倒班的时间,也抓紧创作。这时,他已是上海音乐学院作曲指挥系的高才生,初步圆了他走进音乐殿堂的梦⋯⋯

我们还请来了沐海的小学同学陈浦生和范启伟。浦生就住在我家楼下隔几间店面的二楼,两间屋里母子各住一间,生活小康。动乱开始后,我家所在大楼里,因住着国画家贺天健、马口铁发明家严教授等人,是造反派抄家的重点。那些不知天高地厚的小狂人进大楼后,都要顺路到我家打打砸砸,哄闹一阵。浦生把我当做自己的父亲关爱,让我晚上住到他的房里,在小床上可以安安心心地睡一觉。不知怎么着被上影盯梢的人发现,不仅斗了我,还把浦生母子也折腾了一番。我一直把浦生母子当做自己的家庭成员,他的母亲退休回安徽老家安居,浦生更是成了我家常进常出的"户口"。我有冤对他述,有事找他办,有喜与他同乐。范启伟是沐黎同学,但比沐黎低三届,小同学很崇敬沐黎这位大哥哥,经常来我家玩,他的母亲去了国外,更是把我们当做亲人。十年动乱中,我没有办法进理发店,每月他都到家里来帮我理发,我没有像别的"牛鬼蛇神"蓬头垢面,一直干干净净,哪怕被造反派打得鼻青脸肿,仍然透出精神气。

我66岁生日时,全家不是四口而是六口,热热闹闹,喜气洋洋,饱餐了一顿。至今回想起来,都觉得甜美、温馨。我的66岁是九死一生后才有机会举杯的,很值得永久纪念。

由内蒙古转昆明拍《祖国啊! 母亲》

1976 年 5 月 20 日,星期四。不冷不热,一个晴朗美好的日子。我和张惠钧、沈妙荣、葛师承、郑长符、沈锡元六人,从上海火车站出发,到北京转呼和浩特,为玛拉沁夫写的《祖国啊! 母亲》新片寻找外景。在北京转车需等六小时,沈锡元借机用电话与呼和浩特有关单位联系招待所。

正好呼和浩特在举办赛马表演活动。我们六人都应邀观看,属了解生活的范围。我们被安排在最高处,赛场全貌一目了然。参赛的马,匹匹慓悍、漂亮。马匹先飞驰一周,再跳低栏、高栏、火圈……然后是跑马刀斩树、跑马枪打活靶、马背上表演等项目,连续两个多小时,马勇,人更勇。我第一次大开眼界,虽然心惊胆战,但很过瘾。

看了赛马表演后,我深深地感到要拍好《祖国啊! 母亲》这部影片,如实展现蒙古族人民的斗争精神,并不是一件容易的事。所以,挑选演员时,我煞费了一番苦心。呼和浩特新城宾馆里,有一间很宽敞的乒乓球房。在那里整整十天时间,让当地各专业团体的男女演员都来试戏。大家最满意的是内蒙古歌舞团的报幕员,她长相清秀大方,形体健美,摄制组决定请她担任女主角山丹。她就是还没有上过银幕的斯琴高娃。后来有人说,她被长影"抢"走,摄制组也就决定放弃。"抢"演员的事,以后听多了,见怪不怪,反而觉得"抢"演员也属商品社会竞争范围,是人才才会被"抢",庸才自然淘汰。

我们白天忙忙碌碌抢拍镜头,晚上还要完成修改本子后的分镜

《祖国啊！母亲》中尼格木图扮演的巴特尔（左一）和塔娜扮演的红戈尔（左二）。

头工作。摄制组正在拍摄套马的场面时,突然广播声中传出噩耗:毛主席逝世。牧民们当场号啕痛哭,悲惨声震撼草原。摄制组不可能继续工作,也没有办法撤离现场,每个人的脚都像被千斤重的磁石吸住,只有哭声一片,抽泣声一片。

四天以后,人们才开始振作精神,化悲痛为力量,投入到本职工作中。传达粉碎"四人帮"的消息,我们外景地则整整晚了十来天。晚到的喜讯,更增加了内蒙古演员们的兴奋,他们在庆祝会上载歌载舞,狂欢到深夜。这时,我心里暗自高兴,这部片子再也不会受干扰了,进度有了保证,完成也有了保证。

摄制组从上海出发去昆明抢拍外景,我的行李由小儿子沐海帮着提到楼下车上。坐在车窗边的玛拉沁夫看见了,眼前一亮,欣喜地说:"你到处找男主角,原来最好的男主角就在你家里吗,为什么不用?"

我高兴极了,笑着回答:"他喜欢音乐,马上要去德国深造。"

玛拉沁夫有些失望,小声说:"原来这样。"

沐海的形象不错,确实有不少人推荐他做演员,他却爱上了音乐,对表演则属业余兴趣,并不打算终生投入。上影有部影片叫《琴童》,导演到上海音乐学院去寻找饰演者,突然发现了沐海,很想动员他参加摄制组。他当时一心要去德国学习,放弃了演戏的机会。有不少朋友和记者追问,为什么没有让沐海做演员,我也说不出所以然,只好支吾:"是呀,为什么从来没有想到过让他当演员。"可能这就是人们常说的命运吧!

内蒙古突然下了一场大雪,把树林包裹成白茫茫的一片,当地负责人告诉摄制组:"今年冬天树林不会返青了。"我们只好立即启程南下，因为《祖国啊！母亲》属倒计时上映的政治大片，它必须在 1977 年的 5 月 1 日——内蒙古自治区成立 30 周年那天在全国正式公映。这是政治任务，马虎不得，不能含糊凑合，这也是我从事导演工作多年积累的经验和具有的责任感。

摄制组大队人马立即去昆明和骑兵部队一起过元旦。按照内蒙古的习俗，每逢喜庆节日，必须杀牛宰羊。肉香味，老远都能闻到，晚上还有歌舞联欢。我过了几十个新年，唯独这个新年实在特别，大家狂欢到深夜，才回到房间，美美地睡了短短几个钟头。

早上醒来，蓝天上白云朵朵，真是良辰美景，漂亮极了。我带着男主角去养马场，让他自己挑一匹好马。好不容易演员和导演都看中一匹白鬃马，尤其马脸更是漂亮，称得上"白马王子"。牵出马栏时，发现它却羞答答地迈步，仔细一瞧，竟是四脚带螺旋形，走起路来一拐一拐的。在场的人大声喊"不行，不行"，喊声中还夹着狂笑声，还有人竟然冒出一句："选马比选新娘还难……"

女主角对自己的一匹马非常满意，它比内蒙古的马还高。试戏时，她的脚不当心脱了马镫，差点摔下马，马还好，人却受了惊吓，怎么也不敢再骑上马背。那个镜头只好用替身，让她休息一下，压压惊，以后就没有出现过大的差错。

右脸全部变形

回到上海，我鼻子三天两日一直出血，大家都担心我鼻腔有了病变。好说歹说，我才空出几个钟头到医院，请万廷钰医生仔细检查，还拍了片子，结果是"文革"中被造反派打伤留的后遗症。我的鼻梁骨被打歪,顶住血管,稍不当心,或者连打几个喷嚏,血管都会被骨梁顶破出血。

《祖国啊!母亲》的日程太紧促了。我提出请厂里增派导演和摄影支援,最后是三个组齐头并进。歌唱家胡松华的加盟,使音乐做得很成功。

我的鼻子仍然出血不止,厉害时很吓人。样片完成,由张惠钧到北京送审听意见。审查结果是"主题好,坚持了民族团结,坚持了祖国统一,有现实意义,有教育意义。不作修改,五一劳动节起,在内蒙古自治区成立 30 周年时献礼,同时在全国公映"。

影片是完成了,我却大病了一场,让所有的亲人都牵肠挂肚。

一天早上刚起床,我走到镜子面前洗脸时,突然发现自己的整个右脸全部变形。眼皮、嘴唇、脸上的肌肉全松弛下来,右脸比左脸长了许多。我用手摸摸,皮肤麻木没有知觉。这时,我急了,立即躺下,请眼科专家雷传宗来诊查。检查后得知心脏和血压还算正常,初步断定是面神经瘫痪。

小儿子沐海急忙到音乐学院请来针灸专家,他在极敏感的穴位作了针灸,右脸上半部就扎了十几根针。医生安慰我说:"不要怕,不是致命的病,针灸完全能治好。"

我则对医生说:"请你来,全听你的。"

医生非常高兴,连称"能与医生配合就好得快"。孙道临连跑好几次,介绍医生,大儿子沐黎又去请他同学的父亲、脑外科专家史玉泉教授为我作了认真检查,证实脑神经没有问题,根据专家经验,面神经瘫痪完全恢复最少也得半年到一年时间。医生开了三个月病假条。

审视我后半辈子在新中国生活的六十年，我觉得自己还是一个事业有成的幸运儿。鲜花、掌声、赞评的荣誉，数不清有多少次让我感到超越自我的甜美，让我产生创作激情的爆发。即使在磕碰倒地时，我也能自己想象，不过是『解放军战士作实战练习，学会如何掌握真正的杀敌本领』。

3

走向新时代:《傲蕾·一兰》

带病接下《傲蕾·一兰》

四下黑龙江

　　每天忙着针灸、吃药、找名医会诊,紧张地过了一个半月。四十多天里,厂里、局里没有一个领导来看我。蓝为洁很恼火,认为他们不关心人。就在这个时候,制片沈锡元把叶楠写的《傲蕾·一兰》电影文学本送到我家说:"局里已决定它是建国 30 周年的献礼任务。由汤晓丹导演……"不等沈锡元把话说完,耷拉着右脸的我,似乎已经得到了灵丹妙方,津津有味地听着,还迫不及待地发话:"什么时候看外景?"可惜舌尖并不灵活,右唇吐音也欠清晰,右眼泪囊失控,像哭一样泪水往下涌。我不知道这时沈锡元心里怎么想,只听他说:

"要马上到黑龙江看外景,厂领导的意见,这次由摄制、美工和我先去,你下次再去。"

我急了,结结巴巴地表示:"看外景导演不去不行。"

沈锡元与我合作过《卧龙湖》、《红日》等好几部戏,对于我很了解,除了笑之外,他没有说别的话,我歪着脸说:"你放心,我能去。"

晚上,两个儿子晓得了我要去黑龙江,都坚决反对,三对一,我占绝对劣势。大儿子首先劝阻道:"我看领导说的这次由别人先去看,以后你再去复看,还是可行的,赢得时间治病,又不耽误拍片。"小儿子更加激动,他说:"爸,你这个样子,去了瘫倒在冰天雪地里,不但对治病不利,对工作也不好。如果向坏的方面发展,你根本完不成导演任务。我劝你不要去,一门心思养好病再说。"

这时我们父子三人都哭了,哭得很伤心。只有蓝为洁余气难散,用刺耳的话警告我:"你不要自作多情,你忘了打倒你的时候,有人为你说过半句好话吗?老实说,你当初没有被打死,这次出去拖死,人们还是会说活该。"她的几个好朋友在听到我生病时,也语重心长地说:"想办法把他的病治好,他是你们家的一棵大树呀,他要是倒了,最实际的问题是你家的房租都交不出……"

乍听起来,这话有点不吉利,其实是最中肯、最贴心的提醒。他们母子三人每天轮番劝说,要我放弃去黑龙江的念头。所以我改变策略,在儿子面前只是仔细听,而不表态。到了夜深时分,我对蓝为洁表示一定要去黑龙江。我说:"有这样的机会,是生命换来的,许多导演没有了今天,你只要想想史东山、郑君里、顾而已……你就不会再阻拦我了。造反派把我打得死去活来,至今还有一块陈旧性隔面心肌梗死的病根留在心脏，那是命大，心肌梗死自动结疤，活过来了。说不定哪个时候，那个病根出了漏子，说死就死。我这辈子，死也不会死在家里，不会死在病床上。"我把话说到这个分上，她不说话了，也不再阻止我，又把自己的态度如实地对两儿子细说了一遍。两儿子见妈妈都打退堂鼓收兵，他们也不再说别的话了。持续了个把星期的争议，以全家让我启程而告结束。

作曲王云阶在他夫人陪伴下来到我家，他们是第一次也是仅有的一次光临寒舍。他夫人非常直爽，进门便说，我们云阶胃有毛病，去外景地希望导演要多照顾他。我一听就想到《不夜城》做后期时他不肯把作好的曲子拿出，使片子音乐大受影响，就说要真吃不消，你提出来换年轻人去。王云阶急忙笑着改口："我们也不过随便说说，真到了外景地，一切都靠自己。"在研究作曲人选时，我诚意提出要年轻的徐景新。丁一却执意要王云阶，说是落实知识分子政策。编剧叶楠还写了封信给我说："此剧本虽不甚好，由于它的内容属史诗型的，音乐非常重要，要有中华民族的气魄，旋律要美，无言的戏没有好音乐是困难的。它和《甲午风云》、《林则徐》都不一样，前两戏偏上层，色彩也不像《傲蕾·一兰》壮丽多彩，因此作曲宜慎重。"叶楠对王云阶作曲不放心，也是看了《不夜城》以后，留下不好的印象产生的。

看外景出发前就碰到与合作者不协调、不愉快的事，这是我一生中的头一次。到了外景地，我发现王云阶的胃病确实严重，当地饮食不适合他，不过，环境就是那么苦，大家都想能照顾他，却没有多大可能。该去第一线收集资料他也只好放弃，说穿了，他的身体状况并不适合去黑龙江。丁一要对他落实知识分子政策，可以说是帮了倒忙。

汤晓丹导演《傲蕾·一兰》时在现场的工作照。

带病一下黑龙江

1977 年 8 月初,带着严重面瘫疾病,我与摄制组主创人员从上海乘火车到天津站转赴哈尔滨。对健康的人说,那是避暑胜地。白天单衣短袖,早晚如凉的话得穿薄绒线衣,非常适意。对有病的我却未必合适,每天总会有几次使我感到身体不适。

我们在黑龙江的东南部、西北部地区兜圈子采集资料,尤其是在几个民族自治地区,如鄂温克族自治旗、鄂伦春自治旗、莫力达瓦达斡尔族自治旗的时候,我们受到热情接待,他们风俗习惯各异,却都很好客。我们到黑龙江最北面的漠河时,大家拄着拐杖在密林深处上山,所有地方全是沼泽,上了路就没有办法歇脚。我们要去的山顶看上去并不远,但是行走起来却十分困难,大家走在泥泞的苔藓道上,又软又滑,稍不小心就会掉进水塘,有时双脚陷进一尺多深的泥潭里无法动弹。山坡上的牧民看着我们歪歪倒倒的样子,感到可笑却又同情,放了十几头"四不像"下山,要把我们驮上去。小个子沈锡元身体轻,"四不像"不费力地就驮着他开步了。我骑上"四不像",它趴在地上站不起来,我只好下来慢慢走。

在黑龙江找外景时,我发现有家电影院在放映《祖国啊!母亲》,等退票的人在售票处排着长队,我站在人群中听大家议论,都说影片拍得好。这事确实增强了我拍好《傲蕾·一兰》的信心。

零下四十度二下黑龙江

1977 年已过了立冬,黑龙江早变成一望无垠的白色世界了。我穿着在上海定制的加厚羽绒大衣、高级防滑保暖鞋,仍感到丝丝寒意袭来。我们住的饭店水管被冻裂,那么冷的日子,没有热水更难熬。我们必须外出确定外景拍摄点,确定演员人选。整整一个月时间,大家都在零下三十多度的雪地里转,还经常找不到吃饭的小店。气温还在继续下降,最冷的时候是零下 40 度。大家坐在卡车上,就像坐在冰柜里一样,牙齿被冻得咯咯作响,寒气刺骨穿心。司机也找不到路,只有冒着生命危险,仔细盯着前方的路,有时却会越走越远。晚上,每个人只能和衣上床,被窝就像冰冻了的箱子。在近两周时间里,只能想想肉香味过瘾,只有一次吃到新捕猎的野猪肉。

好事有时也会双双来临,一次正能够美美睡上一觉时,上海来电话,说我又被选为市政协委员。其实我在 1955 年就是市政协委员,只不过太忙,每次开会都请假,很少有人知道我的委员身份。动乱中停止了七年,现在又再续上。对于这些荣誉,我早就看得很淡,所以从不激动,也不曾有失落感。

12 月 26 日,我和沈锡元、罗从周三人专程乘火车到绥化,看一个当地的男演员寇振海,美工丁辰等人则直接回上海作准备。

寇振海与刘晓庆

寇振海是评剧团演员,曾在哈尔滨话剧团学习过,也会演话剧,那时只有 24 岁。别人推荐了他以后,我们才去寻找。当时只有一个绥化邮政局的线索,那是他哥哥的工作单位。我们拿着介绍信,好不容易才找到他的哥哥寇振华。听说电影厂要找他弟弟,他当然高兴带路,原来他弟弟和父母住在一起。大家在他父母家又等了约个把钟头，寇振海才回来。我要他即兴表演一个小品，除了话剧味过浓外，其他的还算可以。

寇振海告诉我，这个小品是他看完电影后学下来，自己悄悄练的。可见他还是一个好学的青年。制片告诉他新年后到上影试试镜头，罗从周当场就为他拍了几张照片。我带着病专程去找一位名不见经传的青年演员，是从事导演工作以来几十年的第一次。

离开绥化后，我们直接去北京，住在北影招待所。《傲蕾·一兰》要找演员的消息，很快就传开了，毛遂自荐的人不少。我有意要用宋晓英，可有人立即说她前不久从马背上摔下来，受到了惊吓。我担心《傲蕾·一兰》马上的戏多，怕再出什么事情。我当时还想用刘晓庆，不知何故，上影厂领导坚决反对，甚至表示"上影绝对不会请刘晓庆演戏"，态度那么坚决。仅仅几年后，上影《芙蓉镇》照请刘晓庆出演，连起来想，我觉得只有"怪"字才能概括其中的原因。我一直后悔，自己没有问明白，为什么厂领导会说"上影绝对不会请刘晓庆演戏"？

寇振海参加《傲蕾·一兰》的拍摄后，演员朱琳说他很用功，还去电影学院学习，以后他饰演的张学良，特别是电视剧《金粉世家》里的父亲形象等，都很受观众欢迎。每次在荧屏上看到寇振海，我都自得其乐地说："我第一次发现他就重用他，主要是他使我感到有刻画人物的潜质，他也很用功，成功自在必然。"

高温 40 度三下黑龙江

黑龙江大兴安岭丹青河林场，是《傲蕾·一兰》重场戏的拍摄景点之一。剧组男女老少都挤在一幢二层楼房里，除了大小房间都住满人外,仓库里也是人挤人凑合着住。

夏天没有去过那个地方的人,根本想不到它的气温会高达摄氏40度。不仅酷热,更让人闷得透不过气来。最可恶的是满天飞虫,扰得人心烦意乱,咬得人神魂不安。尤其是清晨,随着日照渐明,成群的牛虻飞出,嗡嗡地转个不停。有时,大大小小十来只对准人扑面而来,咬上几口,红肿的大疙瘩立即连成片,使人奇痒难熬。除了牛虻,还有高脚蚊子,嘴尖得像护士手中的针管,叮上一口,火辣辣地刺痛半天。天色渐暗,大量的小飞蚊不知又从哪里飞出,一起发出的鸣声,正像人们形容的"聚蚊成雷"。

没有办法,大家就是在这么恶劣的环境里拍戏。我想出一个绝招,要制片部门买了许多纱布,给每人发一大块,去森林之前,大家都穿上长袜、长袖、长裤,头上罩着干净的白色纱布,活像一群蒙面仙人在活动。演员试戏和拍摄时,他们才把本来面目露出一会儿。我要耳听八方,眼观六路,无法用纱布蒙面,飞虫当然不会放过我,左一口,右一口,不停地叮,不停地咬。我气极了,对着被飞虫围攻的皮肤,用手掌猛拍,一巴掌下去,手心全是鲜红的血。特别是那种肉眼看不清的小虫,类似南方的跳蚤,它会偷偷钻进袖口、领口和裤脚管,咬起人来更厉害。

我在日记上写道:"回想在动乱中被剥夺了创作权,现在才得到恢复,再大的苦,都比那时甜,咬咬牙,一定能挺过。"

最让我感动的,是那么多演职员,表现得一个比一个好。摄影师罗从周睡觉有鼾声,他千方百计想办法不干扰大家,有时别人休息,他就找个别人听不见他鼾声的墙角坐下来,宁愿自己遭虫咬,也不愿意妨碍别人。就这么个好人,上帝并不赐福给他,却让他和夫人——女导演颜碧丽早早辞世。

清河林场的戏结束后,大部队南下,到松花江边的依兰县拍摄敌人残暴劈分妇女的重场戏。我查阅的真实资料证实,敌人那次暴行共杀死达斡尔族男子 661 人,抢走妇女 243 人,还有 118 个小孩也跟着遭殃。镜头不算多,只有 40 个,我要求的难度却非常大。首先是阴天,天空有大块大块的浓黑乌云。那时没有电脑合成或特技加工,演职员做好一切准备,静候天空出现需要的意境,一旦出现就急忙抢拍。

第一个大镜头气势磅礴:从被俘的妇女和小孩的中景拍摄,然后变焦拉出被拘押的达斡尔族族长,大远景是跟在他后面的队伍。这个大镜头非常形象、非常深刻地揭露了侵略者的残暴。相比较而言,这个镜头是难上加难,一千多人的人群,有一个人不行都会报废,何况还要等到天上的乌云聚成大块大块的呢。为了让演员进入规定情景,我要求录音部门在现场播放先期录制好的音乐。拍另一组特写镜头气氛更为悲惨:女儿紧紧抓住父亲痛哭,母亲抓住儿子不放,小孩惨叫爸爸,妇女跪下求天神保护。生别犹如死离,其实也真是死离,敌人既然把他们抓走,就不会放他们活着回来。

解放军鼎力相助

在摄制《傲蕾·一兰》的时候,更雄伟的场面是几千名做群众演员的解放军战士的加入。他们练队形,练武术,学着使用几百年前作战用的各种兵器。他们除了人人会用外,还要熟悉各种兵器的性能,才能在镜头面前展现威力。骑兵部队高超的马术技艺,令人叹服。三台摄影机对准他们,跟踪马队拍摄。拍摄结束了,我的心还在扑通扑通地跳,骑兵战士仿佛把观众带入了古战场上,真正地调动了人们的情绪。

日本导演黑泽明的大场面电影,表现了日本的武士道精神。《傲蕾·一兰》里的烽火台大战一场戏,我认为是用大场面书写了民族的血泪史。如果只有一兰一人抗击敌人,再强勇也是单枪匹马,有了大部队的加入,戏才有了升华,这个场面才更催人泪下。我曾对《文汇报》记者罗君说:"我这一生中,拍摄的《胜利重逢》、《南征北战》、《渡江侦察记》、《怒海轻骑》、《沙漠里的战斗》、《红日》、《水手长的故事》、《傲蕾·一兰》、《南昌起义》、《廖仲恺》等影片,都是靠了人民解放军的参与才达到高质量的。靠海军、陆军、空军、骑兵、侦察兵多种部队的战士们鼎力相助,我才得到'银幕将军'的光荣称号和金鸡奖最佳导演奖。"

烈火识真金

《傲蕾·一兰》电影里有一场鄂温克人在雪原上骑马飞奔的镜头,我初看外景时就决定在黑龙江最北边的大雪原上拍摄。那里是国防前哨。一位外调进电影系统的中层干部口里赞成,心里却畏惧,临出发前,他自己不好意思推翻"要带队前往拍摄"的承诺,却千方百计地以大家的安全为借口来拖延。不仅如此,他还借职务之便私自向厂里要求取消拍摄计划,最后把责任推到我头上。他说:"出了问题导演负责。"我心里很恼火,但仍平和地说:"那个地方我亲自去过,前哨指挥所那么多人都为我们去拍摄做了准备,怕死的人可以不去,不怕死的跟我走……"

后来,副导演包起成抢着去了,拍摄的镜头质量很好。回上海后,那位胆小的外调干部,自知愧对影人,又要求调走了。

结束"三下黑龙江"的外景实拍后,摄制组把我背去的参考资料在回上海前全还给我,我又带病把它们背了回来。我穿得多,背得也重,上火车时,必须用力拉住扶手才能上去。谁知顶上拉门突然从上面滑下来,正打中我的头顶,鲜血立即流了出来。跟随在我身后的副导演鲍芝芳急忙扶我上车躺下,她情急智生,只好把脖子上的纱巾解下来按在我的头顶上,用力捂住。回到上海,就立即去医院清洗伤口。

医生说:"现在打破伤风针也只是意思,要感染了自己倒霉。"

后来有人告诉我:"那些让我背参考书的人,都忙着背当地送的大马哈鱼。"

摄制组临走时,当地接待单位给每人送了一条大马哈鱼。我要背资料,那条大马哈鱼自有人抢着去背回自己家了。1954 年拍摄《渡江侦察记》时,摄制组的许多人都买了符离集烧鸡带回上海过年,我连鸡毛都没带一根。当然我也没有为这些生活小事作过检查。

"三下黑龙江"属抢季节拍摄外景,如果不抢拍,要等到第二年才能开机,30 周年倒计时出片不容许再拖。许多在开拍前必需的准备工作,只能回上海后再补做。

四下黑龙江

我带着摄制组大部分人赶去黑龙江补镜头。不到 40 天,在全省兜了大半个圈,路上花的时间比摄影机开动的时间还多。4 月的黑龙江,气候宜人,工作效率相当高,镜头质量也不错,这为全片增加了绚丽的色彩。

拍完内景,又经过整整 40 天的后期制作,1979 年 7 月 26 日,第一个合成拷贝终于在厂放映室正式公映。我在日记上写着:"在一年半的摄制过程中,我们承受了气温的悬殊变化,从摄氏 40 度的高温酷暑到零下四十几度的冰冻严寒。行程四万七千多公里,演职员来自七个民族,五十多个单位,除了上影老演员仲星火、高博等人以外其他都是外请的,张玉红、寇振海等人还是初次上银幕,大家都能团结互助,一心扑在创作上,这了不起! 服装、道具工作量那么大,现场没有出过差错,这样的摄制组真是好中之好。罗从周、丁辰、乐羽侯,人老心不老,个个焕发青春……"

正在这个时候,美籍华裔画家章尚朴到摄制组来看望我。她是 1944 年我在重庆导演抗日题材影片《警魂歌》中的女主角,本名康健,1948 年离开上海去了香港,专攻国画,后移居美国,并在欧美许多国家举办个人画展,改名为章尚朴。章尚朴在香港影人中得知我的人品,35 年后她回到上海,第一位渴望见到的合作者就是我。封闭 30 年之久,突然见到来自美国的朋友,摄制组的人都大为震惊。一向爱开玩笑的副厂长齐闻韶把我拉到一边小声说:"当心里通外国的罪名啊!我明白他是在讽刺"四人帮"时愚昧无知的人,也跟着嘿嘿地笑起来。

领奖台上发言

1980 年 4 月 26 日到 30 日,文化部举办优秀影片授奖大会。上

　　1980 年，在文化部举办的优秀影片授奖大会上，汤晓丹代表《傲蕾·一兰》摄制组领奖后合影。

影共有六部影片获奖:《傲蕾·一兰》、《从奴隶到将军》、《曙光》、《啊!摇篮》、《苦恼人的笑》、《他俩和她俩》。我是《傲蕾·一兰》组的代表,蓝为洁是《苦恼人的笑》组的代表。夫妻两人同时到北京出席领奖大会,这在上影还是首例。

我在会上发言说:"这次到北京,心情格外激动。记得 23 年前,我代表《渡江侦察记》摄制组出席 1949 年至 1955 年优秀影片颁奖活动,周总理接见了我们,叮嘱我们要多拍影片,拍好影片,言犹在耳。我们能有今天,是经历了一场史无前例的严峻考验,胜利来之不易,多少同行被迫倒下,看不到今天,让人痛心。我们这个领奖队伍,老的七十出头,小的才 12 岁,男男女女、老老小小一长串,真是人才辈出,形势大好。静下来想想,我们的优秀影片离真正优秀还有差距,所谓优秀也是相比较而言。我觉得今后还要更加努力提高质量,争取更大的成绩。"大会还发了奖金,并且书面通知分配数目。即百分之六十给摄制组主创人员,导演可拿头等 300 元、二等 200 元、三等 100 元。编剧拿过稿酬,这次不给。拿过 200 元青年奖的导演,这次只能再拿 100 元。这样严格规定也好,责任都由上面负。我说:"主要是奖金总数太少,发奖的单位也煞费苦心。众人使劲,少数几个人领钱,影响团结。"

叶楠请客

《傲蕾·一兰》受到好评,叶楠也改变了态度,看影片时两眼一直盯着银幕,再也不回头对我说长道短。他在出席授奖大会时,更是整天面带笑容。青年导演杨延晋,对这些看在眼里,记在心中。一天,正好上影的几个人散会后走在一起,杨延晋提出"叶楠应该请客"。于是在杨延晋的推动下,大家跟着他俩走进会场附近的餐馆。我只记得有大盆烤羊肉串,闻着香,吃得也香。开出的账单,贵得让人惊呆。杨延晋也没有想到那么贵,叶楠还算大方,嘴里直说:"进馆子嘛,就是这个价。"

"不对,不对,让我想想……"稍停,杨延晋笑出声说,"这样吧,叶楠把钱给秦怡,让她去结账,不用开口,准打折扣。"

秦怡当然不肯,但经不住杨延晋的劝说,大家也帮腔,秦怡才勉强从座位上站起,接过叶楠手里的钱,边走边说:"下次不跟你们在一起了……"她慢慢走向收银台,离收银台还有二十来步远时,值班经理见是秦怡,立即恭身相迎。真的没有让秦怡开口,打了对折。当她把多余的钱还给叶楠时,大家都笑得掉下眼泪。

我在当晚的日记上写下这样一段:"哪里有杨延晋,哪里就有欢乐,他是一个灵气外溢、有才华的新人。如果有机会多实践,他的作品会有更多闪光点和社会价值……有些前辈影人不喜欢他,这是偏见,是没有看到他所具有的潜质。我相信他会大有成就。"

再创辉煌:《南昌起义》和《廖仲恺》

这样拍出《南昌起义》

倒计时

1980 年 5 月,我接到一大沓八一南昌起义的资料,说要改编成

《南昌起义》电影文学剧本,拍摄成故事片,向建党 60 周年献礼。我扳着指头反复计算,在不到一年的时间里,倒计时完成任务,实在有些冒险。但我没有表示出对"可行性"的担忧,硬着头皮把材料抱回家。

读着读着,我的思想开了小差,想到江西话剧团到上海演出《八一风暴》时,产生的强烈剧场效果。我坐在观众座位上,脑子里确实闪过把它改编成电影的想法。后来看报道,赵丹满腔热情,去江西找有关单位和领导提出改编计划,我当然只好作罢。但是我心里很奇怪,既然上影执意推出它,理应找赵丹最合适,这其中一定有蹊跷。我本想私下问一下赵丹,又觉不妥,蹊跷一直藏在心里未对人言。

这时,上影早指定颇具文才的李洪辛担任编剧,他已阅读过有关八一起义正反两方面的文字材料,写出了初搞,正式定名为《南昌起义》。

李洪辛的《南昌起义》剧本送到我手里。我认为篇幅太长,人物太多,一个半小时容纳不了那么多内容,必须先对剧本进行梳理。为争取时间,我建议由编剧、导演、文学部门共同整理出分场提纲,也可以作为导演拍摄的依据。不足的增补,多余的剔除,离题的砍掉。同时派副导演沈伦到全国各大城市话剧团,挑选特型演员。沈伦是上海戏剧学院表演系毕业的,懂业务,她拿着周恩来、贺龙、朱德等人年轻时的照片去找新演员,结果是喜悦而归。

这时,我已带着摄影沈西林、美工韩尚义、制片沈锡元等去武昌、汉口、九江、南昌、庐山等八一起义军走过的路线去实地观察,找寻拍摄景点,并且人手一份新理顺的分场提纲。倒计时出片,只能是打破生产惯例,先实干起来再说。好在摄制组的主创人员,都是1959年拍摄建国10周年献礼片《钢铁世家》的老伙伴,能吃大苦,能耐大劳,个个都是忘我工作的人。

纪实性与艺术性

我根据对影片样式的确定,要求美工做到"新颜还旧貌"。比如现在的南昌城,与发达城市相比它不算新,但是与半个世纪前的南昌城相比,它无疑是太新了。真的是实景拍摄,银幕上出现的必定虚假,不可能真实。我带着几个人在江西的小城镇走呀转呀,终于发现离南昌几百里路的星子县,可以作为当年的南昌城,来拍摄贺龙的大部队进城时受群众欢迎的大场面;上海嘉定县的孔庙可以借做南昌藩台衙门。先解决好这些大问题,才能实现纪实性与艺术性的高度结合,否则说得再好听也属无济于事。

我们回到上海,首先要制作汪精卫的汽车。1927年6月,汪是国民政府主席,他坐的那辆黑色小汽车,现在早没有了。只好根据图片,利用一辆旧车改装。这事耗时间耗人力,所以要先定,只能车做好了等演员,不能演员演好了再等车,还有大批的服装、枪支……总之一面分镜头,一面要做实拍前的各种准备,一个脑袋顶几个脑袋使。人的头脑也怪,竟是越用越灵。

杨在葆换剧组

摄制组正准备出外景的前两天,女导演叶向真突然光临寒舍,拿出大叠演员照,要我挑选。她说:"我知道杨在葆是你们组定了的演员,现在我导演的《原野》需要他演仇虎,请您把他让给我们吧！这些照片上的演员,您看哪个可顶替杨在葆,我去给您叫来。"

我态度谦和地反问了一句:"既然照片上的人可以顶替杨在葆,你为什么不让他顶替呢?"

这个问题深入不下去,叶向真是叶剑英元帅的千金,她很有礼貌地告辞了。她走后,我很纳闷,也很奇怪,是杨在葆自己来找我,要演的那个角色,他怎么又会反悔呢? 没有戏演,他不愿意空着,只好来找我,现在叶向真去找到他。他一看角色更好,当然就想走了,我不能指望他会再到我们剧组来。这样,我凭直觉做了推测。

第二天清晨,我去厂里。美工师韩尚义找到我说:"昨天晚上,叶向真到我家,要我答应把杨在葆让给他们,我答应了。"

我心里一惊,严肃地说:"你在摄制组的职务是美工师,无权答应让演员的事。"

我转身走开,韩尚义脸色十分尴尬。他追上我略带委屈地说:"她来找我,我根本顶不住。"

我只好对韩尚义说:"扯不上顶得住、顶不住。你是在向元帅的女儿讨好,有朝一日,指望她像提拔杨在葆一样提拔你。"韩尚义只好苦笑着摇头。

我后来再没有为杨在葆的不讲信用责备过谁。事实上,后来在江西部队里找到的一个演员,比杨在葆更合适。这是小插曲,不过也蕴涵着做人做事的准则。我拍的片子多,感受当然也就更深。现在国营电影公司偶尔还能听到类似情况发生,但是我相信在张艺谋、在冯小刚的剧组不会有人敢这样做。

在汤晓丹晚年,杨在葆与汤晓丹再次相逢,这是二人见面的情形。

人头不准落地

《南昌起义》中大屠杀的一场戏里,我拍了一个人头落地的镜头。为了能真正起到以假乱真的效果,摄影、化妆、道具几个部门,花了很多心血,试拍过五次,最后才算比较逼真,短短一尺的长度,接在刽子手屠刀砍下后,使人胆战心惊,效果十分强烈。上海电影局审查样片时,那个提高嗓门动员大家要大胆创新的局长提出:"人头落地太刺激了,要剪去。"

摄制组集体反对,认为这是揭露敌人残暴的最有力的证明,坚持不剪这个镜头。几次放样片,人头落地的镜头都在银幕上出现。局长也真有恒心,看一次提一次。我嘴里不说,心里明白,人头落地,是导演设计的,属艺术处理;局长的意见,属横加干涉。我一直听着,却没有表示意见。我不发话剪辑也就不剪,别人空喊是不顶事的。有一次,丁一以党委书记的身份在会上说:"我们拍的《南昌起义》样片,在厂里放映时,厂里几个领导都没有说好,后来到局里送审,也只有孟波和洪林两人说好。"

我听了他的话,心里很不是味。有发言权的领导们,并不真正懂得我在导演《南昌起义》过程中所做的探索,不懂得导演对纪实性与艺术性高度结合赋予影片的含金量。最后一次,张骏祥还是说要把人头落地的镜头剪下来,我才关照剪辑师:"算了,给他面子下台阶吧!"

几年后,张骏祥长病住在华东医院,我去看他,还对他不让人头落地提出批评。他这时才似有所悟,劝我道:"都过去了,忘了吧!

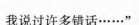

我说过许多错话……"

"我看都是权力作怪,你现在没有权力了,对人,对事,看问题豁达多了。"

不管张骏祥受得了,还是受不了,我把心里的话说了出来。这时,我猜测他和我的观点是一致的。

李洪辛顾大局

李洪辛是位忠厚朴实的知识分子,他为编写《南昌起义》电影文学剧本,苦读了一百多万字的文字资料。我们虽属第一次合作,双方却都感到默契。他非常虚心地听取我对修改剧本的意见,当然我也很尊重这位德才兼优的好编剧。

影片拍成后,话剧《八一风暴》的三位作者吴安萍、徐海秋、周大功,向上海电影厂提出署名问题。李洪辛听说,马上同意四个人共同挂名,接下来的就是平分稿酬。我感到这有点委屈李洪辛,向齐闻韶提出"导演出面,向厂里申请增加剧本酬劳,在摄制费内开支",这是合情合理的处理,结果遭到拒绝。后来,李洪辛不幸辞世,我一直感到对不起他。作为导演,本应该竭力为他争取应得的稿酬。说实话,换一个编剧,解决这个问题就没这么容易。上影领导应该明白《南昌起义》是李洪辛的作品。这里不写上一笔李洪辛顾全大局,于情于理都不通。

我与李洪辛在理顺提纲时,他非常虚心,尊重我提出的纪实性与艺术性相结合的要求,首先就要把他剧本中明显的有"编"的痕迹处剔除。有的地方可是他花了很多心血后才有的神来之笔,但在历史真实的前提下,却显得虚假,李洪辛忍痛割爱。《南昌起义》中的人物,都属早已载入文字史料的,稍有不慎,就会显得虚假。比如周恩来在火车上化装成老中医的情节,我一直在寻找依据,在我记忆中还没有周恩来这样出现在公众场合的情形。有一天,我在星子县的小书屋里发现了一本儿童读物,其中就有周恩来化装的故事和形象的描述。我如获至宝地肯定了李洪辛设计的这个场景。这是对影片负责,对历史负责,也是影片风格所必需的,影片的文献价值正是它的真实性。

尽管如此,我认为在重视影片历史真实性的同时,更需强调它的艺术创造性。因为历史影片不是历史教科书,在符合历史真实的同时,不仅可以虚构,甚至可以大胆虚构。虚构的艺术形象,可以称得上"英雄群像",黑姑、双喜……没有打入字幕的人物,都属虚构的艺术形象。我要求严谨、翔实,作为编剧,李洪辛能够虚心配合,割其偏爱,做到这一点很不容易。我一直认为,《南昌起义》的大胆探索获得成功,有编剧李洪辛的功劳。

送审通过

1981 年 2 月中旬,我带着《南昌起义》的样片,到去北京去送审。经电影局和文化部认真地审片后,结论是:"不补戏,通过。"评语为:"伟大的历史人物和历史事件再现,难度很大,《南昌起义》组织得很好。生活真实,演员不错。周恩来、贺龙、朱德……都有历史人物青年时的影子。其他人物,印象也好。场面调度、气魄、战争场景、抒情戏等,都处理得相当精彩。"

夏衍在家人的陪扶下，自己拄着手杖到放映室看片。他看完后，非常热情地拉着我的手说："姜还是老的辣。"司徒慧敏在黄埔军校时就亲眼见过周恩来，他特别激动："很好，片子拍得很好。片子里出现的周恩来就像我几十年前见到过的，可以说是形神兼备。现在放映《南昌起义》正是时候。导演功不可没！"

　　19日上午，中国影协组织观看《南昌起义》。放映室里挤满了人，讨论会上的发言更踊跃："有历史感、新鲜感。""在事件发展中突出了人物，每个人物又突出了性格。影片中出现的是人各有貌，人各有志，人各有戏。""导演有重笔勾勒，也有精雕细刻。""全片一气呵成，节奏感强。"24日下午，北京党史界和国际问题界的专家们观看《南昌起义》。他们每个人的头脑里都装满材料，只有经得起他们的审评，我才会放心。大家的发言很有意思："看过本子，影片超过了剧本，导演处理很好。对巴黎公社的回忆和总的历史画卷，处理得非常成功。""基本与党史符合，处理基本事实全过程的描写比较准确。""整部影片都好，拍成这样很不容易。"发言中，有位高个子的女士大声说："把张国焘捆起来处理得非常好，艺术分寸恰到好处。有关叶剑英的讲话，不符合人物的身份，他当时还不是共产党员，不该说那些话，应该剪去。"她的意见那么肯定，那么尖锐，在座的人都听着，没有人赞同，也没有人反对。我心里吃惊，只管低着头记，又抬头仔细望着那位奇女子。

　　散会后，司徒慧敏才悄悄告诉我："她是毛主席的女儿，研究历史的。"我心里开始省悟。那场戏本来就不是编剧李洪辛写的，是摄制组在江西拍外景时，一位首长提出要加的。我对司徒慧敏这位青年时代的好朋友说："不是我们自己编的,是拍外景时首长一定要加的。"司徒慧敏笑了,他对我说:"你们这样拍,应该说也是有依据了;只要有依据,不管谁提反对意见,都与你无关。"

此后,没有别的任何人提过类似的批评,那段话也没有剪去。

全国反响强烈

1981 年,中国电影发行公司寄给我一份《摘编》,评论《南昌起义》一片。江西一位军人观众说:"我在部队度过了十多个'八一'。十年动乱期间,也年年过'八一'。年年过,年年糊涂,搞不清楚谁是八一起义的领导人。看了《南昌起义》,对这一段历史比较清楚了。影片中青年周恩来的形象塑造得很成功。不仅形似,而且血气方刚,性格爽朗,平易近人。他的牺牲精神得到了充分体现。"

《南昌起义》作为向建党 60 周年献礼片公映后,受到广大专家、学者、观众的喜爱,有的大学把它作为历史辅助教材。全国各地报刊对它都有所好评,1983 年《电影文化》第一期上阿过的文章《〈南昌起义〉的探索和突破》,就很有深度、很有学术价值。上影几个原来并不看好影片的领导,这时才猛醒,说:"《南昌起义》拍得好!"

《南昌起义》获文化部优秀影片奖时,我带领饰周恩来的演员孔祥玉、饰贺龙的演员高长利等人到北京代表摄制组领奖。不过那些奖杯、奖状不归个人所有,也不知道厂里把它们放到了哪里,反正后来我是没有见到过。

夏衍推荐

夏衍拄着手杖,拖着被造反派打伤残的双腿,乘车来到电影局,

1981 年，汤晓丹在《八一南昌起义》领奖台上。

又慢慢走进放映室。他两只眼睛专注地望着银幕,看到汪精卫坐的黑色专用轿车时,忍不住问坐在他身旁的我:"这汽车,是哪里搞到的?"我回答:"是我们的道具师,利用一辆旧车,根据图片资料加工改制而成的。"

"难怪这么逼真。"

夏衍对《南昌起义》除了赞词外,几乎没有说它的缺点,可见他对纪实性风格的《南昌起义》有多大的偏爱。他曾对司徒慧敏透露:"说心里话,真希望今年的金鸡奖最佳导演奖能评上汤晓丹,可是形势摆明,必须给成荫。"司徒慧敏对我说出这段保密消息,我也很感激。因为他没有把我当外人,而是当贴心朋友,毕竟我们在 1930 年这段白色恐怖的环境中共同战斗过。司徒慧敏轻声细语道:"上面要调成荫去电影学院当院长,成荫不愿去。他提出电影学院的老师拍出过好片子,得过金鸡奖,我得了金鸡奖以后再去也不迟。"

夏衍表示:"就把那年的最佳导演奖先给《西安事变》的成荫吧!"就这样,内定了成荫。

我与成荫合作过,认为他的《西安事变》拍得有水平,所以对司徒慧敏说:"有机会向夏衍表示一下我的谢意。奖给成荫,我完全赞成。"

就这样,夏衍后来执意推荐我导演《廖仲恺》。

《廖仲恺》故事太多了

邓颖超出题

1982 年 6 月中旬,我带着肖马的电影文学剧本《望断天涯路》去北京，住在国务院第一招待所。陈荒煤知道后，立即把鲁彦周新写的电影文学剧本《廖仲恺》交给我，说是夏衍指定要我导演。

《廖仲恺》说是电影文学剧本，其实是手写草稿的复印件，厚厚几大本，涂涂改改，看起来很吃力。据说这是邓颖超出的题目，鲁彦周作的文章。与《不夜城》不同的是，《廖仲恺》一开始就让我知道是谁出题目；而《不夜城》是谁出的题目，我至今都不知道。柯灵把《不夜城》的出题人之谜带进天堂，成了永远的谜。《廖仲恺》草稿本上还有陈荒煤、夏衍、丁峤三人的书面批示，也是复印件。

夏衍看见我，第一句话就强调："为什么要请你到珠江电影制片厂去导演《廖仲恺》，就是因为我看了你的《南昌起义》。觉得它很有时代气氛，服装、道具都很考究，人物塑造很成功。拍《廖仲恺》，要注意了解广东人的生活习性和人物性格，比如他们喝酒，总是双手捧着酒杯酌饮。"夏衍并不了解，我 1934 年至 1942 年间在香港导演过粤语故事片，接触的都是广东人。我也能讲广东话。

夏衍还关照："廖仲恺与何香凝都是爱好艺术的，'联俄、联共、扶助农工'不是社会主义革命，不能用后来的眼光看前面的汪精卫和胡汉民。开始不要针锋相对，后来政治上产生了分歧，关系紧张，思想才对立的。"夏衍对我导演《廖仲恺》，寄予了极大的希望。廖承志也在家里接见了我和其他主创人员，介绍廖仲恺生前的习性、爱好，供我们拍摄时参考。

陶金的君子风度

《廖仲恺》本来是珠江电影制片厂陶金导演的，他已组成摄制组，做了长期的准备工作。临时调换导演,他没有不悦,还诚意帮助我,把他采访过的大学教授介绍给我。陶金与我 1944 年在重庆就相识,互相了解各自的人品艺德,他在形势突变时能冷静思考,表现出艺术家的风度,这很不容易。我一直欣赏陶金的言行,有疑难也请教他,他都坦诚相告。唯一不足的,是陶金的摄制组成员和我带的摄制主创成员,一个不少都进了后来的《廖仲恺》摄制组。人浮于事,不免三个人在前面做事,三个人就在背后喊喊喳喳,合作空气并不融洽。上影去的十来个人中也有搞小动作的,回厂后我再三劝阻大家不要揭穿,我对他们说:"放年轻人一条生路。"

陶金知道摄制组有无事生非的小人,他告诉自己的班底,不要掺和,以影片质量为重。陶金的夫人章曼苹,还经常烧点小菜,请我们去吃,改善生活。

又逢倒计时

我们 7 月底到广州。羊城的夏天,简直就像我们拍《钢铁世家》时,站在炼钢炉旁拍钢流出炉一样。白天奔忙在烈日暴晒下,晚上伏案落笔,全身像淋浴水浇,也不知是急出来的汗呢,还是热出来的汗。

日程表上注明:8 月 30 日,广州举行缅怀廖仲恺先生、纪念何香凝先生逝世 10 周年大会时,《廖仲恺》摄制组正式开机。连头带尾不足 40 天,这么大的题材,筹备时间太仓促。尤其是演员,试镜头,试人物造型,这是必须的运作,来不得半点马虎。最大的压力是王震、廖承志、康克清要从北京专程到广州,与戏里的廖仲恺、少年时代的廖承志和廖梦醒,以及何香凝、宋庆龄等人物,都一起出现在摄影机前。摄影、美工、化装、道具等都精心投入,倒计时开机成功,皆大欢喜。

《廖仲恺》属大制作,家喻户晓的历史人物就有十几个,更别说其他重要角色了。既然已提前开机,完全停下来从头做起已是不可能。但是,这时我的分镜头才刚刚开始。我每天晚上继续做分镜头本子,白天必须抓摄制进度。我向全组工作人员提出,影片的构思和体现手法:"《廖仲恺》是一部革命历史文献故事片,属史诗风格。文献性的基础必须是历史真实。但是它又是革命历史故事片,因而必须是艺术品。影片的含金价值,就在于它展现在银幕上的思想性、艺术性、哲理性、寓意性必须强烈,人物形象必须生动,充满活力。人物与事件一定要有机糅合,通过我们高超的技艺手段达到完美的艺术目的。为实现这个目的,各部门自己要提出具体的高标准要求。"

大家心中渐渐有了底,做起事来忙而不乱,快而有质量。

董行佶自扰太多

董行佶是北京人艺很有实力的演员,在我进入摄制组前,编剧就内定他做唯一人选。当时他有病,正在扬州疗养,摄制组派专人与他的主治医生联系,医生的答复是可以参加工作。珠影为照顾董行佶,又与他夫人签订陪伴合同。他的夫人陈国荣也毕业于上海戏剧学院,是一位有舞台经验的演员。因为丈夫的病,她放弃了自己演戏的机会。她想帮助丈夫把人物塑造得更好,时不时在现场对董行佶提出具体看法,她的好心引起其他部门的反感,人际关系就不那么和谐。董行佶夫妇与饰何香凝的青年演员梁月军同来自北京人艺,他们在单位里就有积怨，互相不说话，在戏里董、梁二人却要演恩爱夫妻，这就难以进入角色。我曾经找梁月军长谈过一次，要求她以党性原则投入工作。梁月军是共产党员，向我作了保证。她主动向董行佶靠拢，也主动找他说话。

有一场在省党部办公室的戏，廖仲恺对何香凝说："天如假我以时年，哪怕是三年五年，让我从事国民革命，我自信必有成效可观。"分镜头剧本里规定的是何香凝也回答："你是这样的人。"可是在现场，拍摄前排练时，我被廖仲恺的肺腑之言所感动，产生了灵感，立即走到梁月军身边说："你听了丈夫说的这些话后，内心应该激动万分，忍不住抱住他亲了一下他的面颊，以示对丈夫的理解、支持。"这个动作，要求其他演员，可以说丝毫无难度，对梁月军和董行佶，就不那么容易了。我当时内心感情猛烈冲撞，忘了两个演员在生活中的磕磕碰碰，提出了人物之间的亲情升华。梁月军当场完成了导演的提示，动作非常自然。自此，我对梁月军另眼相看，认为她可以一步一个脚印地拍好每一个镜头。

董行佶在剧组的表现，让我感到病魔似乎已被他的创作激情所驱除。他下了大工夫，把每句对话和动作都设计得很精心。过于精心的安排，设计的痕迹也就明显，临场就很难发挥。还是省党部办公室，他由室内出来接见堂弟时，设计了用手整理领带又把领带塞进裤带的动作。我认为用手整理领带可以，塞进裤带不好，不要。连拍了三次，他都改不了，只好通过。我的剪辑师当时在现场，懂得我的意图，所以拿到样片，就准备把我不需要的剪去。我阻止说："董行佶脾气很大，小心为妙。"

　　汤晓丹在导演《廖仲恺》时,对扮演廖仲恺的演员董行佶(左二)、扮演孙中山的演员章杰(左三)说戏。

于是剪辑师把董行佶请到剪辑室,对他说:这个动作如果不剪,下一场戏,我可以用一个裸浴的美女,然后再接你与堂弟谈话的戏。他是名家,当场领悟,马上拱手说:"我服你了,你剪吧,确实不好。"

我对董行佶说:"我这个剪辑,并不是一般的剪剪接接,也是善于思考,精心探索镜头组合价值的。"

董行佶笑哈哈地边走边对剪辑师说:"你的这把剪刀,多么有情,又多么无情。我真服了你,服了你……"

剪辑师对他说:"信不信由你,兴许我能帮你剪出个最佳男主角奖来。"

董行佶真的得到了第四届中国电影金鸡奖最佳男演员奖。董行佶在北京话剧舞台上是名角,但是他在摄制组的负面影响时有发生。我一直暗中叮嘱大家,尽量照顾董行佶的情绪,避免发生不愉快的事,其实是要避免他病情复发。有次配对白,一段台词试了两遍。录音师突然摘下耳机,对董行佶说:"请你注意一下,不要太多话剧味……"还没有等录音师把话说完,董行佶就发火了,满脸气愤走出配音棚,嘴里还表示:"你请别人配吧!"那位录音师是从八一厂调珠影厂的,人们背后都说他是厂里级别最高、薪水最多的老专家。他当然也不示弱,冲着董喊:"有什么了不起,再大的明星我都见过,总得听听意见呀!"当天配音没有再继续下去。

以后我知道了这件事,对演员和录音师都提出了批评:"影响工作不好,以后工作现场不能发生类似的现象。"

一定要坐软卧

珠影厂许多人对董行佶有意见,不免找机会杀杀他的傲气。拍戏,免不了来来回回坐火车。坐火车规定六级以上属高级知识分子,可以坐软卧,不够级别的则只能坐硬卧。《廖仲恺》摄制组里我和沈西林、葛师承都是坐软卧。董行佶却是七级,制片主任孙锐锋只能叫人给他买硬卧车票。董行佶自认为很失体面,他对制片主任说:"我们剧院领导已经对我说过,提升我一级,通知很快会送到珠影摄制组。"制片主任破例给他买了软卧票。可是一次两次,通知仍不到,制片主任认为再照顾下去,对其他外请演员无法交代,所以对董行佶说:"我不能再给你软卧票了,你还是先向你们剧院把通知要来再说。"

我心里开始纳闷,不知何以会如此。一天,我突然被接到广州一家电影院,去看两本《西安事变》。看完后,厂长才对我说:"想调《西安事变》的男主角金安歌到珠影演廖仲恺……"看片的几个人都板着脸,等我表态。我说话本来就慢,面临这么严峻的场合,更是一个字一个字吐音清楚,唯恐有人误会我的态度。我说:"大家一定要冷静。现在换人,即使已经花去的三十多万元不计较,因为于季节关系,我们的《廖仲恺》再拖一年也无法完成。"我提请珠影领导慎重考虑。以后,换演员的念头一直潜伏在摄制组许多人心中,我则反复斡旋,还在写字台上写下"忍辱求成"四个字戒律。

董行佶与夫人并不认为处境不妙,时不时还在提特殊要求。1983年2月13日是大年初一,珠影为了照顾上海去的导、摄、美等,特许坐飞机回上海,与亲人团聚。机票是除夕上午由广州到上海,我准备带几大包拍戏资料,以便回到上海与沈西林、葛师承等商量。董行佶找我说:"你们老两口回上海也是两个人,不如我们结伴去从化温泉疗养,真正的休息……"我被意想不到的问题卡住,还在想怎么劝说时,董夫人急忙说:"我们算了一下,去从化疗养与你们往返机票费差不多,只要导演提出,制片主任不会不答应。"

我才有所省悟,回答就简单了:"我不能去从化,因为已约好摄影、美工,到了上海继续工作。"

出国风波

《廖仲恺》有几场戏要在日本樱花盛开时节拍摄,在剧本里并不突出。我在分镜头时,认为应该有日本的外景,才能真实还原于历史,厂长还向广东省委申请了摄制外汇。这本来是大好事,可是董行佶的夫人提出:合同规定她是陪同,那就包括去日本也必须陪同。

那时出国,不像现在,只要有钱,合法申请,都能如愿以偿。那时有名额规定,想去的人多,名额少。僧多粥少,不好办事。摄制组里明争暗斗。董夫人只不过公开提出了,私下里活动的人也不少。为了去日本,纠缠不休,董行佶夫人向厂里正式提出:"已经和广东省委书记谈过,北京的王震首长也同意给她增加一个名额。"厂长一听火了,认为她以势压人,他在摄制组公开表示:"既然领导同意给董夫人一个名额,那就请董夫人转请领导再多增加四个名额,因为现在摄制组里还有四位主创人员需要去。"为了表示诚意,孙厂长补充说:"只要去日本的名额,不要上级批钱,钱由我们厂来解决。反正要增加就增加五个,一个不够,如果只有一个名额,我不同意也不办。"摄制组内有人暗中支持董夫人闹,也有人义正词严地批评董夫人无理取闹。我只有沉住气。孙厂长在谈到缺出国名额时,举了几个名字为例：蓝为洁剪辑师，同时也需要照顾汤老；录音师应该去拍摄现场，收集一些环境音响资料；作曲要去……蓝为洁当场表态，如果作为剪辑师，工作需要，有名额我会去；厂长说照顾导演，有名额我也不去，到了日本，导演自会受人照顾。

一天，我正带着摄制组汗流浃背抢拍外景时，董夫人走到我跟前说："拍戏结束后，到会议室开会。"我正忙着，以为是谁叫她代为通知。拍摄结束，浑身湿透，我真的先到了会议室。有关领导也到了。大家互相对望，不知开什么会，谁召集的，只好等着，随便谈点现场拍戏的情况。不一会儿，董夫人提着录音机走进会议室，对我们说："大家说，我为什么不能去日本？"

我才知道上了当，只好边摇头，边往外走。

董夫人越闹越厉害。我对孙厂长说："我想提议一个解决办法，第一次去看外景，把景定下来，镜头拍摄方法也交代摄影和美工，要两位老专家严格按照我的想法拍摄。第二次正式拍外景时，我就不去了，我的机票让给董行佶的夫人，免得她影响摄制组人员情绪。"孙厂长立刻笑起来说："没有听说拍戏时导演不去，而让一个外来临时工去的，你顾全大局的好意我领了，但是我决不会让董行佶夫人去。"

董行佶毕竟是艺术家，在日本，没有夫人的陪伴，反而更虚心地完成了角色任务，也没有发病，与摄制组的合作也更融洽。拍摄结束，珠影厂为他回北京送行时，孙厂长非常有诚意地表示，以后还会请他到珠影参加摄制组，董行佶也愉快答应。董行佶还特地向我表示："如果片子最后完成还算好，都是你的功劳。"

不久，从北京突然传来噩耗，说董行佶上吊身亡。我非常难过，哀叹"少了一个好演员"。由于董行佶成功地再现了廖仲恺的形象，获得了第四届金鸡奖最佳男演员奖。

《廖仲恺》进中南海

《廖仲恺》是重大革命历史题材，最后一关就是送中南海接受审评。摄制组决定由我和两位制片、剪辑师蓝为洁四个人去中南海。大厅里坐得满满的，负责接待的人告诉我："今天审评《廖仲恺》，除邓小平、胡耀邦、赵紫阳因为临时有外事活动没来，其余都到了。首长们对《廖仲恺》特别关注，这还是审片中罕见的……"

我找到一个既能听清前后左右发言，又方便记笔记的位子坐下来。大厅里灯光亮而不刺眼，气氛显得很温馨，每位首长都面带微笑，有的在小声交谈，有的还热情握手问候。

放映完影片，第一位发言的是王震将军，早在 1982 年 8 月 30 日广州举行开机时，他就出席，还接见过我和主创人员，并叮嘱我："拍摄《廖仲恺》意义重大，一定要拍好，拍成功。"而今，廖仲恺已经由文学描写，变成栩栩如生的人物形象了。王震将军一个劲儿赞扬影片拍得好。王震将军带头，随后的发言都说"影片出乎人们意料的好"，"影片表现了历史真实、艺术真实、生活真实"等。只是在廖仲恺遇难后谁来接过革命大旗的问题上，发生了争议，也就是对影片结尾的争议。胡乔木语气果断地表示："当然是中国共产党人接过红旗，将革命进行到底……"康克清观点也不含混："是宋庆龄为完成孙中山先生遗志，继续高举革命大旗。"王震将军读过《廖仲恺》文学剧本，所以他语出惊人："当时蒋介石的反动面目还没有暴露，应该承认是他

'抢'了革命大旗。"王震特别加强了"抢"字的重音。

争议继续着……

我和制片都只顾低头作记录,不作任何解释。剪辑师蓝为洁是四川人,急性子,忍不住举手发言:"对不起,我是摄制组剪辑,想解释一下……"

那么多首长,见蓝为洁说想"解释一下",都把头转向她。"影片结尾,还有一个长长的北伐军前进的镜头,我拿去叠字幕了,还有很有力的旁白介绍,中国共产党人号召把革命进行到底。"她说完了,不知怎么,我心里扑通扑通直跳。这时,首长们都忍不住笑了,三三两两交换意见:"是呀,导演早胸有成竹,拍好了镜头……""有那个结尾镜头,影片就完整了……"

首长们边说边纷纷起身准备离去。摄制组的四个人,站起身目送着他们。邓力群从蓝为洁身边走过,又回过头来走了几步,与她握手。我想,首长是对她的发言感兴趣呀。

在回去的车上,她对我说:"你们怎么都不敢说话!"我笑笑表示:"你当然可以随便举手讲话,我们不是你,不能随便打断别人提意见。"

那次去中南海送审前,我最担心的还是《廖仲恺》里有一场表现国民党"一大"召开的戏。在电影文学剧本里只淡淡提了几句,我在分镜头时增加了会场里的戏,还和会场外群众游行示威的队伍并列进行,气势非常宏伟。据史料记载,毛泽东也是出席国民党"一大"的代表。可能编剧思想上有顾虑,所以他只淡淡地提到这次会议。我认为,如实再现国民党"一大",会增加影片的文献价值。因此,就把

"一大"会场内的戏与会场外的游行示威都发展为重场戏,平行"蒙太奇",相互烘托。为了达到这个目的,还叫场记到广州物色与青年毛泽东形似的人。场纪终于在一家小图书馆找到理想人选,经过化妆造型,效果十分好。我们只用了短短三尺胶片的长度做了拍摄,打上了"毛泽东"三个字的字幕,这显得有很强的历史感。但是,当时从未有过毛泽东出席国民党"一大"的公开说法,我的这个构思有很大的冒险性。去中南海前,我带上另外一个同等长度的画面,万一审查通不过,马上换下来。送审结果,大家都说好,当然包括对国民党"一大"的处理和青年毛泽东出现的镜头在内。我悬着的心才平静下来。

《廖仲恺》这么一部重大题材的历史巨片,在倒计时抢拍中完成,一次性审查通过,不补戏就进入后期。现在想来,对它付出的心血,也可以说是历次之最……

与鲁彦周的合作

早在 1958 年,我就与鲁彦周合作过《卧龙湖》,他是一位善于思考,能听意见的编剧。再度合作《廖仲恺》时,就更容易达成默契了。

有一段时间,他也到广州,住在珠影,那时摄制组常常有小摩擦。鲁彦周从来没有多说半句不该说的话,这一点,很了不起。我们爱说"君子不语小人言",鲁彦周就是这样一位正人君子。

由于时间仓促,鲁彦周与我交谈很少。每次放样片,他总是笑嘻嘻地看完,有时还提出再看一遍,一点意见都不说。看到我增加的国民党"一大"会场和数以万计的示威游行队伍平行交错时,他更是一直微笑着,他连看了三次,对我的处理表示认可。在看日本外景戏时,鲁彦周连说这些戏加得好,加得有深度。他事先不曾料到《廖仲恺》剧组会去日本,银幕上会出现樱花。

鲁彦周看样片,与《傲蕾·一兰》的编剧叶楠是鲜明的对比。鲁彦周总是微笑不语,而叶楠则只顾提意见。作为导演,我会诚意合作,宽容待人。说实话,我喜欢鲁彦周。

鲁彦周对要求增加的戏,也尽心尽力地去写好。像廖仲恺受右派势力排挤,内心十分痛苦,带着何香凝和子女去黄花岗烈士墓凭吊的戏,就是我到广州后才增写的,拍摄时用的还是油印单子。

舆论好评

在广州举行的《廖仲恺》电影招待会上,我直接听取了有关人士对影片的评论。市政协组织的看片会上,十几位参加过辛亥革命的老人和民主人士一致说:"《廖仲恺》拍得真实、有真情,有强烈的艺术感染力和现实意义。希望通过《廖仲恺》,激发同根情、增强血缘亲,能加速台湾的回归,国共合作建设祖国。"

廖六薇是廖仲恺的侄女,她说:"影片拍得好,我看过两次。它把我又带回到 60 年前,许多耳闻目睹的往事都重新出现在眼前。"

在中国电影发行公司与《人民政协报》组织的二百多位政协委员看片会上,黄鼎臣、童小鹏、萨空了、连贯、庄明理等都发了言:"《廖仲恺》有时像一幅泼墨重彩、大气磅礴、慷慨悲壮的大写意历史画卷,有时又像一幅工艺小品,精雕细刻,抒情、风趣地描写了夫妻爱深,儿女情长。""两者结合得很好,很动人。""影片成功地塑造了廖仲恺威武不屈、贫贱不移、富贵不淫、廉洁奉公、勇于献身的革命先行者形象。"

汤晓丹接受《廖仲恺》导演任务后,与编剧鲁彦周在一起。

我因为导演《廖仲恺》，也获得第四届金鸡奖最佳导演奖。评语是："汤晓丹同志在《廖仲恺》的导演创作中真实地展现了第一次国共合作时期的历史画卷，成功地刻画了廖仲恺的银幕形象，艺术构思严谨，手法凝练流畅，特授予最佳导演奖。"

中影公司经理胡健表示，一定要在国内外宣传、发行好《廖仲恺》。《欧洲时报》记者专程到广州采访我，作了报道。香港《文汇报》以《半个世纪疯子生涯》为题，介绍了我自《白金龙》后在香港影坛导演的影片，还刊登了我在香港时导演的影片剧照。

美籍华人明星卢燕女士亲口对我说，要把《廖仲恺》推荐到"奥斯卡"评奖中去。她认为这么成功的影片，大家一定会喜欢，结果不了了之。我后来才打听到，卢燕女士确实付诸行动，但是珠影厂厂长孙长城认为时间太急促来不及参加。珠影的朋友透露了孙厂长私下里的看法："《廖仲恺》主创人员都是上影的，即使得了奖，也是珠影出钱，上影出名，不去为好。"

后来，我在广州特地找孙厂长核实。那时他已离任，病休在家，听了我的问话，他久久低头不语……

退休前的遗憾

陈登科与赵丹

剧作家陈登科找到我说："我与肖马合写的电影文学剧本《淝水大战》，电影局长王阑西已经点头，要由你导演。这是我同意将本子交上影摄制的前提……"

我听了，当然内心欢喜，态度却沉着。陈登科还把胡耀邦对《淝水之战》的谈话摘记给我看，我照录在笔记本上。胡耀邦说："《淝水之战》的情节曲折，戏剧性非常强，几个民族都参加了那次战争。苻坚是少数民族。其中有个叫慕容垂，别人的队伍都垮了，他的三万人无缺。还有通情报的朱序，设伏兵的刘牢之……适合于拍大制作电影。可以搞出很大的场面，十万人消灭几十万人。这是真实的历史事件。"

我立即寻找资料，认为《淝水大战》一定能拍得情节生动，人物鲜活。它的军事思想，是取得重大胜利的根本保证，再加上内部团结，人心一致。否则也是大而空，没有历史价值，所有这些因素缺一不可。陈登科还派车子送我到当年"淝水之战"的古战场作实地考证。他已经去过那里，这次陪我，是最好的向导。车子在寿阳、硖石、八公山、洛涧转了个大圈，整整花了一天时间。这样搞清交战双方的地形很重要，否则会做得乱七八糟。第二天上午，又去滁县。我把后花园、醉翁亭和曲水流觞都画了下来，还记下一些动人故事。"曲水流觞很有诗意。一条 360 度环绕醉翁亭的小河沟，弯弯曲曲非常特别。古时候，小河沟里流水清澈见底。文人雅士用特制的酒具，装满了酒，把它轻轻放在水面上，让它顺水环游，雅士们可以随时轻轻端起酒杯慢慢品味，或一饮而尽。诗意涌心，吟上几句，千古流传。意境中有诗，诗境中有意，真是超人生活。不过沧海桑田，我见到的既无曲水，更无流觞，只有一条弯弯曲曲的小干沟绕着一座荒凉的亭子。"陈登科说剧本里有关于谢安"流水曲觞"的描写，有人却主张删除。

我则对编剧说："我的要求，这情这景，不但不能删，还要加强，我们把它还原给历史，展现中华古文明。我现在脑子里就有了诗一样的画面和古乐的美丽旋律。"

我回到上海后，赵丹主动找到我，说想演《淝水大战》里的符坚。我心里一愣。赵丹确实是个优秀的实力派演员，现在主动找上门，足见他是经过考虑的，确实想演好这个人物。只是年龄相差近二十岁，如果几个镜头，一场戏还可以让化妆设法弥补，而今全是主场戏、主角戏，难度无法克服。我脑子里立刻出现银幕上聂耳说自己只有"十八岁"时，引起的哄堂大笑，为照顾赵丹的情绪，我只好说："现在剧本都还没有出来，等看看剧本再商量好不好？"赵丹是聪明人，意识到自己演符坚的可能性不大，他马上改口："不一定是符坚这样的主角，只要有适合我的角色，我都愿意。"以后，赵丹还主动问过他演戏的事是否定下来。我很同情这位艺术家，他的演艺事业并不顺畅，我想让他演谢安，年龄相差不多，只不知"二号人物"他是不是真肯演。

上影厂对拍摄《淝水大战》，不但重视，而且积极。本子还未敲定，就派了制片主任沈锡元帮助我工作。印剧本，组织讨论呀，忙了好长一段时间，最后却是一场空欢喜。到底为什么不拍，阻力来自何方，似乎所有的人都不太清楚。我一直认为，如果《淝水大战》能上，我一定能拍出新的水平。我相信能做到，我渴望能超越自我。《淝水大战》不了了之，赵丹演戏的事也落空了，不久他就被不治之症夺去了生命。

肖马跌伤

《望断天涯路》是肖马创作的剧本，它描写画家华家璧所走的创作道路和被爱情折磨的内心痛苦。上影内定我导演后，司徒慧敏很关心这个题材，自己还托人在法国买来一本绘画参考资料。摄制组已组成，准备工作也已开始。

肖马很热情，到上海住在市委招待所，他打电话给制片主任杨公敏，点名请几个主创人员吃中饭。大家相约早点去，先谈剧本，吃中饭是次要的。早上9点，我们就去了肖马的住处。是他新婚夫人余萍女士开的门，只见肖马头上缠着纱布，躺在床上。我们都震惊了，不知怎么回事。余萍说："早上起床，就在室内，被地毯绊倒了，他头上裂了个大口子，送医院缝了好几针。"

我们稍微坐了一会儿，既不能谈剧本，更不会让他请客吃中饭，就告辞了。可能这个预兆不好，肖马伤愈后就回北京了。我找董蕾介绍我去老画家颜文梁家采访，又忙着收集徐悲鸿、齐白石的作品做参考。在英国皇家美术学院攻读的大儿子沐黎，还特地到法国去拍了枫丹白露的外景资料寄回来。周围的人都为《望断天涯路》忙得团团转，结果夏衍一句话，"汤晓丹先导演《廖仲恺》，结束后再上《望断天涯路》"，就改变了《望断天涯路》的命运。

《廖仲恺》上映了，《望断天涯路》却下马了。可惜当时不是市场经济，没有合同约束，主创人员所费精力付诸东流，没有人惋惜，更谈不上赔偿损失。

几十年过去了，我还经常念叨，如果《望断天涯路》拍成，一定会把画家的生活，展现得比苏联影片《画家苏里柯夫》还鲜活，还有价值。这绝不是空话、大话，我从青年时代开始，就酷爱绘画，积累了很多绘画知识。拍它可以说得心应手，运"镜"自如。

《末代皇帝》流产

叶元是影片《林则徐》的编剧之一,后来又编写了《末代皇帝》、《三元里》、《阿房遗恨》等剧本,在刊物上发表过,也到过电影厂,不知是什么原因,就是没有被搬上银幕。一个剧作家,要写几个重大历史题材的电影文学剧本,需要耗费巨大精力,结果都没摄制完成,是件让人伤心的事。叶元就自费把那些遭否定的作品汇集成册,还签名送了一本给我做纪念。

1980 年,叶元写的《末代皇帝》交到我手里,进行拍摄前的筹备。我认真读过这个本子,认为内容丰富,可以拍成一部让观众喜欢的好影片。我收集了大量图片和文字资料,又专门调来香港影片《末代皇帝》作参考,上影厂的负责人也都津津有味地看参考片。我们的筹备工作有条不紊,紧张而又扎实地进行着。

这时,我发现有几个领导裹足不前,对剧本提的意见有点不着边际,比如:"故宫会不会让我们去拍呀?""《何日君再来》和《支那之夜》两首歌创作时间对不对呀?""剧本没有写出皇帝是阻止历史前进,阻止生产力发展呀。""让溥仪谴责自己,这会让人同情。""一定要以阶级斗争为纲,写溥仪可恨。"总之,几位有实权的负责人,似乎都以不上《末代皇帝》为保险,这样白折腾了几个月。叶元情绪当然消沉,碰到我直摇头。

几年后,我家附近的电影院上映意、英、中三国合拍的《末代皇帝》,我特地买票进电影院。作为导演慎重反思,重新翻阅了当时的筹备日记,我觉得用"判断失误",送给上影有关领导最恰当。

我在日记本上写道："如果上影厂当时让我导演《末代皇帝》,我不敢断言一定比洋人拍得好。但是我相信,中国的编导演和摄制组完成的《末代皇帝》,必然另有一功,可以与洋作品比较。中国的电影观众会更喜欢我们自己的作品。因为末代皇帝是我们的,他所经历的人和事都是与我们休戚相关的。我们最懂他的喜怒哀乐,更能塑造好他的形象也就是真实的中国末代皇帝的形象。"

《布衣老帅》下马

丁隆炎的电影文学剧本《布衣老帅》,在上影厂上马下马,反复多次,最后又指定由我导演。老厂长离休前夕,突然魄力猛增,拍板重组班子拍摄。我对于再现彭德怀形象,有强烈的创作冲动,花了巨大的精力前期投入,还印发了体现导演构思的导演分场提纲。过去,都省略了这一环,是直接分镜头。

正当我一个劲儿投入筹备工作,忙着为饰彭德怀的演员白穆试装时,突然摄制组传出流言飞语,说《布衣老帅》上马有政治风险,但是桌面上又说不出什么理由。我故作未听见,有好心人当面告诉了我,我也一笑了之,不与计较。碰到的最大麻烦,是刚提倡自由组合,有些技术骨干不愿参加摄制难度大的剧组,都喜欢与轻松一点的剧组拉关系,时间短,酬金多,人也不累。这是我碰到的新鲜事。尽管现实很残酷,我还是一门心思投入,并且要求丁隆炎到上影交流创作意图。不知是没有找到丁隆炎呢,或者根本就没有去找,丁隆炎始终没有来。在摄制组准备出外景的前一天,新上任的厂领导"第一把火"就是烧毁了《布衣老帅》。台面上理由是厂里没有钱,拍《布衣老帅》成本太高。另有知情人告诉我,有人写信给领导,说拍它会得罪邓小平。后来,我看见报道,邓小平当时腿有病没有参加庐山会议,无疑这是庸人自扰。

远赴新疆拍《肖尔布拉克》

青年导演包起成花了很多时间和精力,准备把作家张贤亮的《肖尔布拉克》改编为电影。临近成立摄制组时,王副厂长提出换导演,全厂议论纷纷,要求领导收回这个决定。为避免事态扩大,也为支持新生力量,我写了简单意见,表示愿意为包起成的影片质量负责。因此我到剧组当艺术顾问,冒着冰天雪地去新疆看外景。在这次看外景时,不幸滑倒,腰伤不轻,我仍坚持每天颠簸在行程中。那时,新疆条件非常苦,车子行驶在高低不平、坑坑洼洼的公路上,弹跳很厉害,我忍住腰疼,偶尔还说这有点像"蹦蹦跳",可以运动减乏。

在盛产香梨的库尔勒,看外景的几个人要在那里住一夜。兵团负责人叫人生炉子取暖,烧开水……但是屋子里除了湿木柴弥散的呛人烟味外,根本没有热气,也没有开水,因为长久不用,炉子都坏了。那位负责人参加了抗日战争,后来又去抗美援朝前线,回到北京后就奉命直奔新疆。他告诉我:"当时到了乌鲁木齐,没有休息,又步行出发,每天从清晨走到下午3点钟,长长的步行队伍才停下来,用自己随身带的镰刀砍倒芦苇,用锄头在坚实的地上挖个一米多深的坑当床,芦苇做被。每天周而复始,一直走了很久,大队才到了预先划定的开垦区。除了一望无垠的芦苇外,那里没有其他东西。"他若有所思,停顿了好一会才继续说,"几十年过去了,老一辈开拓者都血汗流尽,相继离去了,我的老伴也在两年前离我而去……"

在《肖尔布拉克》摄制组,汤晓丹和导演包起成(左一)一起,给扮演李士英的周里京(左四)说戏。

他显得有些孤苦，两眼湿润。

我说："第一批到新疆开垦的人，都是军转农的好战士，身经百战，值得我们认真歌颂。"

《肖尔布拉克》还是包起成独挑重担完成的，我在回忆参加摄制组经过时总是说："领导太保守，他们也不想想，自己就是从青年走过来的，自己有权了，不相信青年，这样不好。"

《荒雪》的车祸

我一点思想准备都没有，在"一刀切"形势下，就要离开导演岗位。我没别的想法，只对领导提出"想再工作"的要求。两位领导还真有魄力，马上安排我到鲍芝芳筹备了半年的《荒雪》剧组。听剧名就知道，是在白雪皑皑的雪原拍摄。朋友们知道后，都到家里来劝阻……对大家的关心，我一直珍藏在内心深处。

寒冬天气冰雪覆盖，司机认路很吃力。有天下午，天快黑下来时，司机又走错了路，心里着急，转弯时不当心，车子发生了侧翻。有的人当场受伤，制片主任腰骨折断。我只在从破玻璃车窗往外挤出时，手掌被划破了皮，出了点血。回到上海，人事部门到我家，不是慰问受伤的人，而是了解制片主任的情况。据说有人反映他的生活不检点。我听了，有点生气，也有点抱不平，所以严肃地表示："人家骨头都摔断了，还能干什么风流事啊……"不知听者心里当时如何想，事后又如何想。反正我的回答，在影人们中传开来，说我为人正派，敢于仗义执言，当然也更加讨厌那些嚼舌头根子的小人。

往事总是成追忆

研讨会

上海《电影新作》和作家企业家联谊会为我举办从影 60 周年学术研讨活动,我提了几条要求,严肃表示办得到才参加,办不到只好谢谢大家的好意。我的要求是,以放映《南征北战》、《渡江侦察记》、《红日》等军事题材影片为主;到会者,是对军事题材影片有感情的人;摄制组的成员,尽量通知到,当年如果不是大家的积极参与,那些的摄制工作是难以完成的。

夏征农、陈沂、吴强、柯灵、张骏祥等人,还有从摄影现场匆匆赶到的达式常、吴六生、严永碹等人,包起成不在上海,他的夫人代送了花篮,特别是不常参加这种活动的白穆也到了。我真的很开心,仿佛摄制新片刚获认可时一样。总政文化部记者站的骆嘉玺带着摄影记者从北京到上海将镜头对准我,上影的吴兆馥也不停地按动快门。就在那么欢欣的现场,陈同艺突然找到我说:"本来领导答应来,临时不来了。"

我早知道,当晚台湾导演白景瑞在静安宾馆有饭局。可是没想到,这位领导穿着赴宴的大礼服先到云峰剧场,我见了他就说:"你不是有事吗?"

"汤老的艺术研讨活动,我怎么能不来。"他很诚意地表示。相比之下,张瑞芳比较坦诚,下午她就打电话对我说:"很对不起,晚上要去静安宾馆,白景瑞在那里有饭局请客。"

　　2004 年，汤晓丹和老同事张瑞芳（左二）、秦怡（左一）、孙道临（左四）、谢晋（左五）等人在上海电影制片厂成立 55 周年庆典大会上。

上海的活动结束后,应国靖带队,共 22 位成员从上海乘飞机到厦门。漳州领导十分重视,早已派专人接我们到"汤晓丹电影回顾展"现场。孙道临、秦怡是漳州方面点名邀请的,一天走七家电影院与狂热的观众见面。放映的影片有《南征北战》、《渡江侦察记》、《红日》、《不夜城》。放完电影,又开座谈会,出席者穿军装的占多数。争着发言的人都来自部队,他们准备充分,都写好文稿,用词朴实,语言生动,感情很真,听得出他们对电影不止看了一遍二遍,连细节都很清楚。

过去的研讨会,常常把闭幕式当做尾声,这次研讨会的闭幕却变成了高潮。当地驻军基地的广大指战员,起码有一个师从很远很远的大马路就开始排成长队欢迎我们,队伍一直延伸到驻军大院会议室门口。这段路,足足走了近半小时。秦怡边走边小声说:"这么长的队伍呀!"

欢迎我们的驻防部队,正是当年攻打孟良崮的英雄部队之一。我在陈列馆观看他们的丰功伟绩时,陪同参观的首长说:"官兵们都非常喜爱影片《红日》,因为它记录了部队的辉煌战史。老战士越看越爱看,新战士也倍感自豪。"部队举行了精彩的军事演习,我们都被安排在主席台上就座,战士们个个生龙活虎,表演腾空飞跃、快速调换军用大卡车轮胎、越障翻高等等,全是高难度动作,又全是轻巧取胜,叫人大开眼界。晚上,许多指战员要我写大字,签名,在笔记本上留言……一直忙到深夜。孙道临发现我累得出鼻血了,才劝大家停止。

汤晓丹艺术研讨会"故乡行",漳州市、华安县和云山乡,都出了大力。无论在接待、组织活动各方面都很出色。我看到从前的家乡都大变了样，心情更为激动。我对同行的记者说：我的家乡虽然盛产水果，但是我们小时候似乎很少吃水果，更不知有果林果园，这次看到天宝十里香蕉园和香蕉市场，才知家乡的富裕。尤其是宽敞的公路两旁，都有个体户在经销各种特产水果。我在漳州毛纺厂亲眼看到驰名中外的拉舍尔牌毛毯色泽艳丽，兴奋地买了两条送给两个儿子，让它们在西方展示优质的中国产品。

孟良崮大变样

山东举办"沂蒙革命军事题材电影回顾展"时，特别邀请我张瑞芳、铁牛、舒适等参加活动，首映式上放映的两部影片《南征北战》和《红日》都是我导演的。因此，享受特殊荣誉，坐了主席台，还参加了座谈会。重听战士们对两部影片的喜爱、好评，仿佛回到拍摄现场，见到军事顾问和支持拍摄的战士们，心情无比激动。

参观孟良崮烈士陵园，我觉得它大大地变了样。当年拍戏，连摄影机都是肩扛人抬上崮顶，而今盘山公路通车，可以直驶山顶。山顶上矗立着三把大刺刀似的纪念碑，显示烈士英魂与日月并存。纪念碑台阶下那个大石洞，是拍《红日》张灵甫被击毙的外景地。今天的观众根本想不到摄制组的人，都是饿着肚子在工作，因为那是三年自然灾害最厉害的时期。

演员舒适走到洞口，风趣地说："让我在这里安息吧！"说着，他在洞口真的躺了下来。

编剧吴强马上插话："没那么便宜，不会让你的灵魂在这里继续作怪，是我叫人把你抬下山的……"

这简直就是在演活报剧、小品。大家哄然大笑，我的面神经瘫痪过，本来就有流眼泪的后遗症，这下更是泪珠滚滚，笑得合不拢嘴。吴强当年是部队宣传部长，还负责打扫战场，他确实叫人安葬了张灵甫，而今故地重游感触格外深。

《红日》虽然在十年动乱中惨遭诬陷封杀，但粉碎"四人帮"后它重见天日，散发了特有的光芒。这是我和吴强、舒适心中最为安慰的。

我兴趣浓厚地游览刘勰故居。刘勰是我国南北朝时期的文学理论家，他的《文心雕龙》是珍贵的历史文化遗产。大院子里有一株罕见的大银杏树，它茂密的枝叶像把巨大的伞，遮着大院，人们坐在大树下乘凉休息。我们上了石阶，走一段路才看到真正的刘勰故居，中堂有刘勰像。吴强指着像说："他原来是个可怜的孤儿。长大后没有钱，讨不起老婆，到寺院苦读十年书。博通经纶，皇帝知道了，调他进皇宫专管奏章，还让他当过兵部校尉。可是刘勰始终认为自己不是当官的料，最后去定林寺和慧震法师一起写经文，出家当了和尚。"

我说刘勰著书立说，流芳百世，正是他的聪明智慧。

感恩新中国 60 年

电影是我的生命

我想起幼年侨居印尼时，也曾进过电影院，看银幕上的美国西部牧童赶牛奔跑,使我喝彩惊奇;看到卓别林初期的滑稽表演,又不禁使我哈哈大笑。这些情景,至今仍历历在目。当时我就爱上了电影。后来我的母亲在玩具店为我买了一个小型电影放映机,盒前一个小镜头,盒中一个小灯,还附带一小卷胶片。我常在家中手摇机子,把片子放在白墙上。它是美国最早出的短片《火车大劫案》,我爱不释手。

1929年,我只身到上海。参加"左翼"美联后认识了许幸之、司徒慧敏,剧联的沈西苓,大道剧社导演苏怡等,比较广泛地参与各种左翼文化活动。我们买一张票,可以去电影院反复看那部片子,看电影、背电影、学电影。当时除我国新电影外,很多外国电影也值得我们学习。后来朋友都进入电影公司拍片,我也有机会在22岁时,选择了电影作为终身职业。

在长达近80年的电影道路上,我摄制了题材多样的现实主义影片,这条电影路历尽艰辛。日寇对我国的侵略战争中,我两次死里逃生;即使太平年代也遭天灾人祸,曾落得遍体鳞伤……我仍无怨无悔,抱着电影不放。

电影是我的生命。

我热爱我所选择的电影事业。

终身成就奖

中国影协的负责人在长途电话里通知:"第24届金鸡奖要发给汤晓丹终身成就奖。因为他年纪大了,到银川来回飞机可能太累,可以请夫人代去领奖……"

汤晓丹出席学术讨论会时，和友人见面。

因为这消息太突然，我愣了一下，忍不住发问："怎么会这么急呢？"

影协负责人说："这个奖，是中国影协第一次颁发。因为设立奖项反反复复花了点时间，所以通知你急促了一点，希望你的夫人还是去。"

2004 年 9 月 19 日，中国电影第 24 届金鸡奖颁奖大会，在银川举行。蓝为洁到了银川，从熟知内情的朋友口中获悉，原来十年前就准备设立"终身成就奖"，内定的获奖人是夏衍，遭到夏衍本人反对，其他无人可上，因此奖项落空。以后每年几乎都有人提出中国电影金鸡奖中应有"终身成就奖"奖项，最后也落了空。今年，主席团全票通过要设立这个奖项，并且确定让我荣获此奖项殊荣。

我的夫人蓝为洁上台代我领奖时，节目主持人倪萍一定要她讲几句话。临时，她只好把储藏在心灵深处的话，不加任何修饰地倾吐出来："汤晓丹今年已经 95 岁了，从 22 岁开始导演影片，电影成为他的终生职业、唯一职业。在最困难的时候，影人圈中许多朋友都不想再搞电影了，他却在日记本上写道，我以后导演是干不成了，在摄影棚当个场工也行……他就是这么执著地爱着自己的专业。今天，得到同行认可，社会认可，给了他'终身成就奖'。奖项来之不易，他会珍惜的，谢谢大家！"

没有想到，简短几句话引起了大家的共鸣，给了她热烈掌声。

影人欢聚同庆

9 月 29 日下午 2 时半到 4 时，总计一个半钟头，上海市文联、上海影协和上海电影集团公司为"喜迎中国电影百年华诞,喜庆建国55周年,著名导演汤晓丹荣获中国电影终身成就奖"庆贺联谊会,在朱永德的主持下,隆重热烈,而又充满欢乐亲切地进行着。用《文汇报》记者陈晓黎的话说:"中国电影终身成就奖第一人汤晓丹,笑得特开心。"

合作伙伴们送来了热情洋溢的祝贺,中央电视台名牌栏目《电影传奇》送的大花篮上写着:"九五至尊伴中国电影百年,甲申殊荣属金鸡大奖首座。"

我觉得真是时光倒流,仿佛年轻了几十岁,在作曲吕其明上台与演唱者一起同唱《红日》插曲时,我也拍手,合着节拍唱,仿佛又回到艰苦的1963年。

我虽然导演过很多影片,但都离不开政府和部队的支持,都是摄制组成员呕心沥血的结晶。这个"终身成就奖",实际属于关爱中国电影发展的每一个人,我还能代表大家接受这个奖,当然很高兴。众多记者将照相机、摄像机对准我,许多昔日摄制组的成员,围着我,留下珍贵纪念……

家的巨变

审视我后半辈子在新中国生活的60年,我觉得自己还是一个事业有成的幸运儿。鲜花、掌声、赞评的荣誉,数不清有多少次让我感到超越自我的甜美,让我产生创作激情的爆发。即使在磕碰倒地时,我也能自己想象,不过是"解放军战士作实战练习,学会如何掌握真正的杀敌本领"。

汤晓丹的两个儿子汤沐黎、汤沐海，一个是著名画家，一个是大指挥家。他们三人被誉为"父子艺术家"。

　　生活给了我如愿以偿的机遇。十年动乱后，我还导演了七部电影，获得了最佳导演奖，是被专家、学者、同行认真评选出来的。所以我很爱中国电影金鸡奖第四届评委会发给我的证书，犹如珍宝般锁在书柜内。我把评语抄在笔记本上，经常看一看。

　　在起伏跌宕的百年电影大潮中，我收获了一些荣誉，也得到了一些教训。但是心潮逐浪高，别有一番滋味，慢慢嚼，细细品，千言万语汇成一句话：感恩新中国60年！

　　60年的中国巨变，使我的家庭成为一个享誉世界的"艺术之家"。我的两个儿子受新中国的严格教育，从上影厂的幼儿园开始，边学边改，而今已是跻身世界艺坛的名人：大儿子汤沐黎重点中学高中毕业时，正是十年动乱，升学的计划像肥皂泡一样在空中破灭。他坚持劳动——每天在牛奶公司的牧场搬运8 000斤饲料；坚持读书有用——终于在恢复高考后进入中央美术学院油画系。经过一年培训，又参加第二批出国留学生考试，以文化部考生中最高分被录取，去了英国皇家美术学院攻读油画硕士学位。他凭借流利的英语和绘画的实力，不仅周游了全世界三十多个国家，还被英国极具权威的彼德·莫尔斯基金会评选为1983年15位优秀画家之一。在利物浦市立美术馆和在爱尔兰首都都柏林的道格拉斯·海德美术馆举办盛大联展。沐黎的原幅参赛油画《孙中山在伦敦》，反响极热烈，当场被取购"永久地陈列"。电视台在《龙之心》纪录片中宣传了沐黎的成就和作品，导演亲自带摄影到上海拍了我和他的母亲。纪录片在法国得了奖，以后其他欧美国家都争相在荧屏上播出，他们还送了一个拷贝给中国有关单位，不过我未看到在国内播出。而今，汤沐黎的油画作

汤晓丹一家都多有所成，是艺术界的名人。

品广受青睐。美国康奈尔大学设有永久性的汤沐黎油画作品陈列室,其他著名单位中也挂有沐黎为他们的专家、学者、领袖人物作的肖像画在永久陈列,尤以加拿大渥太华议会大厅悬挂的永久性陈列的加拿大第三届总理阿博特的油画更显眼,每天受参观者驻选观看。美国两次专程到中国来将沐黎早期的《针刺麻醉》和《转战南北》油画作品借去,作为"中华文明五千年"和"中国革命与中国艺术"的展品。汤沐黎从牧场搬运工而成为世界著名油画家,其中有他个人的勤奋拼搏和孜孜不倦的求新超越,更重要的是改革开放 30 年,给了他展翅翱翔的机遇。

我的小儿子汤沐海,更带传奇色彩。初中毕业时,上海越剧院选中他去参加越剧改革。他的母亲再三请求学校,他才有继续升高中的可能,不料在参加市青年宫的文娱活动时,又被新疆军区文工团选中参军。复员回上海后又被上海音乐学院录取。在指挥系毕业留校任教时,他又以优异成绩被选中,到德国慕尼黑音乐学院大师班攻读指挥专业。留学期间,适逢世界指挥大师卡拉扬基金会举办世界青年指挥比赛,沐海敢于和强者如林的高手比实力。后来评委会公布比赛延期一年,参赛者全部有资格参加比赛。第二年比赛时,他当仁不让上了考场,成绩遥遥领先,眼看冠军就要被他夺走。这时,评委中的苏联人发现他们的一个最好的选手落后于沐海,所以正面提出沐海不应参赛。这惊动了最高决策人卡拉扬,他赶到考场,先观看了汤沐海的个人指挥技艺,然后表示:"很好,确实不错。"很快,卡拉扬决定直接与我国政府联系,邀请沐海在慕尼黑音乐学院大师班毕业后直接去他的柏林爱乐乐团,指挥 1983 年的音乐会。自此汤沐海开

2005 年，汤晓丹在主持人濮存昕的搀扶下，在第八届上海国际电影节闭幕式上向观众挥手致意。

始了纵横世界各大交响乐团的职业指挥生涯，成为世界音乐发展史上的一个传奇。沐海和他的哥哥沐黎一样，同样是受实惠于改革开放30周年。如果没有改革开放30年，世界艺坛也没有汤沐黎和汤沐海这对艺术家兄弟。现在国内国际媒体，都称我们父子三人为"父子艺术家"。今年，上海文艺出版社还为我们出版由蓝为洁编著的《父子艺术家丛书》，三本书定名为：《我的电影导演丈夫汤晓丹》、《我的画家大儿子汤沐黎》、《我的音乐家小儿子汤沐海》。

此外，我的日记也将在上海出版，现在已经在中国电影博物馆《影博·影响》杂志上连载。

如果没有新中国60年，没有改革开放30年，我不可能像今天这样受到关爱和重视；如果没有新中国60年，没有改革开放30年，我哪能得到上海华东医院专家和护理人员这样细心的抢救。我特别感激我这一生中唯一的劳保医院；特别感激院长俞卓伟，他不愧一位响当当的全国劳动模范。

百年电影百岁行，我愿在中国电影征程上继续前行……